JNK

LAUERHOLZ

Jobst Schlennstedt, 1976 in Herford geboren und dort aufgewachsen, studierte Geografie an der Universität Bayreuth. Seit Anfang 2004 lebt er in Lübeck. Hauptberuflich ist er Geschäftsführer eines Beratungsunternehmens für die Hafen- und Logistikwirtschaft. 2006 erschien sein erster Kriminalroman.

JOBST SCHLENNSTEDT

LAUERHOLZ

Küsten Krimi

emons:

Lust auf mehr? Laden Sie sich die »LChoice«-App runter, scannen Sie den QR-Code und bestellen Sie weitere Bücher direkt in Ihrer Buchhandlung.

Bibliografische Information der Deutschen Nationalbibliothek
Die Deutsche Nationalbibliothek verzeichnet diese Publikation in der Deutschen Nationalbibliografie; detaillierte bibliografische Daten sind im Internet über http://dnb.d-nb.de abrufbar.

MIX
Papier aus verantwortungsvollen Quellen
FSC® C083411

Umschlagmotiv: Montage aus iStockphoto.com/gaiamoments; shutterstock.com/Honza Krej
Umschlaggestaltung: Nina Schäfer, nach einem Konzept von Leonardo Magrelli und Nina Schäfer
Umsetzung: Tobias Doetsch
Gestaltung Innenteil: César Satz & Grafik GmbH, Köln
Lektorat: Hilla Czinczoll
Druck und Bindung: CPI – Clausen & Bosse, Leck
Printed in Germany 2019
ISBN 978-3-7408-0679-8
Küsten Krimi
Originalausgabe

The rest is silence.
William Shakespeare

Für immer da

Zwölf Wochen zuvor

Er riss die Augen auf. Und schloss sie sofort wieder.

Noch einmal.

Aber es veränderte sich nichts. Er konnte die Bilder nicht einfach ausblenden.

Der Moment hatte sich eingebrannt. Für die Ewigkeit. Er ließ sich nicht herausschneiden wie ein Muttermal. Er ließ sich nicht einmal behandeln. Es gab nichts, was ihm half. Kein Medikament. Keine Menschen, mit denen er reden konnte. Nicht die anderen. Und auch sonst niemanden, der es verstand.

Es gab nur ihn und diesen Moment. Jede Nacht und jeden Tag. Und immer wieder die Frage, wie es überhaupt so weit hatte kommen können. Das Schlimmste war jedoch die Erkenntnis, dass es sich nicht mehr ändern würde.

Niemals.

Was passiert war, würde er sein Leben lang mit sich herumtragen müssen. Die Bilder würden auch nicht verblassen. Oder ganz allmählich aus seinem Bewusstsein verschwinden.

Nichts.

Sie würden immer da sein. Gehörten von nun an zu seinem Leben, obwohl er sich nichts lieber wünschte, als dass er sie greifen könnte. In eine imaginäre Kiste packte und einfach vergrub. Irgendwo ganz weit weg in den Untiefen seines Verstands. Er wollte am liebsten nie mehr damit konfrontiert sein. Einfach so tun, als wäre es nicht passiert.

Ein vergeblicher Wunsch.

Man konnte viele Dinge verdrängen, vielleicht sogar für immer vergessen – das wusste er aus eigener Erfahrung. Aber was passiert war, ließ sich damit nicht vergleichen.

Von nun an musste er lernen, mit den Bildern umzugehen. Sie in den Griff zu bekommen. Zu akzeptieren, dass sie da waren. In den unmöglichsten Momenten an die Oberfläche drängten. Und sie zu bändigen, sobald sie Böses mit ihm vorhatten. Obwohl ihm die Vorstellung schwerfiel, war er sich in diesem Augenblick sicher, dass es ihm irgendwie gelingen würde.

Doch noch etwas bereitete ihm große Sorgen. Etwas, auf das er kaum Einfluss nehmen konnte. Etwas, das zu unterdrücken oder täglich zu bekämpfen außerhalb seiner Kontrolle lag.

Denn er war mit den Bildern nun mal nicht allein.

Und dieser Gedanke löste zunehmend Panik in ihm aus.

Lauerholz

Sechs Wochen zuvor

Die Abstände wurden immer kürzer. Alle zwanzig Sekunden hallte der markante, schrille Ton über die Baumwipfel des Waldes. Das Loksignal des mit Baumstämmen beladenen Zugs, der mitten durch das Lauerholz fuhr, kannte jeder, der in der näheren Umgebung wohnte.

Er schwitzte. Obwohl es kühl war. Die Äste und Sträucher, die ihm ins Gesicht flogen, spürte er kaum noch. Am meisten machte ihm nämlich die hereinbrechende Dunkelheit zu schaffen.

Seit Minuten hatte er die anderen nicht mehr gesehen. Dabei lief ihnen die Zeit davon. Ihnen blieben vielleicht noch fünf, maximal zehn Minuten. Dann mussten sie ihr Versteck wieder erreicht haben. Und noch viel wichtiger: Sie mussten ihn bis dahin aufgehalten haben. Denn nach dem, was passiert war, durfte Leif nicht einfach so entkommen. Sie mussten ihm dringend noch einmal ins Gewissen reden. Ihn davon überzeugen, den Mund zu halten.

Er keuchte jetzt heftig. Wo zum Teufel waren nur die anderen? Und wo war Leif?

Das Loksignal. Da war es wieder. So laut und in diesem Moment noch unheimlicher.

Er rannte noch schneller. Durch das tiefe Laub. Vorbei an unzähligen gesunden und auch abgestorbenen Bäumen. Immer den feuchten Geruch in der Nase, der ihn daran erinnerte, wie er früher als Kind fast jedes Wochenende mit seinen Eltern durch die Wälder Ostholsteins gestreift war.

Das Lauerholz war anders. Rauer. Naturbelassener. Und unheimlicher. Dass sie ausgerechnet diesen Wald für ihr Versteck ausgewählt hatten, war seine Idee gewesen. Er war sich sicher, dass ihr Baumhaus, an dem sie monatelang gearbeitet hatten, unentdeckt bleiben würde.

Aber nicht alle waren einverstanden gewesen. Die Stelle mitten im Lauerholz war nur schwer zugänglich. Außerdem mussten sie Tag für Tag genau darauf achten, wann die Dunkelheit hereinbrach. Ohne Tageslicht war es nahezu unmöglich, sich im Wald zurechtzufinden. Sie mussten rechtzeitig zurück auf den Pfaden sein, um den Weg aus dem Lauerholz zu finden. Andernfalls blieb ihnen nichts anderes übrig, als im Baumhaus zu schlafen.

Das Schlimmste waren die Geräusche. Im Spätsommer hatten sie noch den Singvögeln gelauscht, aber je kühler es geworden war und je mehr Blätter von den Bäumen gefallen waren, desto unwohler hatten sich vor allem die anderen gefühlt. Die grunzenden Geräusche der umherstreunenden Keiler. Die bedrohlich klingenden Schüsse der Jäger, die vor einigen Wochen zum ersten Mal auf Treibjagd gegangen waren. Und immer wieder dieses durchdringende Warnsignal des Zugs, der durch das Lauerholz in Richtung Hafenstraße fuhr. Das Gefühl des Unbehagens wurde bei ihnen allen in diesen Augenblicken immer größer.

Sein Körper zitterte mittlerweile, obwohl ihm der Schweiß bereits auf der Stirn stand. Aber die Angst davor, dass Leif tat, was er angekündigt hatte, trieb ihn immer weiter an.

Die Dunkelheit brach immer schneller über den Wald herein. Er hatte mittlerweile Probleme, weiter als ein paar Meter zu sehen. Aus seiner Jackentasche zog er die große Maglite, die er immer bei sich trug, und schaltete sie ein.

Da hinten war er! Die hellgrüne Jacke. Er erkannte sie zwischen einigen Sträuchern, nicht weit entfernt von dem Weg, der in Richtung Rittbrook führte.

Er hatte also recht gehabt. Leif wollte tatsächlich abhauen. Nichts mehr mit ihnen zu tun haben. Aufgeben. Reinen Tisch machen. Und letztlich sie alle mit in den Abgrund reißen.

Obwohl er stark keuchte, rannte er jetzt noch schneller. Die Kratzer im Gesicht spürte er schon längst nicht mehr. Genauso wenig wie die Nässe, die an seinen Beinen emporkroch. In diesem Moment war er nur darauf fokussiert, Leif einzuholen. Er musste ihn daran hindern, ihr Camp zu verlassen und sich nicht an die Absprachen zu halten.

Der Kegel seiner Taschenlampe flackerte wild umher. Die Bäume im Lauerholz wirkten plötzlich wie Riesen. Wie unheimliche Widerstände, die sich unstet hin und her bewegten und den Weg für ihn nicht frei machen wollten.

Vielleicht noch zwanzig Meter, fuhr es ihm durch den Kopf. Er rief Leifs Namen jetzt laut durch den Wald. Immer wieder. Hoffte darauf, dass der endlich zur Vernunft kam. Sich noch einmal vor Augen führte, was auf dem Spiel stand. Aber Leif sah sich nicht einmal um. Er lief einfach weiter durchs Unterholz.

Er stolperte und rappelte sich wieder hoch. Lief ebenfalls weiter. Der Lichtkegel bahnte ihm den Weg. Bis er schließlich selbst den Weg am Rand des Waldes erreicht hatte.

Seine Lunge brannte jetzt förmlich, und der Puls schlug so heftig, dass er einen Moment lang in die Knie ging, um seinen Atem zu regulieren.

Er wartete eine halbe Minute. Dann rannte er los.

Je näher er Leif kam, desto intensivere Gedanken überkamen ihn. Die vergangenen Wochen liefen erneut wie ein Film vor seinen Augen ab. Wie oft hatten sie darüber gesprochen, dass sie keine Wahl hatten. Dass es nur diesen einen Weg geben würde. Sie hatten es sich geschworen. Sie alle. Auch Leif. Immer und immer wieder.

Noch einmal rief er Leifs Namen. Doch dieses Mal erstarb seine Stimme unter dem Pfeifton des Zugs.

Er musste ihm jetzt ganz nah sein. Die Gleise waren keine fünfzig Meter entfernt. Und Leif rannte geradewegs darauf zu.

Jetzt noch zwanzig Meter.

Oder zehn.

Da vorne waren sie. Die Gleise!

Er blieb stehen. Im selben Augenblick sah sich Leif plötzlich um. Er blickte ihm direkt in die Augen. Vollkommen unerwartet. Und da war dieser Gesichtsausdruck. Eine seltsame Mischung aus Entschlossenheit und Furcht. Vielleicht sogar Angst.

»Mach das nicht!«, brüllte er ihm entgegen. »Bleib hier!«

Aber Leif schüttelte fast unmerklich den Kopf. Es kam nur ein leises »Tut mir leid« über seine Lippen. Dann wandte er sich um und lief weiter. Die wenigen Meter bis zum Bahndamm, hinter dem er dann in Richtung Rittbrook verschwinden würde.

Er sah ihm beinahe regungslos nach. Überlegte, doch hinter ihm herzustürzen, um ihn aufzuhalten.

Es waren nur Sekunden, in denen er noch einmal den Gleisen entgegensprintete. Ehe mit einem Mal die gesamte Umgebung hell erleuchtet wurde.

Das Loksignal ertönte. Es war laut und nah. Und es klang warnend.

Wo zum Teufel war Leif?

Scheinwerfer blendeten ihn. Der Zug!

Ächzende Geräusche. Stahl auf Stahl. Quietschende Bremsen.

Er rollte sich weg. Gerade noch rechtzeitig.

Im nächsten Moment schob sich der Zug nur einen knappen Meter entfernt an ihm vorbei.

Er brüllte nach Leif. Und betete, dass er die Gleise überquert hatte, bevor ihn der mit Holz beladene Zug erwischt hätte.

Er zitterte. Spürte die Panik in sich aufsteigen, als die letzten Waggons vorbeifuhren und er seine Taschenlampe wieder auf den Bahndamm richtete.

Er hatte Leif stoppen müssen. Aber doch nicht zu diesem Preis.

Plötzlich zuckte er zusammen. Die anderen waren aus der Dunkelheit in den Lichtkegel getreten. Ihre Gesichter verrieten, dass sie mehr gesehen hatten als er. Und das, was sie gesehen hatten, musste grausam gewesen sein.

Langsam, wie in Zeitlupe, gingen sie aufeinander zu. Mit Tränen in den Augen, die nicht fließen wollten. Fassungslos darüber, was passiert war.

Sie waren zu weit gegangen. Viel zu weit. Und er wusste, dass mit Leifs Tod nun alles noch viel schlimmer geworden war.

Eng umschlungen

Die letzten Tage waren der pure Horror gewesen. Wie jedes Jahr im Herbst wuchs ihr auch dieses Mal die Arbeit über den Kopf. Der Jahresabschluss rückte näher, und es war ihre Aufgabe, alle Unterlagen zusammenzutragen. Das allein war schon ein fürchterliches Unterfangen. Doch was Vanessa Wilkens am meisten belastete, war die unausgesprochene Forderung ihrer Chefs, bei der Bilanzierung möglichst kreativ zu sein. Dafür zu sorgen, dass die Umsätze so geschickt auf die verschiedenen Gesellschaften verteilt wurden, dass die Steuerbelastung möglichst gering ausfiel. Selbstverständlich nur unter Einhaltung aller legalen Vorgaben. Wie das funktionieren sollte, sagten sie ihr natürlich nicht.

Die gesamte Verantwortung des Jahresabschlusses lag bei ihr. Nicht bei den Geschäftsführern. Auch nicht bei dem Abteilungsleiter für Finanzen. Nicht einmal bei ihrem direkten Vorgesetzten, der wahrscheinlich keinen Schimmer davon hatte, was die von ganz oben von ihr verlangten.

Ausgerechnet sie, die überhaupt erst durch einen glücklichen Zufall an diesen Job geraten war. Weil eine ihrer besten Freundinnen mit einem der wichtigen Menschen des Unternehmens gemeinsam studiert und ihr den Tipp gegeben hatte, sich in Lübeck auf die frei werdende Stelle als Sachbearbeiterin im Rechnungswesen zu bewerben.

Seitdem waren acht Jahre vergangen. Ihre Kinder waren mittlerweile aus dem Gröbsten raus. Ihr Mann hatte sie verlassen und lebte jetzt mit genau der Freundin zusammen, die ihr damals den Tipp gegeben hatte. Natürlich war sie längst nicht mehr ihre Freundin. Sie hasste sie dafür. Genau wie ihren Ex-Mann. Und vielleicht war genau diese schmerzvolle Enttäuschung der Anlass gewesen, warum sie sich auf die Sache mit ihrem Chef eingelassen hatte.

Das Ganze war wie in einem schlechten Sketch verlaufen. Auf der Weihnachtsfeier vor vier Jahren hatte ein dummer Spruch den anderen ergeben. Und dann waren sie in seinem Büro gelandet und hatten Sex miteinander gehabt. Auf seinem Schreibtisch.

In den Wochen danach hatte sie das Ganze noch ein paarmal wiederholt. Warum, das konnte sie sich bis heute nicht erklären. Optisch war Björn kein Highlight. Und der Sex war auch nicht gut gewesen. Nicht einmal der Ansatz von Leidenschaft hatte sie dabei angetrieben. Wahrscheinlich war es wirklich nur eine Reaktion darauf gewesen, dass sie sich tief verletzt gefühlt hatte.

Immer häufiger hatten sie bei ihren Treffen auch über die Arbeit in der Firma gesprochen. Über ihre Aufgaben und darüber, was sie vielleicht speziell für ihn erledigen konnte. Anfangs hatte sie noch nicht voraussehen können, worauf genau er eigentlich hinauswollte. Doch am Ende ihres ersten Jahres hatte sie es schließlich verstanden. Da war es allerdings längst zu spät gewesen.

Sie hatte sich auf das eingelassen, was er von ihr verlangte, und genau das war der Fehler gewesen. Die Affäre mit ihm war irgendwann im Sande verlaufen, aber ihre Aufgaben, für die er sie auserkoren hatte, erfüllte sie weiterhin. Jahr für Jahr.

Ein Zustand, der sie belastete. Vor allem dann, wenn es wieder stressig wurde. Wenn im Herbst jeden Jahres der Jahresabschluss anstand.

So wie jetzt.

Hinzu kam, dass sie unzufrieden war. Obwohl sie sich nicht mehr ganz unten in der Nahrungskette des Unternehmens befand und sich mühsam Stück für Stück in der Hierarchie nach oben gearbeitet hatte, war sie noch längst nicht dort, wo sie ihrer Meinung nach hätte stehen müssen. Vor allem in Anbetracht der Verantwortung, die ihr Chef ihr übertragen hatte. Und des Risikos, das sie einging, indem sie für eine kreative Buchführung sorgte.

Vor ein paar Wochen hatte sie beschlossen, etwas in ihrem Leben zu verändern. Ein Jobwechsel wäre naheliegend gewesen, aber trotz des Stresses und der Situation mit ihrem Chef fiel es ihr schwer, einfach aufzugeben, wofür sie jahrelang gekämpft hatte. Vielleicht auch deshalb, weil sie sich grundsätzlich mit Veränderungen schwertat.

Stattdessen hatte sie sich dazu durchgerungen, ihren Tagesablauf neu zu strukturieren. Zum ersten Mal in ihrem Leben wollte sie regelmäßig Sport treiben. Jeden Morgen zu joggen hatte sie sich niemals wirklich vorstellen können. Aber jetzt, nach den ersten drei Wochen, war sie sich sicher, dass es die beste Entscheidung ihres Lebens gewesen war.

Wenn sie sich einmal aufgerafft und die ersten Meter hinter sich gebracht hatte, wenn die Endorphine freigesetzt wurden, dann stieg ganz langsam dieses Glücksgefühl in ihr hoch, das sie nicht mehr missen wollte. Das sie zuvor gar nicht gekannt hatte.

Um kurz nach halb acht hatte sie Emil heute an der Grundschule am Stadtpark abgegeben. Sie war bereits fertig umgezogen, um anschließend direkt loszulaufen. Drei Runden durch den Drägerpark und wieder zurück. Anschließend duschen, anziehen und sich aufs Fahrrad schwingen. Um neun Uhr würde sie am Schreibtisch ihres Büros in Bahnhofsnähe sitzen und wieder ihrer Aufgabe nachkommen müssen: möglichst kreativ zu sein.

Die Sonne glitzerte wie in den letzten Tagen auf der Wasseroberfläche der Wakenitz. Ein sonniger, aber kalter Novembertag stand bevor. Sie atmete tief durch und sog die erfrischende Herbstluft tief in sich auf.

Um diese Uhrzeit war der Park noch weitestgehend leer. Ein paar Schülerinnen kamen ihr entgegen, zwei Jogger und einige abgehetzte Männer und Frauen, offenbar auf dem Weg in die Arbeit.

Sie lief langsam und versuchte, ihre Atembewegungen zu regulieren. In den ersten Tagen hatte sie noch Probleme mit

Seitenstechen gehabt, doch seitdem sie auf ihre Atmung achtete, hatte sie ihren ganz eigenen Rhythmus gefunden. Es blieb ihr sogar Zeit, einen Blick auf die schönen Dinge zu werfen.

Sie liebte diese Strecke. Entlang der Wakenitz mit den Enten und Schwänen, die neben ihr herschwammen. Die Altstadtinsel im Hintergrund. Mit allen sieben Kirchturmspitzen, die so imposant in den Himmel ragten.

Dass mit den beiden Personen, die sie plötzlich sah, womöglich irgendetwas nicht stimmte, fiel ihr erst auf, als sie bereits an ihnen vorbeigejoggt war. Sie lagen regungslos auf der großen Wiese. Eng umschlungen. Aber um diese Uhrzeit schien ihr das ungewöhnlich. Und dazu noch zu dieser Jahreszeit.

Sie hielt inne. Trippelte auf der Stelle. Überlegte, was sie tun sollte. Sich den beiden nähern? Was, wenn es Junkies waren?

Hastig griff sie in die Tasche ihrer Trainingsjacke. Das Handy war da, wo es sein sollte. Sie konnte einfach jemanden anrufen. Am besten die Polizei.

Sie hielt den Blick auf die beiden Personen gerichtet und war sich sicher, dass sie den beiden womöglich helfen musste. Wenn ihnen denn noch zu helfen war.

Langsam näherte sie sich. Sie wollte es nicht, aber sie konnte sich nicht dagegen wehren. Ein Spiegelbild ihres Lebens. Immerzu pflichtbewusst, ohne über die Konsequenzen nachzudenken. Am Ende würde sie leiden müssen.

Die beiden bewegten sich nicht. Ihre Körper sahen schlaff aus.

Ein kalter Schauer kroch an ihren Beinen hoch. Ein Gefühl von Hilflosigkeit überkam sie.

Vor ihr auf dem Gras lagen zwei Teenager, nicht älter als fünfzehn oder sechzehn. Ein Junge mit blonden, etwas längeren Haaren und ein Mädchen mit dunkelbraunen Locken.

Die beiden waren tot. Da war sie sich absolut sicher. Auch ohne sich zu ihnen hinunterzubeugen. Ihren Puls zu fühlen. An ihnen zu rütteln.

Sie brauchte einige Sekunden, bis sie die Bilder, die sie sah, verarbeitet hatte, dann war sie sich jedoch sicher: Sie kannte den Jungen.

Zitternd trat sie einige Schritte zurück und fischte das Handy aus ihrer Jacke. Während sie den Notruf wählte, schüttelte sie den Kopf. Über das, was sie da vor sich sah. Aber vor allem über sich selbst. Denn sie musste in diesem Moment an ihre Arbeit denken.

Als sich am anderen Ende der Leitung der Polizeibeamte meldete, hatte sie eine Entscheidung getroffen. Eine Entscheidung, die längst überfällig war. Sie würde nur noch ein einziges Mal in ihr Büro zurückkehren. Die Zeit der Kreativität war vorbei.

Edler Ritter

Als der Anruf kam, erhob Birger Andresen sich langsam aus dem Bett und trat auf leisen Sohlen an das große Fenster mit Blick auf die Wakenitz. Erinnerungen an den letzten großen Fall im Sommer stiegen sofort wieder in ihm hoch. Er hatte exakt hier gestanden, als seine Kollegin Ida-Marie ihn damals anrief.

Morten redete laut und deutlich. Aber für Andresens Verhältnisse auch etwas zu viel und vor allem zu schnell.

»Moment«, unterbrach er den jungen Kollegen nach einer halben Minute. »Wo genau habt ihr die beiden überhaupt gefunden?«

»Im Drägerpark, gleich hinter dem Freibad.«

»Wie bitte?« Andresen ließ die Hand samt Telefon vom Ohr hinabrutschen und öffnete die Balkontür. Er trat ins Freie und schüttelte sich kurz, als er die kühle Herbstluft an seinem nackten Oberkörper spürte. Dann kniff er die Augen zusammen und versuchte, zwischen den Bäumen, die für diese Jahreszeit noch ungewöhnlich viel Laub trugen, über das Wasser der Wakenitz hinweg auf der gegenüberliegenden Uferseite etwas erkennen zu können.

Tatsächlich.

Es zuckten blaue Blitze vor der aufgehenden Sonne. Rettungsfahrzeuge und Polizeiwagen konnte er zwar nicht sehen, aber immerhin deren Lichter. Und wenn er seine Ohren spitzte, würde er mit Sicherheit auch die Martinshörner hören.

»Ist Seelhoff schon da?«, fragte er, als er den Hörer wieder ans Ohr hielt.

»Ja, eben angekommen.«

»Hast du mit ihm gesprochen?«

»Nur kurz. Aber er will auf jeden Fall, dass du so schnell wie möglich hierherkommst.«

»Obwohl alles darauf hindeutet, dass es sich um einen Suizid handelt, wie du eben erzählt hast?«

»Richtig. Zumindest gibt es nach den ersten Erkenntnissen keinerlei Hinweise auf eine gewaltsame Fremdeinwirkung.«

Andresen schüttelte den Kopf. Noch eine Parallele zu dem Fall im Sommer. Damals waren sie in die JVA Lauerhof gerufen worden, weil sich der bekannteste Häftling Lübecks offenbar das Leben genommen hatte.

»Ich glaube, es wäre tatsächlich gut, wenn du herkommst«, redete Morten weiter. »Selbst wenn sich die beiden umgebracht haben, bin ich mir ziemlich sicher, dass die Sache hohe Wellen schlagen dürfte. Es handelt sich um Teenager, das wird uns noch eine Weile beschäftigen.«

»Ich bin in zehn Minuten da«, sagte Andresen schließlich. »Ruf bitte Ida-Marie an. Sie soll auch kommen. Und sei bitte …« Andresen stockte. »Mach einfach alles so, wie du es gelernt hast«, schob er hinterher.

»Wie denn sonst?«

»Schon gut.« Andresen fiel keine sinnvolle Antwort ein, und er beendete das Gespräch.

Langsam ging er zurück in die Wohnung und legte sein Handy auf den Wohnzimmertisch. Er hatte gehofft, dass Agnes nicht wach geworden war, aber als er ins Schlafzimmer zurückkehrte, saß sie bereits aufrecht und blickte ihn argwöhnisch an.

»Ist es wieder so weit?«, fragte sie nach einigen Sekunden des Schweigens.

»Ich hoffe nicht«, antwortete er. »Aber es steht zu befürchten.«

»Du weißt aber schon, was du morgen vorhast?«

»Gut, dass du mich noch mal daran erinnerst, sonst hätte ich es wohl vergessen.« Andresen hoffte, seinen Sarkasmus als Witz verkaufen zu können, spürte aber nach wenigen Augenblicken, dass ihm der Versuch misslungen war. »Tut mir leid«, sagte er. »Ich weiß, dass du dir Sorgen machst.«

»Ich mache mir keine Sorgen«, entgegnete Agnes. »Ich halte das, was du vorhast, einfach für vollkommen idiotisch. Mittlerweile weiß ich, weshalb deine bisherigen Beziehungen nicht gehalten haben. Aber mir war ja von der ersten Sekunde an klar, worauf ich mich mit dir einlasse, deshalb brauchst du auch keine Rücksicht auf mich zu nehmen.«

»Aber du weißt, dass ich Rücksicht nehmen will.«

»Das wirst du niemals tun«, sagte sie bestimmt. »Ich kann gut damit umgehen. Vor zwanzig Jahren hätte ich das nicht mitgemacht, wahrscheinlich nicht einmal vor zehn. Aber so, wie es zwischen uns beiden ist, ist es völlig in Ordnung.«

»Du klingst so wahnsinnig nüchtern.«

»Wir sind doch keine Teenager mehr. Oder soll ich dir etwa die große Leidenschaft vorspielen?«

»Nein, das ist nicht, was ich will, aber –«

»Hör mal, Birger«, fuhr sie dazwischen. »Ich habe mich für ein Leben mit dir entschieden, weil ich dich liebe. Und daran wird sich so schnell auch nichts ändern. Trotzdem erwartest du wohl hoffentlich nicht ernsthaft Verständnis von mir, wenn du mit diesem Simon Winter nach Norwegen fliegst, um die Mörder seiner Eltern zu finden, oder?«

»Nein, aber ich habe dir schon mehrfach erklärt, weshalb ich Simon und Ida-Marie das schuldig bin.«

»Ida-Marie hält von eurer Reise doch noch viel weniger als ich.«

»Wenn wir erfolgreich sind, wird sie anders darüber denken. Die Beziehung der beiden wird niemals normal sein, solange Simon nicht mit dieser Sache abgeschlossen hat.«

»Du edler Ritter.«

»Mein Altruismus war schon immer meine größte Schwäche.« Andresen zwinkerte, scheiterte jedoch erneut bei dem Versuch, das Gespräch aufzulockern. »Ich muss jetzt leider los«, sagte er schließlich.

»Was ist denn überhaupt passiert?«

»Zwei tote Jugendliche im Drägerpark«, antwortete er

nachdenklich, während er in seine Jeans schlüpfte. »Sieht wohl nach Suizid aus.«

»Das kommt mir irgendwie bekannt vor. Ich hoffe mal, dass dabei am Ende nicht so eine Geschichte wie bei dem Tod von Ralf Blum im Sommer herauskommt.«

»Ich habe in den vergangenen dreißig Jahren bei der Mordkommission so viel erlebt, dass ich eigentlich immer auf alles gefasst bin. Aber die Wahrscheinlichkeit, dass es für Polizei und Justiz noch einmal so eng wird wie im Fall Blum, halte ich für äußerst gering. Allein die Sache mit Zeichner ...« Andresen brach ab.

Die Bilder verfolgten ihn beinahe täglich. Er war es gewesen, der den damaligen Polizeipräsidenten tot in dessen Fahrzeug in der Tiefgarage des Präsidiums gefunden hatte.

Die Ermittlungen nach dessen Tod hatten zahlreiche belastende Beweise gegen Zeichner ergeben. Andresen hatte sich jedoch nicht weiter dafür interessiert. Sein Verhältnis zu Zeichner war in den letzten Jahren immer schwieriger geworden, trotzdem hatte er nicht wissen wollen, wie tief sein ehemaliger Chef in den Fall verstrickt gewesen war. Vielleicht hatte er auch einfach nur Angst gehabt, Dinge über Zeichner zu erfahren, die er gar nicht hatte hören wollen.

Noch immer ungeklärt war Zeichners Nachfolge. Eine Zeit lang hatte Andresen ernsthaft in Erwägung gezogen, sich selbst auf den Posten des Polizeipräsidenten zu bewerben, aber schließlich eingesehen, dass dieser Job noch viel weniger zu ihm passte als der des Kommissariatsleiters. Ihn trieb auch mit Mitte fünfzig noch die direkte Ermittlungsarbeit an. Dass er aktuell noch immer sowohl die Mordkommission als auch die im Grunde verwaiste X-Einheit, in der die Cold Cases aus Schleswig-Holstein behandelt wurden, leitete, war ebenfalls Zeichners Tod geschuldet. Jeder im Team hoffte darauf, dass sein Posten so schnell wie möglich neu besetzt und endlich die wichtigen Personalentscheidungen getroffen würden.

»Ich gehe dann mal duschen«, unterbrach Agnes plötzlich

seine Gedanken. »Heute Abend gehen wir gemeinsam essen, dann reden wir weiter.«

»Heute Abend?«, wunderte sich Andresen. »Der Flieger geht um zehn nach sechs, wir müssen morgen früh spätestens um halb fünf los.«

»Wir gehen essen«, sagte Agnes unmissverständlich. »Ich habe um sieben Uhr einen Tisch reserviert. Ich muss etwas Wichtiges mit dir besprechen.«

»Jetzt machst du mir aber Angst. Hast du es dir etwa anders überlegt und willst mich doch noch heiraten?«

»Mit Sicherheit nicht. Es geht um etwas völlig anderes.«

»Um das du so ein Geheimnis machen musst? Ich hoffe, es ist nichts Unangenehmes?«

»Das wird sich zeigen.«

Andresen nickte, aber Agnes' Worte verunsicherten ihn. »Treffen wir uns hier und gehen gemeinsam?«

»Nein, komm einfach um sieben ins Onni. Ich warte auf dich.«

»Du verrätst nicht, worum es geht?«

»Nein.«

Agnes trat noch einmal auf ihn zu und gab ihm einen Kuss auf den Mund. Dann wandte sie sich ab, ließ ihren Morgenmantel hinabgleiten und verschwand im Badezimmer.

Genug gesehen

Die Verabredung zum Essen und ihre Geheimniskrämerei hatten ihm den gesamten Weg bis in den Drägerpark keine Ruhe gelassen. Agnes hatte ganz ruhig gewirkt. Im Grunde so wie immer. Wenn sie nur nicht plötzlich darauf bestanden hätte, ausgerechnet heute Abend mit ihm ins Onni zu gehen.

Sie wusste doch genau, dass er mit seinen Gedanken ganz woanders war. Was gab es so Wichtiges zu besprechen, dass es nicht bis nach seiner Rückkehr aus Norwegen warten konnte? Er hatte sich extra einen Tag Urlaub genommen, der Rückflug war für morgen Abend gebucht. Bis dahin mussten sie mehr über die Mörder von Simons Eltern in Erfahrung gebracht haben, andernfalls würde Simon allein nach ihnen suchen. Dieser Deal war das Maximum an Hilfe, zu dem er sich bereit erklärt hatte.

Schon von Weitem sah Andresen, dass in Höhe des Marlibads die Rasenfläche des Parks großflächig abgesperrt worden war. Ein halbes Dutzend Rettungswagen und Einsatzfahrzeuge der Polizei parkten zum Teil mitten auf den Grünflächen. Als er näher kam, erkannte er sofort Ida-Marie Berg, die gerade telefonierte und gleichzeitig einigen Kollegen von der Spurensicherung mit wilden Handbewegungen Anweisungen gab. Sie musste schon auf dem Weg hierher gewesen sein, als er noch mit Morten telefoniert hatte.

»Die Zeitungen«, sagte sie leise in seine Richtung, »haben schon Wind von der Sache bekommen. Ich versuche, sie abzuwimmeln.«

Andresen nickte und ging langsam an ihr vorbei. Knapp zwanzig Meter entfernt hatten die Techniker bereits etliches Equipment aufgebaut. Die beiden toten Teenager lagen direkt daneben, zugedeckt von einer schwarzen Plane.

Er zögerte. Es gab nichts, das ihn in diesem Moment antrieb, auch nur einen einzigen Schritt weiterzugehen. Er hatte kein Problem damit, einfach darauf zu verzichten, einen Blick auf die Toten zu werfen.

»Gut, dass du so schnell hergekommen bist.«

Andresen fuhr herum. Vor ihm stand Morten Sandt und sah ihn aus erschöpften Augen an. Er gehörte seit einem knappen Jahr ihrem Team an und übernahm nach und nach immer mehr Verantwortung. In Augenblicken wie diesen war ihm allerdings anzumerken, wie unerfahren er noch war. Er versuchte gar nicht erst zu verbergen, wie sehr ihm der Anblick der beiden Leichen zu schaffen machte. Sein ohnehin blasses Gesicht war so farblos, dass Andresen befürchtete, er würde jeden Moment kollabieren.

»Alles in Ordnung?«, fragte er vorsichtig. »Ehrlich gesagt siehst du nicht gerade gut aus.«

»Bei zwei toten Jugendlichen auf leeren Magen kein Wunder, oder?« Morten fuhr sich mit der rechten Hand durchs Gesicht und durch seine kurzen blonden Haare. »Die beiden liegen da so friedlich und eng umschlungen, schwer zu glauben, dass sie tot sind.«

»Eng umschlungen?«

»Ja, als wären sie ein Paar.«

»Vielleicht waren sie es?«

»Möglich.«

»Habt ihr schon eine Ahnung, wer die beiden sind?«

»Noch nicht, aber das herauszubekommen sollte relativ schnell gehen. Seelhoffs Leute haben einige persönliche Dinge sichergestellt.«

»Und wir können uns sicher sein, dass die beiden noch Teenager sind?«

»Absolut, sie sind höchstens sechzehn, wenn du mich fragst«, antwortete Morten. »Am besten siehst du sie dir selbst an.«

»Später vielleicht«, sagte Andresen ausweichend. »Weshalb sollte ich eigentlich unbedingt hierherkommen, obwohl alles danach aussieht, dass sich die beiden das Leben genommen haben?«

»Irgendetwas stimmt hier nicht«, antwortete Morten leise. »Aber ich kann nicht genau sagen, was es ist.«

»Denkst du, dass es vielleicht doch kein Suizid gewesen sein könnte?«

»Ich weiß nicht. Vielleicht ist es so, wie es auf den ersten Blick aussieht, gar nicht gewesen.«

»Es wäre gut, wenn du das näher erklären könntest«, drängte Andresen.

»Tut mir leid, das kann ich leider nicht. Es ist mehr mein Bauchgefühl, das mir das sagt.«

Andresen ging ein paar Schritte weiter in Richtung der Stelle, an der die beiden toten Körper unter der Plane lagen. Aus dem Augenwinkel erkannte er, dass Morten ihm folgte. Er wartete, bis der junge Kollege schließlich wieder neben ihm stand.

»Bringt es mich weiter, wenn ich sie mir ansehe?«, fragte Andresen nach einer Weile des Schweigens.

»Du musst nicht, wenn du nicht möchtest«, antwortete Morten ernst. »Aber so schrecklich es auch ist, ich bin der Meinung, dass man begreifen muss, weshalb man das alles tut. In der Ausbildung wird immer nur von Opfern und Tätern gesprochen. Aber wir haben es vor allem mit Menschen zu tun.«

»Sehr weise Worte für so einen Jungspund wie dich. Aber du hast natürlich vollkommen recht, man sollte sich immer alles im Detail ansehen. Trotzdem verzichte ich heute darauf. Ich bin mittlerweile sechsundfünfzig Jahre alt und habe so viele grauenhafte Dinge gesehen, die mich täglich in den Schlaf begleiten, dass ich mich in diesem Fall einfach auf dich und Ida-Marie verlasse. Ich sehe mir später die Fotos an, das berührt mich emotional weitaus weniger.«

»Wirklich interessant«, sagte Morten, während er die Plane lupfte und einen Blick darunter warf. Als wollte er sich selbst davon überzeugen, dass die beiden noch immer dort lagen.

»Wenn ich mir deine Gesichtsfarbe so anschaue, solltest du vielleicht einen Gang zurückschalten«, sagte Andresen. »Nicht, dass du hier gleich auch auf dem Rasen liegst.«

»Nein, schon in Ordnung. Ich muss lernen, wie man einen Tatort liest.«

»Tatort?«

»Na ja, du weißt schon, wie ich das meine.«

»Um ehrlich zu sein, nein. Aber wir reden später weiter.«

Andresen entfernte sich von Morten und den abgedeckten Leichen der Teenager. Innerlich wollte er sich nicht zu sehr auf die Situation einlassen. Wenn tatsächlich Suizid vorlag, war es eine tragische Angelegenheit und würde die Kripo in den nächsten Tagen durchaus beschäftigen. Aber sofern sie ausschließen konnten, dass irgendeine Form von Fremdeinwirkung vorlag, zöge das keine langwierigen Ermittlungen nach sich. Er würde morgen früh nach Bergen fliegen und hoffentlich das Kapitel Simon Winter ein für alle Mal abschließen können, ohne sich zu große Gedanken um den Tod zweier Jugendlicher machen zu müssen.

Wieder ließ er seinen Blick kreisen. Er mochte diesen Ort. Der Blick auf das glitzernde Wasser der Wakenitz und die Altstadt waren immer wieder aufs Neue faszinierend. Früher war er oft hierhergekommen, wenn die Sonne über der Stadt untergegangen war. Dann hatte er sich einfach auf die Wiese gesetzt und darüber nachgedacht, was in seinem Leben bisweilen schiefgelaufen war. Dass er nicht fähig gewesen war, ein guter Ehemann und Vater zu sein, dass er kaum Freunde hatte. Er war sich sogar darüber im Klaren, von vielen seiner Mitmenschen nicht unbedingt gemocht zu werden.

Aber diese Zeit war vorbei. Zumindest vordergründig. Seitdem er mit Agnes zusammen war, hatte sich vieles in seinem Leben verändert. Er war froh, wenn er einfach in ihrer Nähe war. Es erfüllte ihn mit Zufriedenheit und Glück. Die Unruhe, die ihn jahrelang angetrieben hatte, verschwand zusehends. Ein wesentlicher Grund hierfür war sicherlich sein Alter. Aber vor allem Agnes mit ihrer ausgeglichenen Art hatte ihn in den vergangenen Monaten gelassener werden lassen.

Im letzten Moment gelang es Andresen noch, auszuweichen und nicht hineinzutreten. Direkt vor ihm auf dem Gras befand sich Erbrochenes. Angewidert wandte er sich ab, nur um im nächsten Moment noch einmal genauer hinzusehen.

Es schien relativ frisch zu sein.

Sein Blick wechselte hin und her. Zwischen dem Fundort der beiden Leichen und der unappetitlichen Sache vor seinen Füßen. Mit einem Mal war da dieser Gedanke, der hochkam und sich binnen weniger Augenblicke verselbstständigte.

Andresen speicherte ihn ab und ging zurück in Richtung Ida-Marie. Plötzlich war er sich sicher, dass sein Kollege Morten richtiglag. Irgendetwas stimmte hier nicht. Und zwar ganz und gar nicht.

Beklemmung

Harald Seelhoff zu sehen war ein vertrautes und gleichzeitig beunruhigendes Gefühl. Allein die Anwesenheit des Leiters der Kriminaltechnik vermittelte bereits das Gefühl, es handele sich bei dem Tod der beiden Teenager um einen Fall für die Mordkommission. Mit angespannter Miene trat Andresen auf ihn zu.

»Seid ihr schon fertig?«, fragte er, ohne den Kollegen zu begrüßen.

»Wir sind dann fertig, wenn du unseren Bericht auf deinem Schreibtisch liegen hast«, antwortete Seelhoff nüchtern.

»Ist euch das Erbrochene nicht aufgefallen?«, fragte Andresen hartnäckig. »Keine zwanzig Meter vom Fundort entfernt. Wie kann denn so etwas passieren?«

»Ich wiederhole mich ungern, aber wir sind noch nicht fertig. Ich würde mich überaus freuen, hier einfach in Ruhe unserer Arbeit nachgehen zu können. Wenn ich mich hier allerdings umschaue, erscheint mir das nahezu unmöglich.«

»Lassen wir das«, sagte Andresen. »Kannst du mir sagen, was ihr schon herausgefunden habt?«

»Offenbar nicht so viel wie du.«

»Ernsthaft jetzt? Vielleicht ist es besser, das Gespräch später im Präsidium fortzusetzen. Scheint ja alles nicht so wichtig zu sein.« Andresen wandte sich ab und ließ Seelhoff stehen.

»Warte«, rief Seelhoff plötzlich. »Hören wir mit diesen Kindereien auf. Natürlich haben wir schon etwas herausgefunden, das du wissen solltest.«

Andresen wartete noch ein paar Sekunden, ehe er sich schließlich umdrehte.

»Wir haben erste Anzeichen dafür gefunden, wie sich die beiden das Leben genommen haben.«

»Und zwar?«

»Hautverfärbungen«, antwortete Seelhoff nachdenklich. »Wir müssen sie natürlich in der Rechtsmedizin überprüfen lassen, aber einiges deutet darauf hin, dass es sich um eine Vergiftung durch Zyankali handelt.«

»Zyankali?« Andresen war überrascht.

»Ist zumindest unsere vorläufige Vermutung. Für die genauen Ergebnisse ist wie gesagt die Rechtsmedizin zuständig.«

»Das Erbrochene«, setzte Andresen erneut an. »Kann das in einem Zusammenhang stehen?«

»Du meinst, ob sich jemand infolge der Vergiftung erbrochen hat?«

»Zum Beispiel.«

»Denkbar. Das Erbrochene muss jedenfalls auch überprüft werden. Ich habe vorhin bereits mit Danuta telefoniert.«

»Danuta, aha.«

»Professor Kapustka.«

»Schon klar. Ihr duzt euch?«

»Weshalb denn nicht? Wir arbeiten eng zusammen, außerdem ist sie eine spannende Frau.«

»Spannend?« Andresen blickte seinen Kollegen herausfordernd an. Seelhoff war etwa in seinem Alter, also bestimmt zwanzig Jahre älter als Danuta Kapustka. Außerdem war er verheiratet und Vater von zwei erwachsenen Töchtern.

»Nach den vielen Jahren mit Kollege Birnbaum war ich mir anfangs nicht sicher, wie die Zusammenarbeit mit ihr werden würde«, sprudelte es plötzlich aus Seelhoff heraus. »Aber ich muss sagen, ich finde sie äußerst erfrischend. Und verdammt attraktiv ist sie natürlich auch.«

»Natürlich.« Andresen verzichtete auf weitere Frotzeleien, schüttelte jedoch irritiert den Kopf über Seelhoff, als Ida-Marie mit ernster Miene auf sie zutrat.

»Es ist an der Zeit«, sagte sie.

»Wofür?«

»Wir wissen jetzt, wer die beiden sind. Jannik Wegener und Lisa Nolde, beide sechzehn Jahre alt, Schüler der elften Klasse am Christianeum. Ob wir wollen oder nicht, wir müssen so schnell wie möglich mit den Eltern der Kinder reden.«

Andresen schluckte schwer. Es gab so einige Momente im Rahmen einer Ermittlung, auf die er gut und gerne verzichten konnte. Das Gespräch mit den Angehörigen eines Opfers war jedoch mit weitem Abstand der unangenehmste. Etwas, das in drei Jahrzehnten als Kriminalkommissar niemals zur Routine geworden war. Jedes Mal aufs Neue fühlte er sich hilflos. Unfähig, die richtigen Worte zu sagen. Zweifelnd, ob er genug Empathie zeigte. Taktlos, weil er für die Ermittlungen wichtige Fragen stellen musste. Doch nicht selten hatten genau diese ersten Gespräche entscheidende Informationen geliefert.

»Na schön«, sagte er schließlich. »Ich hoffe allerdings, dass wir nicht die Überbringer der Nachricht sind?«

»Nein, wir haben bereits Streifenwagen geschickt. Außerdem sollen später Seelsorger dazukommen.«

»Mir sagen die Namen der beiden nichts«, sagte Andresen. »Wissen wir irgendetwas über sie oder ihre Eltern?«

»Noch nicht«, antwortete Ida-Marie. »Ich habe Morten gebeten, sofort ins Präsidium zurückzufahren und so viel wie möglich über die beiden herauszufinden.«

»Wo steht dein Auto?«

»Oben an der Marlistraße. Aber wir können auch zu Fuß gehen. Beide Familien wohnen auf der Altstadtinsel. Ein kleiner Spaziergang tut uns vielleicht ganz gut.«

Als die beiden eine halbe Stunde später auf halber Höhe der Wahmstraße in den Von-Höveln-Gang einbogen, spürte Andresen sofort wieder den Kloß im Hals. Die leichte Übelkeit, die in ihm aufstieg, verdrängte er mit Atemübungen.

»Du darfst gerne das Gespräch führen«, sagte er, als sie vor der Haustür der Familie Nolde stehen blieben. »Ich glaube, du triffst den besseren Ton.«

»Es gab Zeiten, in denen du mich niemals vorgeschickt hättest, aus Angst, ich würde ihn mit ziemlicher Sicherheit nicht treffen.« Ida-Marie blickte Andresen einige Sekunden lang tief in die Augen. Dann zwinkerte sie fast unmerklich und klingelte.

Die Frau, die ihnen wenige Momente später öffnete, schien durch sie hindurchzusehen. Als suchte sie nach kleinen Kindern, die sich einen Klingelstreich erlaubt hatten.

»Maren Nolde?«, fragte Ida-Marie. »Wir sind von der Kripo Lübeck. Entschuldigen Sie bitte, dass wir Sie noch einmal stören müssen, obwohl unsere Kollegen bereits hier waren. Zuallererst möchten wir unser tiefstes Beileid ausdrücken.« Ida-Marie streckte der Frau die Hand entgegen, ohne dass jedoch eine Reaktion von ihr erfolgte.

»Wir verstehen, dass Sie unter Schock stehen. Darum versichere ich Ihnen auch, dass es nicht lange dauern wird. Wir haben nur ein paar wenige Fragen an Sie.«

»Sie war meine Tochter, meine einzige«, sagte Maren Nolde. Ihre Stimme klang seltsam monoton. Irgendwie ganz weit entfernt. Keine Spur von Trauer, und trotzdem hatte Andresen das Gefühl, dass die Frau jeden Augenblick zusammenbrechen würde.

»Lisa war mein Sonnenschein«, redete Maren Nolde weiter. »Der wichtigste Mensch in meinem Leben. Ich werde damit nicht zurechtkommen. Verstehen Sie das?«

»Vermutlich nicht.«

»Nein, Sie verstehen es mit Sicherheit nicht. Haben Sie selbst Kinder?«

»Ja, das habe ich«, antwortete Andresen.

»Tote Kinder?«

»Nein.« Obwohl Andresen der Verlauf des Gesprächs gegen den Strich ging, versuchte er ruhig zu bleiben. Er akzeptierte, dass sie ihre Wut an ihm ausließ.

»Sehen Sie«, entgegnete Maren Nolde. Plötzlich war ihr Blick klarer und wechselte zwischen Ida-Marie und Andresen hin und her. »Mein Kind ist jetzt tot. Einfach nicht mehr da. Alles, was ich in Erinnerung halten werde, ist der Moment, in dem wir uns gestern Abend, kurz bevor sie das Haus verlassen hat, gestritten haben.«

Andresen beobachtete Ida-Marie. Sie verschränkte die Arme und tippte ungeduldig mit dem rechten Fuß auf den Boden. Lange würde sie sich nicht mehr zurückhalten. Auch ihr war die Situation unangenehm, sie wollte so schnell wie möglich ihre Fragen stellen.

Mit einem leisen Räuspern ging jedoch Andresen noch einmal dazwischen. Er spürte, dass es noch zu früh für Fragen nach der Tochter war.

»Sind Sie allein zu Hause?«, fragte er vorsichtig.

»Ab dem heutigen Tag werde ich für immer allein sein.«

»Ich meinte, ob Ihr Mann zu Hause ist. Oder andere Menschen, die Ihnen nahestehen.«

Sie schüttelte den Kopf, sagte jedoch nichts.

»Dürfen wir vielleicht hereinkommen?«, fragte er schließlich. »Ich verspreche Ihnen, dass es nicht allzu lange dauern wird. Aber ich glaube, es wäre gut, wenn wir uns nicht hier zwischen Tür und Angel unterhalten.«

»Sie hat sich mit Sicherheit nicht das Leben genommen«, erwiderte Maren Nolde, den Tränen nahe, ohne auf Andresens Bitte einzugehen. »Nicht meine Lisa, das ist einfach unmöglich. Sie war immer ein lebensfrohes und glückliches Mädchen. Das hätte sie mir niemals angetan.«

»Wir wollen ganz ehrlich zu Ihnen sein«, sagte Ida-Marie nun. »Wir wissen noch nicht genau, was passiert ist. Aber so, wie wir Lisa und Jannik vorgefunden haben, können wir einen Suizid der beiden nicht ausschließen. Es gibt derzeit keinerlei Hinweise auf eine Fremdeinwirkung oder einen Unfall, der zum Tod Ihrer Tochter geführt hat.«

»Dann sagen Sie mir doch, was bitte schön auf einen Suizid hindeuten soll.«

»Darüber können wir aktuell leider noch nicht sprechen. Aber ich bin mir sicher, dass wir relativ schnell das Ergebnis zur Todesursache vorliegen haben.«

»Das ergibt doch alles überhaupt keinen Sinn«, entgegnete Maren Nolde immer aufgebrachter. »Lisa hatte so viele Pläne. Sie wollte nach dem Abitur nach Südamerika gehen. Sie war auch nicht depressiv oder so was, wie viele andere in ihrem Alter. Also sagen Sie mir jetzt bitte, weshalb sie sich das Leben genommen haben sollte?«

Andresen beobachtete Maren Nolde, die immer vehementer wurde. Etwas in ihr sträubte sich mit allen Mitteln gegen die mögliche Wahrheit, dass sich ihre Tochter das Leben genommen hatte.

»Wir wissen bislang kaum etwas über Lisa und ihre Motive«, übernahm Ida-Marie erneut das Wort. »Wir stützen unsere Vermutungen ausschließlich auf die Situation, wie wir sie und Jannik vorgefunden haben. Umso wichtiger ist es für uns, wenn Sie mit uns über Lisa reden.«

»Ich will das alles aber nicht«, entgegnete Maren Nolde mit einer Mischung aus Wut und Verzweiflung. »Lassen Sie mich jetzt allein, verschwinden Sie einfach.«

»Das geht leider nicht.« Ida-Marie blieb hart. »Wir müssen Ihnen einige routinemäßige Fragen stellen. Und je mehr Sie uns beantworten können, desto schneller wissen wir womöglich, was passiert ist.«

»Dann sprechen Sie eben mit meinem Mann. Er wird sicherlich anders mit der Situation umgehen und kein Problem haben, mit Ihnen zu sprechen.«

»Ist er hier?«

»Hier? Nein, ganz bestimmt nicht.« Plötzlich klang Maren Nolde beinahe höhnisch.

»Wohnt er in Lübeck?«

»Er lebt in Berlin.« Ihre Augen röteten sich, für einen kurzen Moment schlug sie die Hände vors Gesicht. Dann sammelte sie sich wieder. »Wir sind nicht mehr zusammen, er hat mich vor einem knappen Jahr wegen einer Jüngeren verlassen. Eigentlich gibt es jetzt niemanden mehr in meinem Leben, der mir etwas bedeutet.«

Andresen seufzte innerlich. Bei Maren Nolde schien alles Unglück zusammenzukommen.

»Ich habe meinen Mann verloren«, sagte Ida-Marie plötzlich. »Ich weiß also, wie es sich anfühlt, den wichtigsten Menschen im Leben von einem auf den anderen Moment zu verlieren. Und deshalb ist mir vollkommen klar, dass es Ihnen egal ist, was wir von Ihnen wissen wollen. Den Schmerz, den Sie verspüren, werden wir Ihnen nicht nehmen können. Trotzdem ist es wichtig, dass wir reden. Für uns, aber genauso auch für Sie.«

»Niemand wird mir diesen Schmerz jemals nehmen können. Gehen Sie bitte.«

»Völlig verständlich, dass das hier in diesem Moment für Sie keine Bedeutung hat, aber ich kann Ihnen aus meiner eigenen Erfahrung sagen, wie entscheidend es ist, uns genau jetzt so viel wie möglich über Ihre Tochter zu erzählen. Spätestens in ein paar Wochen wird Sie der Gedanke nach dem Warum verrückt machen. Glauben Sie mir, es ist am besten, so schnell wie möglich Klarheit über alles zu haben. Und wir wollen nichts anderes, als herauszufinden, was zum Tod Ihrer Tochter geführt hat.«

»Sie geben nicht auf, oder?«

»Nein.«

»Na schön, was zum Teufel wollen Sie von mir wissen?«

»Dürfen wir reinkommen?«, fragte Ida-Marie. »Neben den Fragen, die wir an Sie haben, möchten wir uns gerne auch in Ruhe in Lisas Zimmer umsehen.«

»Warum tun Sie mir das bloß an? Ich will einfach nur allein sein. Aber Sie zwingen mich zu etwas, das alles nur noch unerträglicher macht. Ich drehe noch durch.«

»Vertrauen Sie mir einfach«, sagte Ida-Marie.

»Genau das hat er auch immer gesagt.«

»Wer?«, platzte es aus Ida-Marie und Andresen fast gleichzeitig heraus.

»Na, Marcel natürlich. Ich bin mir sicher, dass er Lisa auf dem Gewissen hat.«

Andresen und Ida-Marie sahen sich für einen kurzen Augenblick tief in die Augen. Sie hatten keine Ahnung, wovon Maren Nolde sprach, aber sie würden es in den nächsten Minuten herausbekommen.

Beileid

Andresen öffnete die Schublade des Schreibtischs und versuchte zu erfassen, was er dort vor sich sah. Er hatte mit Schminkartikeln, einem Tagebuch oder vielleicht geheimen Liebesbriefen gerechnet. Mit Sicherheit aber nicht mit einer Packung Kondome und diversem Sexspielzeug. Instinktiv wollte er die Schublade wieder schließen, hielt aber inne und räusperte sich leise.

»Ida-Marie, kommst du mal?«

»Hast du was gefunden?«

»Ja, allerdings habe ich keine Ahnung, was ich davon halten soll.« Andresen trat ein Stück zur Seite, sodass Ida-Marie freien Blick auf den Inhalt der Schublade hatte.

»So etwas hatte ich auch mal«, sagte sie.

»Wie bitte?«

»Diese Handschellen zum Beispiel. Hast du so etwas früher nie benutzt?«

Andresen blickte seine Kollegin konsterniert an. Im nächsten Moment kamen die Erinnerungen an ihre Affäre vor einigen Jahren zurück. Eine Phase in seinem Leben, an die er höchst ungern zurückdachte. Er war damals rücksichtslos gegenüber seiner Freundin Wiebke gewesen. Er hatte Dinge getan, für die er sich heute schämte. Einmal hatten Ida-Marie und er sogar Sex im Fahrstuhl des Polizeipräsidiums gehabt. Ida-Marie hatte sich seit damals verändert, doch er konnte sich durchaus vorstellen, dass sie in jungen Jahren extrem wilde Zeiten erlebt hatte.

»Lassen wir das«, wiegelte Andresen ab. »Lisa Nolde war erst sechzehn. Ist es normal, dass man in diesem Alter solche Dinge besitzt?« Andresen zeigte auf weitere Fesselutensilien, einen Lederriemen und eine große Wachskerze.

»Ich finde es nicht so ungewöhnlich«, antwortete Ida-Marie.

»Spannend finde ich allerdings die Frage, mit wem Lisa diese Sachen zum Einsatz gebracht hat. War Jannik Wegener ihr Freund oder vielleicht dieser Marcel, den Lisas Mutter vorhin erwähnt hat?«

»Wenn ich mich hier so umsehe, glaube ich, dass wir darauf bestimmt eine Antwort finden werden.«

Andresens Blick glitt über die Fotos an der Wand über dem Schreibtisch. Typische Bilder einer Teenagerin. Fotos gemeinsam mit Freundinnen. Auf Partys. Selfies. Auch mit verschiedenen jungen Männern. Und mit Jannik, wie Ida-Marie bestätigte.

Er tippte mit dem rechten Zeigefinger auf ein Foto, auf dem die beiden Arm in Arm lachend in die Kamera blickten. »So wie sie dastehen, könnte man meinen, die beiden wären Geschwister.«

»Es sieht so aus, weil Lisa und Jannik gar kein Paar gewesen sind.«

Andresen und Ida-Marie fuhren herum. Maren Nolde hatte sich unauffällig ins Zimmer geschlichen und blickte sie mit einer Mischung aus Trauer und Trotz an. Immerhin schien sie sich etwas beruhigt zu haben.

»Wieso sind Sie sich da so sicher?«, fragte Andresen nach einigen Sekunden der Stille.

»Jannik ist hier in den letzten Wochen ein und aus gegangen. Aber die beiden waren nicht zusammen, das hätte ich gemerkt.«

»Ich verstehe nicht ganz«, sagte Andresen. »Woran hätten Sie das gemerkt?«

»Glauben Sie mir einfach, ich hätte gesehen, wenn zwischen Lisa und Jannik mehr als nur Freundschaft gewesen wäre.«

»Aber sie hatte schon einmal einen Freund?«, hakte Andresen nach.

»Es gab zumindest jemanden, mit dem sie sich eine Zeit lang getroffen hat.«

»Was heißt das genau?«, fragte Ida-Marie.

»Na ja, die beiden sind manchmal ausgegangen, also an den Wochenenden«, erklärte Maren Nolde. »Aber das ist auch längst wieder vorbei«, schob sie hinterher.

»Sprechen Sie von diesem Marcel?«, hakte Andresen nach.

»Ja.«

»Wer ist er?«

»Ein Junge von Lisas Schule. Er ist zwei Jahre älter, aber auch in ihrer Jahrgangsstufe.«

»Wie lautet sein vollständiger Name?«

»Marcel Hofmann, glaube ich.«

Ida-Marie machte sich eine Notiz auf einem kleinen Block, den sie aus ihrer Jackentasche gezogen hatte.

»Sie haben sich vorhin nicht dazu geäußert, weshalb Sie glauben, dass Marcel für all das verantwortlich wäre. Ich muss jetzt aber noch einmal fragen: Wie meinten Sie das?«

»Marcel war ein paarmal hier zu Besuch. Ich hatte aber von Anfang an keinen guten Eindruck von ihm.«

»Weshalb?«

»Sie haben doch selbst gesehen, was dort in der Schublade liegt. Was denken Sie denn, was eine Mutter davon hält, wenn sie so etwas bei ihrer sechzehnjährigen Tochter findet?«

»Ein unangenehmes Thema, keine Frage.« Ida-Marie versuchte, so verständnisvoll wie möglich zu klingen, spürte aber, dass ihr das kaum gelang. »Mir ist allerdings noch nicht ganz klar, was das mit dem Tod Ihrer Tochter zu tun hat.«

Sofort röteten sich Maren Noldes Augen wieder. Ihre Gesichtszüge schienen ihr von einer auf die andere Sekunde vollkommen zu entgleiten.

»Ich weiß doch auch nicht, was passiert ist«, schluchzte sie, »aber ich bin mir sicher, dass dieser Kerl die Schuld daran trägt. Er hat mir meine Tochter genommen.«

»Wir verstehen, dass es Ihnen schwerfällt zu akzeptieren, dass sich Lisa und Jannik das Leben genommen haben könnten«, ergriff Andresen das Wort, nachdem sich Maren Nolde wieder etwas beruhigt hatte.

»Es bringt aber nichts, Ihnen die Wahrheit zu verschweigen. Auch wenn die Ergebnisse aus der Rechtsmedizin noch nicht vorliegen, müssen wir davon ausgehen, dass sich die beiden wahrscheinlich durch die Einnahme eines Toxikums vergiftet haben.«

»Nein!«, platzte es aus Maren Nolde heraus. »Das kann einfach nicht sein. Sie kannten Lisa doch gar nicht, so etwas passt überhaupt nicht zu ihr. Gehen Sie jetzt bitte sofort und lassen Sie mich allein.«

»Wir werden unsere Kollegen der Spurensicherung verständigen und sie bitten, Lisas Zimmer zu untersuchen«, entgegnete Ida-Marie sachlich. Auch ihr war jetzt anzumerken, wie schwer sie mit der Situation klarkam.

»Was auch immer mit Ihrer Tochter passiert ist, wir werden es herausfinden. Das verspreche ich. Falls Ihnen noch etwas einfällt, was uns weiterhelfen könnte, dann melden Sie sich bitte unter dieser Nummer.« Sie holte eine Karte aus ihrer Jackentasche und reichte sie Maren Nolde.

»Wir werden dafür sorgen, dass sich jemand um Sie kümmert«, ergänzte Andresen. »Wir haben Seelsorger bei der Polizei, die Ihnen helfen können.«

»Das ist nicht nötig, in meinem Leben hat mir niemals irgendjemand geholfen. Lisa war der einzige Mensch, den ich noch hatte. Sie war so wunderbar.« Wieder erstarben ihre Worte in einem Tränenausbruch.

Andresen tauschte einen raschen Blick mit Ida-Marie, dann wandte er sich noch einmal Maren Nolde zu. »Bleiben Sie bitte zu Hause und ruhen Sie sich etwas aus«, sagte er und reichte ihr die Hand. »Unsere Kollegen werden erst am frühen Nachmittag vorbeikommen. Um eine Sache würde ich Sie allerdings noch bitten.«

Maren Nolde wischte sich die Tränen aus den Augen und sah Andresen argwöhnisch an.

»Haben Sie einen Schlüssel für dieses Zimmer?«

»Wie bitte?«

»Einen Schlüssel«, wiederholte Andresen. »Wir würden das Zimmer gerne abschließen, damit hier niemand etwas anfasst, bevor nicht alle Spuren gesichert wurden.«

»Was soll denn das jetzt schon wieder heißen?« Maren Nolde war sofort wieder aufgebracht. »Ich bin doch ganz allein hier.«

»Auch Sie sollen das Zimmer vorerst nicht betreten«, erklärte Andresen ruhig. »Vielleicht finden die Kollegen von der Spurensicherung einen Hinweis, der Ihre Vorwürfe gegenüber Marcel Hofmann stützt. Oder irgendetwas anderes, das uns hilft zu verstehen, warum Ihre Tochter und Jannik keinen anderen Ausweg mehr gesehen haben.«

»Dann sollen sie eben kommen, aber auch so schnell wie möglich wieder verschwinden. Ich möchte niemanden sehen und schon gar keine fremden Menschen in meinem Haus haben.«

»Natürlich«, sagte Andresen. »Kann ich jetzt den Schlüssel haben?«

Maren Nolde streckte sich und nahm ihn vom Türrahmen. Beinahe trotzig drückte sie ihn Andresen in die Hand.

Nachdem sie das Zimmer einige Minuten später verlassen hatten, verschloss Andresen die Tür und steckte den Schlüssel in seine Hosentasche.

Kurz darauf atmete er draußen die kühle Herbstluft ein und spürte, wie die Last augenblicklich von seinen Schultern fiel. Die ganze Situation in dem kleinen Ganghaus hatte ihn gelähmt. Er war gar nicht richtig bei der Sache gewesen, sein Kopf hatte nicht mitspielen wollen, als hätte die Bedrückung seine Gedankengänge blockiert.

Normalerweise hätte er schließlich darauf bestehen müssen, von Maren Nolde ob ihres Verdachts gegenüber Marcel Hofmann eine zufriedenstellende Antwort zu bekommen. Und vielleicht hätten sie auch wegen der Utensilien in Lisas Kommode weiter nachhaken müssen. Denn seltsam war diese

Ansammlung von zumindest softem SM-Spielzeug für eine Sechzehnjährige allemal gewesen.

Er versuchte, seine Gedanken zu ordnen. Ohne ein Wort miteinander zu wechseln, gingen Ida-Marie und er die Wahmstraße stadtauswärts wieder zurück und bogen dann links in den Balauerfohr ein. Sie waren noch nicht fertig mit ihren Gesprächen.

Schweigend liefen sie längs zu den Rippenstraßen der Altstadt, bis sie ganz am Ende des Langen Lohbergs ankamen. Wenige Meter vor der Großen Gröpelgrube blieb Andresen kurz stehen. Die Erinnerungen kamen mit voller Wucht binnen weniger Sekunden zurück. Es war die Straße, in der er so viele Jahre gelebt hatte. In seinem Haus, das er in den neunziger Jahren mit Rita gekauft und bezogen hatte. Wo ihr gemeinsamer Sohn Ole aufgewachsen war. Wo eine Zeit lang alles perfekt gewesen war. Und wo seine Ehe schließlich auch vor über zehn Jahren kaputtgegangen war.

Andresen konnte sich nicht erinnern, wann er zuletzt hier gewesen war. Er hatte es sich bislang erspart, die abgebrannte Ruine seines Hauses anzusehen, und immer einen großen Bogen um die Große Gröpelgrube gemacht. Überhaupt wollte er einfach keinen Gedanken mehr daran verschwenden, was Wiebke, seine zweite langjährige Partnerin, ihm angetan hatte, als sie vor Jahren aus Enttäuschung und Eifersucht das Haus anzündete, das er kurz zuvor verkauft hatte. Sie hatten kaum mehr Kontakt miteinander, lediglich wenn es um die Kinder ging, telefonierten sie oder schrieben sich kurze Textnachrichten.

Ihre gemeinsame Tochter Marlene und Emilie, die Wiebke bereits mit in ihre Beziehung gebracht hatte, lebten seit mittlerweile zwei Jahren bei Emilies Vater Jörg und seiner neuen Frau in Hamburg. Es funktionierte besser, als er erwartet hatte. Auch besser, als Agnes und er, geschweige denn Wiebke, es jemals hätten bewerkstelligen können. Und er war sich inzwischen absolut sicher, dass diese Entscheidung auch für Marlene genau richtig gewesen war.

»Kommst du?«

Andresen blickte hoch. Aus dem Augenwinkel erkannte er, dass Ida-Marie einige Meter entfernt bereits im Eingangsbereich eines Altstadthauses stand. Ein Mann Mitte vierzig mit kurzen, leicht angegrauten Haaren hatte ihr die Tür geöffnet. Es musste sich um Björn Wegener, Janniks Vater, handeln.

Wieder stieg das unwohle Gefühl in ihm hoch, diesmal jedoch deutlich schwächer als noch vor einer knappen Stunde.

Dass sie hier offenbar mit dem Vater des Opfers konfrontiert waren, erleichterte für Andresen ein wenig die Situation, obwohl er wusste, dass dieser Gedanke vollkommen absurd war. Der Mann litt mit Sicherheit genauso wie die Mutter unter dem Verlust des Sohnes.

Er folgte Ida-Marie mit raschen Schritten und betrat das Haus. Aufmerksam ließ er seinen Blick kreisen. Was er sah, beeindruckte ihn. Ein saniertes Altstadthaus, das bis in den letzten Winkel nach skandinavischem Vorbild durchgestylt zu sein schien. Hier passte einfach alles zusammen. Farben, Materialien und Formen. Natürlich unter Verwendung der entsprechenden teuren Marken und Designerlabels.

Er fühlte sich sofort wohl, und trotzdem erfasste ihn eine seltsame Kälte, je tiefer er in das Haus vordrang. Alles, was er sah, erschien ihm plötzlich nur noch wie eine leere Hülle. Eine Fassade, die die Eltern von Jannik Wegener versucht hatten aufzubauen. Vielleicht, um sich selbst zu beweisen, dass sie dazugehörten. Dass sie es geschafft hatten. Weil sie es anderen zeigen wollten. Jedenfalls wirkte das Haus auf ihn nicht lebendig. Mehr wie ein Ferienhaus, in dem es an nichts fehlte. Nur am wahren Leben.

In der großen, offenen Küche blieb Björn Wegener schließlich stehen und lehnte sich an einen Kühlschrank, der, so war sich Andresen sicher, größer als sein eigener Kleiderschrank und wahrscheinlich größtenteils leer war.

»Unser aufrichtiges Beileid«, sagte Ida-Marie nach einigen Sekunden der Stille. »Wir haben nicht vor, Sie lange zu stören.

Aber einige Fragen müssen wir Ihnen trotzdem heute schon stellen.«

»Machen Sie das«, antwortete Björn Wegener. Er klang merkwürdig nüchtern. Beinahe teilnahmslos. Nichts an ihm ließ darauf schließen, dass er heute Morgen seinen Sohn verloren hatte.

»Wo ist denn Ihre Frau?«, fragte Ida-Marie.

»Noch in der Arbeit«, antwortete Wegener. »Ich gehe davon aus, dass sie gleich hier sein wird.«

»Sie gehen davon aus?«, fragte Ida-Marie überrascht.

»Jeder hat seine eigene Art, mit einer solchen Nachricht umzugehen. Sandra wird den Schmerz mit sich selbst ausmachen. Das war schon immer so.« Björn Wegener zuckte mit den Schultern und verzog den Mund zu einer traurigen Grimasse. Zum ersten Mal erkannte Andresen so etwas wie eine Gefühlsregung bei Wegener.

»Haben Sie noch weitere Kinder?«, fragte Andresen.

»Noch einen älteren Sohn, David.«

»Ist er zu Hause?«

»Nein, er ist noch in der Schule.«

»Weiß er denn noch nicht Bescheid?«

»Das kann ich Ihnen gar nicht so genau sagen«, antwortete Björn Wegener. »Ich bin davon ausgegangen, dass Sie das übernehmen.«

Andresen und Ida-Marie tauschten einen kurzen Blick. Sie dachten in dieselbe Richtung, da war sich Andresen sicher. Dieser ziemlich gewöhnlich aussehende Mann, der ihnen gegenüberstand und keinerlei Anzeichen von Trauer zeigte, schien offenbar unter Schock zu stehen.

»Wollen wir uns vielleicht setzen?«, fragte Ida-Marie. »Wir sollten uns in Ruhe unterhalten.«

»Ich bin ganz ruhig«, antwortete Wegener. »Mein Sohn ist gestorben. Schlimmer geht es nicht mehr. Was erwarten Sie denn von mir?«

»Wir haben gar keine Erwartungen«, sagte Andresen zurückhaltend. »Aber Sie gehen außergewöhnlich gefasst mit dieser Situation um.«

»Um ganz ehrlich zu sein, ich gehe noch gar nicht mit dieser Situation um«, sagte Wegener. Er ging plötzlich auf den Küchentisch zu und stützte sich mit beiden Händen darauf ab. Für einen Moment befürchtete Andresen, Wegener würde zusammenbrechen und vor ihnen auf den Boden kippen, aber Ida-Marie schob schnell einen Stuhl hinter ihn und packte den groß gewachsenen Mann an den Schultern, bis er sich schließlich fallen ließ.

Andresen und Ida-Marie rechneten damit, dass Wegener in Tränen ausbrach. Aber innerhalb weniger Sekunden hatte er sich wieder gefangen.

»Wir müssen darüber reden, wie Ihr Sohn gestorben ist«, sagte Ida-Marie schließlich.

»Wie meinen Sie das?« Wegener sah sie an. Zum ersten Mal war jetzt auch so etwas wie Verunsicherung bei ihm zu spüren.

»Die Situation, in der wir Jannik vorgefunden haben, lässt darauf schließen, dass er sich gemeinsam mit seiner Schulfreundin Lisa Nolde umgebracht hat.«

»Was?« Björn Wegener starrte Ida-Marie an und schüttelte den Kopf. »Wie kommen Sie denn bitte darauf?«

»Wir haben keinerlei Anzeichen für eine Fremdeinwirkung feststellen können«, antwortete Ida-Marie. »Stattdessen deutet vieles darauf hin, dass sich die beiden durch die Einnahme eines Toxikums das Leben genommen haben.«

»Wissen Sie eigentlich, was Sie da reden? Soll das ein schlechter Scherz sein?«

»Nein, es tut mir leid. Wir sind uns ziemlich sicher, dass es so gewesen ist.«

»Mir wird das gerade alles zu viel«, sagte Wegener plötzlich. »Ich bitte Sie, jetzt zu gehen. Ich muss das alles erst einmal verarbeiten.«

»Wir wissen, wie schwer das für Sie ist, aber wir sind noch nicht ganz fertig und müssen Ihnen noch einige Fragen stellen.

Einfach um sicherzugehen, dass wir ein Fremdverschulden tatsächlich ausschließen können«, schob Ida-Marie hinterher.

»Ich weiß überhaupt nicht, was hier gerade …« Wegener brach ab. »Tun Sie, was Sie tun müssen, aber bitte schnell.«

»Uns interessiert vor allem, ob Ihnen in den letzten Tagen oder Wochen irgendetwas an Ihrem Sohn aufgefallen ist, das anders war als sonst«, sagte Ida-Marie.

»Wie meinen Sie das?«

»Wie eben erwähnt, müssen wir von einem gemeinsamen Suizid Ihres Sohns und Lisa Noldes ausgehen. Also müssen wir auch wissen, was die Gründe dafür sind. Wir haben es nicht mit einem üblichen Fall für die Kripo zu tun, aber wir wollen dennoch aufklären, was in den letzten Wochen passiert ist. Zum Beispiel interessiert uns, ob Ihr Sohn und Lisa ein Paar gewesen sind.«

»Durchaus möglich«, antwortete Wegener achselzuckend. »Aber ich kann Ihnen dazu nichts Genaues sagen. Jannik hat mit uns über solche Dinge nicht gesprochen.«

»Können Sie denn irgendetwas über seinen Freundeskreis sagen?«

»Nein, tut mir leid. Jannik war immer sehr verschlossen. Aber jetzt fällt mir wieder ein, dass Lisa vor ein paar Wochen ein paarmal hier gewesen ist. Ein nettes Mädchen.«

»War Jannik eigentlich ein guter Schüler?«, fragte Andresen unvermittelt.

»Ja, ich glaube schon.«

»Was soll das heißen, Sie glauben es? Wissen Sie es etwa nicht?«

»Hören Sie«, antwortete Wegener mit fester Stimme. »Jannik und ich standen uns wirklich nicht nahe. Sie müssen wissen, dass ich erst vor ein paar Monaten wieder hier eingezogen bin. Meine Frau und ich haben fünf Jahre getrennt gelebt und uns erst vor einem halben Jahr wieder angenähert.«

»Aber Sie werden doch in der Zeit, in der Sie nicht hier gewohnt haben, Kontakt zu Ihren Kindern gehabt haben?«

»Nein, leider nur sehr wenig. Aber ich glaube nicht, dass die Probleme in unserer Ehe in diesem Zusammenhang eine Rolle spielen.«

»Nicht direkt, aber wir möchten trotzdem auch mit Ihrer Frau sprechen. Wissen Sie denn, ob Sie bereits auf dem Weg hierher ist?«

»Wie gesagt, davon gehe ich aus. Sie weiß zumindest Bescheid.«

»Geben Sie uns bitte die Handynummer Ihrer Frau«, sagte Andresen. »Wir möchten sie so schnell wie möglich sprechen.«

»Weshalb denn?«, fragte Wegener irritiert.

»Wir brauchen alle Informationen von Ihnen, aber auch von Ihrer Frau. Dasselbe gilt für die Familie Nolde. Ich gehe davon aus, dass es auch in Ihrem Interesse ist, sehr bald zu erfahren, weshalb Ihr Sohn nicht mehr am Leben ist. Bevor die Zeitungen beginnen, ihren eigenen Spekulationen freien Lauf zu lassen.«

»Natürlich, aber ich dachte, es wäre gut und rücksichtsvoll, wenn Sie uns vielleicht erst einmal ein paar Tage geben, um mit dem Ganzen klarzukommen.«

»Ich hoffe, Sie verstehen, dass wir wirklich nicht gerne hier sind und Sie mit unseren Fragen belästigen«, erklärte Andresen. »Aber wir verfolgen bei unseren Ermittlungen immer das Ziel, möglichst keine Zeit zu verlieren. Denn je schneller wir die Hintergründe in Erfahrung bringen, desto seltener werden Sie in den kommenden Tagen noch von uns hören.«

Björn Wegener sah eine Weile schweigend auf den Boden. Dann nickte er, nahm einen Zettel und einen Bleistift von der Arbeitsplatte der Küchenzeile und notierte die Handynummer seiner Frau Sandra. Andresen und Ida-Marie bedankten sich und boten auch ihm die seelsorgerische Hilfe durch die Kollegen im Präsidium an.

Als die beiden gerade das Haus verlassen wollten, hörten sie, dass jemand die Tür von außen aufschloss. Im nächsten Moment trat ein junger Mann ein.

Andresen wusste sofort, dass es sich bei dem Jungen, der da vor ihm stand, um Janniks Bruder handeln musste. Und das lag nicht nur an der Tatsache, dass er seinem Vater wie aus dem Gesicht geschnitten war: Es hatte vor allem damit zu tun, dass ihn der Junge mit tränenunterlaufenen Augen ansah und am ganzen Körper zitterte.

Erinnerungen

Er war schon hunderte Male an den alten Gebäuden vorbeigelaufen. Vor allem zu der Zeit, in der er selbst noch auf der Altstadtinsel gewohnt hatte. Und trotzdem hatte Andresen noch nie einen Fuß ins Innere des Christianeums gesetzt.

Vielleicht auch, weil er sich an seine eigene Schulzeit nicht unbedingt gern zurückerinnerte. Er war ein ziemlich durchschnittlicher Schüler gewesen. Was ihm aber viel stärker zu schaffen gemacht hatte, war das Verhältnis zu seinen Lehrern und Lehrerinnen. Er war ein anstrengender Schüler gewesen, und sie hatten ihn das spüren lassen. Waren genervt gewesen von seiner Art, alles in Frage zu stellen. Die Lehrmethoden und selbst die Inhalte.

Politisch war er nicht zuzuordnen gewesen. Das war nichts, was ihn damals angetrieben hatte. Ihm war es darum gegangen, das Schulsystem zu verbessern. Ungerechtigkeit abzuschaffen. Dinge, die offensichtlich falschliefen, anzusprechen. Er war überzeugt gewesen, dass vieles besser sein könnte. Eine Situation, die sich bis heute, so wie er es beurteilen konnte, kaum verbessert hatte.

Es hatte damals schon niemand zuhören wollen. Vielleicht weil die Lehrer der Meinung gewesen waren, dass es ihm als Schüler nicht zustand, das System zu kritisieren. Und er konnte nicht einmal ausschließen, dass er als mittlerweile dienstältester Kriminalbeamter der Mordkommission Lübeck heute nicht genauso reagieren würde wie seine Lehrer damals, wenn ein junger Kollege wie Morten mit einem Mal seine Arbeitsweise in Frage stellte.

»Wundert euch nicht, aber mich kennen hier so einige Lehrkräfte«, sagte Morten plötzlich. Ida-Marie hatte ihn nach ihrem Besuch bei Björn Wegener angerufen und gebeten, dazuzustoßen, damit sie heute bereits möglichst viele Gespräche an der Schule führen konnten, die Lisa und Jannik besucht hatten.

»Du hast hier Abitur gemacht?«, fragte Ida-Marie überrascht. »Das wusste ich gar nicht.«

»Mehr schlecht als recht«, antwortete Morten. »Ich glaube, die waren heilfroh, als ich endlich mein Abi in der Tasche hatte und weg war.«

Andresen schmunzelte noch über Mortens Kommentar, während er seinen Blick über den Eingangsbereich schweifen ließ.

Die Schulleitung war längst informiert. Auch die Schüler und Schülerinnen der Jahrgangsstufe 11, die Jannik und Lisa besucht hatten, wussten über den Tod der beiden Bescheid. Nach telefonischer Absprache mit dem Schulleiter hatten Andresen und Ida-Marie entschieden, vorerst nur mit einer Auswahl an Lehrkräften und Schülern zu sprechen, die in der Mensa zusammenkommen sollten. Sofern es sich ergab, sollte sich Morten zudem noch ein wenig im Rest der Schule umhören. Zuvor stand jedoch das Gespräch mit Dirk Radecke, dem Schulleiter, an.

Andresen musste an David Wegener, Janniks älteren Bruder, denken. Die Schule hatte dafür gesorgt, dass er nach Hause gebracht wurde. Ida-Marie und er hatten versucht, ein kurzes Gespräch mit ihm zu führen, aber nach wenigen Minuten aufgegeben. Aus David war an diesem Tag nichts herauszubekommen, was ihnen bei der Aufklärung helfen konnte. Er war verständlicherweise derart durch den Wind gewesen, dass Andresen dem Vater empfohlen hatte, ärztliche Hilfe für seinen Sohn in Anspruch zu nehmen.

Ein Motiv für den mutmaßlichen Suizid von Lisa und Jannik lag also nach den beiden Gesprächen von heute Vormittag noch nicht vor. Der Freitod war offenbar ohne Vorankündigung erfolgt, weder Lisas Mutter noch Janniks Vater konnten sich auch nur ansatzweise erklären, wie es dazu hatte kommen können. Es gab einzig diesen vagen Verdacht gegen Marcel

Hofmann, den Lisas Mutter ausgesprochen hatte. Umso dringender mussten sie überprüfen, was dahintersteckte.

»Gehen wir rein und bringen es hinter uns«, sagte Andresen schließlich. »Der Tag war bislang schon bescheiden genug, es kann nur besser werden.«

Dass er damit nicht unbedingt richtiglag, verstand Andresen bereits, als sie noch im Büro des Schulleiters saßen. Andresen versuchte es zu Beginn mit unverfänglichem Small Talk, aber die Betroffenheit über das Geschehene war auch bei Radecke so groß, dass das Gespräch nur schwer in Gang kam.

Dirk Radecke musste etwa Mitte vierzig sein und machte einen engagierten Eindruck. Er war erst seit zwei Jahren am Christianeum als Schulleiter tätig und schien offenbar voller Ideen zu sein, um die traditionell angehauchte Schule moderner zu gestalten. Andresen war überrascht, wie jung Radecke war, kannte er aus seiner eigenen Schulzeit doch nur äußerlich wie geistig angegraute Rektoren.

»Sie müssen wissen, dass an unserer Schule der Zusammenhalt das oberste Gebot ist«, erklärte Radecke. »Das, was passiert ist, wird tiefe Wunden an unserer Schule hinterlassen. Der Tod von Lisa und Jannik hat bei den Mitschülern der Jahrgangsstufe zu ganz dramatischen Reaktionen geführt.«

»Absolut verständlich«, sagte Andresen. »Umso schwieriger wird es sicherlich werden, zu diesem frühen Zeitpunkt bereits mit ihnen zu sprechen.«

»Wir haben den Schülern und Schülerinnen der Jahrgangsstufe 11 die Entscheidung selbst überlassen, den Tag entweder hier zu verbringen und gemeinschaftlich zu trauern oder sich nach Hause oder an einen anderen Ort zurückzuziehen. Jeder reagiert in solchen Momenten anders.«

»Wissen Sie, wie viele Schüler der Jahrgangsstufe noch hier sind?«

»Ich kann es nicht genau sagen, aber so wie ich meine Schüler kenne, werden die meisten noch hier sein«, antwortete Radecke mit einem traurig-glücklichen Lächeln. Er fuhr sich durch seine dunkelblonden gelockten Haare. »Diese Kinder hier am Christianeum sind wirklich ganz besonders. Sie geben sich in solchen Momenten gegenseitig unheimlich viel Kraft.«

Aus dem Augenwinkel erkannte Andresen, dass Morten am liebsten etwas erwidert hätte. Offenbar waren seine Erfahrungen an dieser Schule anders gewesen.

»Wir würden uns gerne mit den zehn bis fünfzehn engsten Freundinnen und Freunden der beiden unterhalten«, sagte Ida-Marie. »Es wird wahrscheinlich nicht lange dauern. Wir sind uns darüber im Klaren, dass heute nicht der Tag für unangenehme Gespräche ist. Aber wir müssen trotzdem wissen, ob es irgendetwas gab, das auf einen Suizid hindeuten könnte. Unsere Ermittlungen zielen momentan vor allem in diese Richtung. Wir gehen erst einmal nicht davon aus, dass etwas anderes dahinterstecken könnte.«

»Wie meinen Sie das?«, fragte Radecke überrascht. »Ist etwa denkbar, dass …?«

»Es ist unsere Aufgabe und Pflicht, in einer solchen Angelegenheit alle etwaigen Möglichkeiten zu überprüfen«, fuhr Andresen sofort dazwischen. »Momentan können wir aber jedwedes Fremdverschulden ausschließen.«

»Könnte es vielleicht ein Unfall gewesen sein?«

»Ich möchte auf keine Details eingehen, aber glauben Sie mir, ein Unfall erscheint uns sehr unwahrscheinlich.«

»Ich halte es dennoch für keine gute Idee, dass Sie mit der Theorie, dass die beiden Suizid begangen haben, an die Öffentlichkeit gehen«, antwortete Radecke. »Es wäre schön, wenn Sie die Todesursache vorerst offenhalten könnten. Zumindest so lange, bis endgültig feststeht, was geschehen ist.«

»Und weshalb sollten wir das tun?«

»Wenn sich zwei Jugendliche von unserer Schule das Leben nehmen, wird das mit sehr großer Wahrscheinlichkeit zu viel Unruhe führen. Es kommen Fragen von allen Seiten auf, die wir nicht beantworten können. Ich möchte das uns allen hier am Christianeum gerne ersparen.«

»Ich verstehe, worauf Sie hinauswollen«, sagte Andresen. »Aber wir werden kaum in der Lage sein zu verhindern, dass die Todesursache nach außen dringt.«

»Es wäre trotzdem in unserem Interesse, wenn Sie zumindest sehr behutsam mit den Informationen, die Ihnen vorliegen, vor die Medien treten«, entgegnete Radecke. Er klang jetzt sehr entschlossen. »In Absprache mit meiner Stellvertreterin und dem Kollegium haben wir nämlich beschlossen, vorerst nicht die Hintergründe zum Tod von Jannik und Lisa zu thematisieren.«

»Sie können sich darauf verlassen, dass wir uns erst dann äußern werden, wenn wir uns sicher sind, was passiert ist«, sprang Ida-Marie Andresen zur Seite. »Allerdings haben wir auch die Erfahrung gemacht, dass es kontraproduktiv sein kann, die Öffentlichkeit oder in diesem Fall vor allem die Schülerinnen und Schüler im Unklaren zu lassen. Das könnte dazu führen, dass Gerüchte in die Welt gesetzt werden, die letztlich für alle Seiten schädlicher sind, als frühzeitig die Fakten auf den Tisch zu legen.«

Ida-Marie trat einen Schritt zur Seite und nickte Morten zu. »Mein Kollege Herr Sandt kann Ihnen gerne berichten, was seit heute Morgen bereits auf den einschlägigen Social-Media-Kanälen los ist.«

»Wir mussten einige Zeitungen bereits darum bitten, ihre Kommentarfunktionen zumindest vorübergehend zu deaktivieren«, begann Morten direkt. »Seit etwa neun Uhr heute Morgen wird der Tod von Jannik und Lisa im Internet auf diversen Nachrichtenportalen thematisiert und diskutiert. Die Lübecker Nachrichten haben als Erste darüber berichtet. Mittlerweile ist aber selbst die BILD-Zeitung auf den Zug aufgesprungen. Unser Social-Media-Team versucht derzeit, alle Kommentare auf Facebook, Instagram und Twitter auszuwerten und besondere Auffälligkeiten einzelnen Usern zuzuordnen. Das heißt, wir möchten herausfinden, ob es User gibt, die Lisa und Jannik nahestanden.«

Morten hielt kurz inne und schien seine Gedanken zu ordnen. Dann setzte er erneut an.

»Wir scannen außerdem sämtliche sozialen Netzwerke nach weiteren öffentlichen, aber auch privaten Einträgen zu diesem Thema. Was wir bislang bereits sagen können, ist, dass der Tod von Lisa und Jannik mehr Traffic im Netz erzeugt hat als jeder andere Todesfall, in dem wir ermittelt haben. Das lässt aus meiner Sicht darauf schließen, dass Jannik und Lisa entweder sehr beliebt an Ihrer Schule waren oder aber ...« Morten machte erneut eine Pause, bevor er den Satz vollendete. »... genau das Gegenteil.«

Andresen blickte seinen Kollegen einige Sekunden an. Er wusste, dass Morten ein guter Kriminalbeamter und gleichzeitig sehr kommunikativ war, aber wie selbstbewusst er auftrat und wie präzise er seine Worte vor dem Schulleiter wählte, überraschte ihn dennoch.

»Das haben Sie gut erkannt«, sagte Radecke und sah den ehemaligen Schüler des Christianeums mit einer Mischung aus Wohlwollen und Argwohn an. »Lisa und Jannik waren, soweit ich weiß, sehr beliebte Schüler. Wie ich eingangs bereits erwähnte, stehen ihre Mitschüler auch deshalb zum Teil schwer unter Schock. Unsere Betreuungslehrer sind seit heute Morgen im Einsatz. Wir haben aber auch Ihr seelsorgerisches Angebot dankend angenommen.«

»Wenn ich richtig informiert bin, ist Lisa erst vor Kurzem zur Jahrgangsstufensprecherin gewählt worden«, hakte Morten weiter nach. »Ist das richtig?«

»Das stimmt.«

»Das spricht für ihre Beliebtheit«, sagte Morten. »Vielleicht gab es aber auch Neider?«

»Ich habe in der Jahrgangsstufe 11 selbst nicht unterrichtet«, antwortete Radecke. »Darum bin ich mit den genauen Verhältnissen nicht vertraut. Aber grundsätzlich wiederhole ich mich gerne noch einmal: Wir haben an unserer Schule ein vorbildliches Miteinander. Mobbing und Ausgrenzung, egal aus welchem Grund, kennen wir hier nicht. Und das liegt vor allem daran, dass wir unsere Schülerinnen und Schüler von Anfang an für diese Thematik sensibilisieren.«

»Was können Sie über David Wegener sagen?«, mischte sich jetzt auch Ida-Marie wieder in das Gespräch ein. »Wir haben ihn zu Hause angetroffen. Er war jedoch nicht vernehmungsfähig.«

»Vernehmungsfähig?«, fragte Radecke argwöhnisch. »Das klingt schon wieder so, als würden Sie in Ihren Ermittlungen doch in Erwägung ziehen, dass mehr als Suizid hinter den Todesfällen steckt.«

»Wie bereits erwähnt, ziehen wir grundsätzlich alles in Erwägung.« Ida-Marie versuchte, Radecke abblitzen zu lassen. »Also beantworten Sie bitte meine Frage.«

»David Wegener ist zwei Jahre älter als Jannik«, antwortete Radecke etwas widerwillig. »Was genau wollen Sie denn wissen?«

»Macht er dieses Jahr sein Abitur?«

»Ja, er plant es zumindest. Soviel ich weiß, musste David die neunte Klasse wiederholen. Seitdem hangelt er sich mehr schlecht als recht durch. Unabhängig davon, was nun mit seinem Bruder geschehen ist, ist das Abitur in diesem Schuljahr für ihn eine riesige Herausforderung.«

Ida-Marie machte sich Notizen, während Andresen begann, im Büro des Schulleiters auf und ab zu gehen.

»Beschreiben Sie bitte Jannik«, sagte er nach einigen Sekunden. »Wie haben Sie ihn wahrgenommen?«

»Ruhig und zurückhaltend«, antwortete Radecke. »Ich habe kein genaues Bild von ihm, weil er mir nie sonderlich aufgefallen ist. Auch in unseren Konferenzen war er kein Thema.«

»War er denn ein guter Schüler?«

»Durchschnittlich, glaube ich. Aber auf jeden Fall besser als sein Bruder.«

»Was hat die beiden eigentlich verbunden?«, fragte Andresen nach einigen Sekunden.

»Was meinen Sie?«

»Wie eng waren Lisa und Jannik miteinander befreundet?«

»Das weiß ich nicht.«

»Die beiden haben vermutlich gemeinschaftlichen Suizid begangen«, drängte Andresen. »Ich denke, es muss eine sehr enge Verbindung zwischen ihnen bestanden haben.«

»Dazu kann ich beim besten Willen nichts sagen.« Radecke hob entschuldigend die Schultern. »Mir fehlt da einfach der Einblick. Sprechen Sie mit den Kolleginnen und Kollegen, die in der Jahrgangsstufe 11 unterrichten. Sie werden Ihnen hierzu viel bessere Antworten geben können.«

»In der Mensa, sagten Sie?«

»Ganz genau, dort haben sich alle versammelt. Sie gehen einfach aus meinem Büro hinaus und biegen sofort den Gang nach links ab. Ganz am Ende sehen Sie unsere tollen Räumlichkeiten dann schon auf der rechten Seite.«

»Eine Frage hätte ich noch«, sagte Ida-Marie. »Was können Sie uns über Ihren Schüler Marcel Hofmann sagen?«

»Marcel Hofmann?«, wiederholte Radecke zögerlich. »Warum fragen Sie nach ihm?«

»Wir haben gehört, dass Lisa Nolde und er sich näherstanden«, antwortete Ida-Marie. »Die beiden sollen sich eine Zeit lang getroffen haben. Offenbar waren sie sogar ein Paar.«

»Das kann ich mir kaum vorstellen.« Radecke wurde plötzlich energisch. »Hofmann ist nicht der Umgang, den ich von Lisa gekannt habe.«

»Würden Sie das bitte näher erläutern?«

»Es lässt sich nicht bestreiten, dass es selbst an unserer Schule einige – nennen wir sie mal Ausreißer – gibt. Marcel Hofmann ist allerdings auch ein Beispiel dafür, dass wir versuchen, schwierige Schüler nicht fallen zu lassen, sondern zu integrieren. Zugegeben, der Erfolg bei ihm stellt sich nicht immer ein. Marcel ist ein sehr spezieller Schüler. Aber Lisa war ein Mensch, der sich für die Mitschüler in hohem Maße eingesetzt hat. Sie hatte für alle ein Ohr, auch für die, die ihr eigentlich zuwider hätten sein müssen.«

»Und dazu gehörte Marcel Hofmann?«

»Ich möchte mich nicht näher dazu äußern, aber ich halte es ehrlich gesagt für vollkommen ausgeschlossen, dass die beiden ein Paar gewesen sind.«

»Erzählen Sie uns, weshalb Sie das ausschließen würden«, setzte Andresen nach.

»Ich schlage vor, Sie machen sich selbst ein Bild von ihm. Ich gehe davon aus, dass er sich auch in der Mensa aufhält. Andernfalls müssen Sie ihn zu Hause besuchen. Meine Sekretärin sucht Ihnen gerne die Adresse heraus.«

Andresen und Ida-Marie tauschten einen kurzen Blick. Dirk Radecke hatte es plötzlich eilig. Seitdem Ida-Marie den Namen Marcel Hofmann erwähnt hatte, schien der Schulleiter nervös zu sein. Als wäre es ihm unangenehm, dass jemand wie Marcel das Christianeum besuchte und die Schule in Verruf brachte. Wobei Andresen momentan noch vollkommen unklar war, was Radecke an dem Jungen überhaupt störte.

»Bevor Sie gehen«, setzte Radecke noch einmal an, »möchte ich Sie noch einmal eindringlich bitten, diese Sache nicht an die große Glocke zu hängen. Sie erinnern sich sicherlich an den Fall des verschwundenen Jungen vor ein paar Wochen?«

Andresen sah den Schulleiter herausfordernd an.

»Ich spreche von Leif Sanders.«

»Schon klar«, sagte Andresen.

»Der Ruf der Gustav-Radbruch-Schule hat unter der medialen Berichterstattung in den vergangenen Wochen stark gelitten. Und das, obwohl es überhaupt keine Anhaltspunkte dafür gibt, dass sein Verschwinden mit diesen unsäglichen Gerüchten, er wäre an der Schule gemobbt worden, in Verbindung steht. Ich möchte so etwas hier an unserer Schule in jedem Fall vermeiden. Ich hoffe, wir verstehen uns?«

»Ich bin mir nicht sicher, ob wir uns verstehen«, entgegnete Andresen kühl. Natürlich wusste er, worauf Radecke anspielte, aber das plötzliche Verschwinden des sechzehnjährigen Jungen hatte zwangsläufig zu Spekulationen und Gerüchten in den Medien und der Bevölkerung geführt. Der Fall hatte die Kripo Lübeck knapp drei Wochen lang intensiv beschäftigt. Ida-Marie hatte die Ermittlungen geleitet. Morten und Julia Winter, die vor einigen Monaten aus ihrem Mutterschutz zurückgekehrt war, hatten sie unterstützt und gemeinsam mit Kollegen der Schutzpolizei und Verstärkung vom LKA bis zur Erschöpfung gearbeitet. Am Ende der drei Wochen hatten sie die Ermittlungen heruntergefahren, weil sie nicht den geringsten Hinweis auf den Verbleib von Leif Sanders gefunden hatten. Für ein Verbrechen gab es keinerlei Anzeichen. Doch das größte Problem war, dass es ihnen nicht einmal gelungen war, die letzten vierundzwanzig Stunden vor dem Verschwinden von Leif Sanders zu rekonstruieren. Als wäre er wie vom Erdboden verschluckt. Kein einziger brauchbarer Hinweis darauf, was ihm womöglich zugestoßen war.

»Um es noch einmal ganz deutlich zu betonen«, sagte Andresen. »Wir werden das tun, was nötig ist, um den Tod Ihrer beiden Schüler aufzuklären. Wir haben kein Interesse daran, dass diese Ermittlungen öffentlich geführt werden. Und uns ist natürlich auch bewusst, dass wir an einer Schule besonders zurückhaltend vorgehen müssen. Aber ich kann Ihnen nicht versprechen, dass Ihr Ruf keinen Schaden nimmt. Sie haben ja von meinem Kollegen vorhin gehört, was bereits im Internet los ist. Das Ganze verselbstständigt sich. Darauf haben wir keinen Einfluss. Deshalb denke ich, dass es in der Tat sinnvoller ist, möglichen Gerüchten proaktiv entgegenzutreten.«

»Was passiert ist, hat aber nichts mit unserer Schule zu tun«, insistierte Radecke noch einmal. »Ich möchte, dass Sie das auch so nach außen kommunizieren.«

Andresen schüttelte unmerklich den Kopf. Er war irritiert ob des Verhaltens des Schulleiters, wenngleich er dessen Angst vor der medialen Berichterstattung und möglichen Folgen für die Schule durchaus verstehen konnte.

Er gab Ida-Marie und Morten ein kurzes Zeichen, gehen zu wollen, und bedankte sich anschließend bei Radecke für das Gespräch. Als er das Büro schon fast verlassen hatte, drehte er sich noch einmal um und blickte den Schulleiter nachdenklich an.

»Sie sind seit knapp zwei Jahren hier am Christianeum?«

»Das sagte ich bereits.«

»Auf welcher Schule waren Sie tätig, bevor Sie hier Schulleiter geworden sind?«

»Ich habe zehn Jahre an der Gustav-Radbruch-Schule gearbeitet«, antwortete Radecke.

Die Mensa war ein halb offener Raum mit gewölbeartigen Decken, in dem scheinbar wahllos verteilt Tische herumstanden. Tatsächlich war es aber so, dass die Einrichtung bis ins letzte Detail durchgeplant war. Von den warmen Farben des Fußbodens und der Beleuchtung, den individuellen kleinen Topfblumen, die auf jedem Tisch standen, bis eben zu der Ausrichtung der Tische. Eine ungezwungene Wohlfühloase mit wahrscheinlich besserem Essen als in manchen Restaurants oder Imbissen, in denen Andresen selbst mittags meistens gehetzt seinen Magen füllte.

Er hatte unweigerlich das Bild der Kantine des Polizeipräsidiums im Kopf. Sie war das komplette Gegenteil – steril, funktional und trostlos. Ein Ort, den er mied, wann immer es nur ging.

Während er noch darüber nachdachte, was er zu seiner Schulzeit für eine Ausstattung wie diese gegeben hätte, wurde er sich nach und nach der Schülerinnen und Schüler bewusst, die an einigen Tischen ganz am Ende des Raums saßen. Auch mindestens zwei Lehrerinnen und einen Lehrer erkannte er. Andresen zählte etwa dreißig Schüler. Zwar noch zu viele für ihre Befragung, aber auch weniger als die Hälfte der gesamten Jahrgangsstufe. Wahrscheinlich hielt sich der Rest woanders im Gebäude auf, oder aber der Zusammenhalt an der Schule war doch nicht so groß, wie Radecke vorhin immer wieder betont hatte. Andresen vermutete, dass einige der Schüler einfach nach Hause gegangen waren.

»Am besten teilen wir uns erst einmal auf«, sagte Andresen. »Ich würde gerne mit den Lehrkräften sprechen. Kümmert ihr euch um die Schüler, ich glaube, das funktioniert am besten.«

Ida-Marie und Morten nickten. Dann traten die drei auf die Gruppe zu und stellten sich kurz vor.

Wenige Minuten später saß Andresen an einem Tisch etwas abseits und blickte in die Augen von drei offenbar verunsicherten Lehrern. Er selbst fühlte sich ebenfalls unbehaglich. Er hatte schon einmal Ermittlungen an einer Schule führen müssen. Damals an einer Grundschule in einem Fall, der ihm stark zugesetzt hatte. Der Täter war ein junger Erwachsener gewesen, der während seiner Schulzeit von der Schulleiterin sexuell missbraucht worden war, während gleich mehrere Lehrerinnen den Fall verschwiegen hatten. Das Opfer hatte einen fürchterlichen Rachefeldzug gestartet, bis Andresen ihn schließlich gestoppt hatte.

In diesem Moment musste er sich erst einmal schütteln, um die Erinnerungen an damals über Bord zu werfen und unbelastet in das Gespräch zu gehen.

»Wir möchten Sie und die Schüler nicht lange in Ihrer Trauer stören«, begann er hölzern. »Ich kann mir vorstellen, dass es für alle hier sehr schwierig ist, überhaupt zu begreifen, was geschehen ist.«

»Ja, so kann man das wohl sagen«, sagte die Frau mit dem blonden Lockenkopf, die sich als Sabine Gärtner vorgestellt hatte.

»Deshalb möchte ich auch gar nicht lange drum herumreden«, fuhr Andresen fort. »Wir gehen derzeit davon aus, dass sich Jannik und Lisa das Leben genommen haben. Wir ermitteln also nicht in einem Tötungsdelikt. Trotzdem versuchen wir, die Hintergründe vollständig aufzuklären. Bislang liegen uns allerdings noch kaum Hinweise auf ein mögliches Motiv der beiden vor, was diese furchtbare Tat erklärt. Vielleicht können Sie mir mehr über die beiden erzählen.«

»Was genau wollen Sie denn wissen?«, fragte Sabine Gärtner. »Dass sich die beiden das Leben genommen haben, hören wir jetzt gerade zum ersten Mal offiziell. Wobei natürlich schon den ganzen Tag lang die wildesten Gerüchte im Umlauf sind. Einen Grund, weshalb die beiden das gemacht haben, können wir Ihnen jedenfalls nicht nennen. Weder Lisa noch

Jannik hatten jemals Probleme, die auf solch eine Tat hätten schließen lassen. Zumindest nicht, dass wir davon wüssten. Im Gegenteil, ich habe die beiden immer als engagiert und besonnen kennengelernt.«

»Das deckt sich mit dem, was wir bislang über Lisa und Jannik gehört haben«, bestätigte Andresen. »Sie sind ihre Englisch- und Deutschlehrerin gewesen, habe ich das vorhin richtig verstanden?«

»Das stimmt.«

»Und Sie?« Andresen blickte die beiden anderen abwechselnd an.

»Dagmar Hintze, Erdkunde und Musik.« Die Frau musste um die fünfzig sein und erinnerte Andresen mit ihrem Kurzhaarschnitt an Agnes.

»Daniel Krey. Mathematik und Physik.«

Andresen nickte dem Jüngsten in der Runde zu. Er schätzte Krey auf Anfang dreißig. Nichts an ihm sah aus wie die Lehrer naturwissenschaftlicher Fächer aus seiner Schulzeit. Im Gegenteil, der groß gewachsene Mann mit dem Dreitagebart war eher der Typ Surfer.

»Können Sie mir sagen, ob Lisa und Jannik viel Zeit miteinander verbracht haben? Wir müssen wissen, weshalb die beiden gemeinsam gestorben sind.«

»Ich habe sie weder im Unterricht noch in der übrigen Zeit hier an der Schule auffallend oft zusammen gesehen«, ergriff erneut Sabine Gärtner das Wort. »Es würde mich überraschen, wenn sie sehr eng miteinander befreundet gewesen wären.«

»Oder vielleicht sogar mehr«, sagte Andresen. »Wir schließen nicht aus, dass die beiden ein Paar gewesen sind.«

»Das kann ich bestätigen«, sagte plötzlich Daniel Krey, während er mit der rechten Hand nachdenklich über sein Kinn fuhr. »Ich habe vor ein paar Wochen eine Szene im Physikraum beobachtet, nachdem alle anderen Schüler bereits gegangen waren. Da war ein kurzer Moment zwischen den beiden, eine Berührung ihrer Hände, ein inniger Blickkontakt. Das sah meiner Meinung nach danach aus, als wäre da mehr zwischen den beiden.«

Andresen sah ihn überrascht an. Er hatte nicht unbedingt damit gerechnet, dass er bezüglich Lisa und Jannik ausgerechnet von einem Lehrer einen solch detaillierten Hinweis bekommen würde.

»Welchen Grund kann es denn gegeben haben, dass die beiden nicht offen damit umgegangen sind, wenn sie ein Paar waren?«, hakte er nach.

»Ich kann mir eigentlich nur vorstellen, dass es mit Marcel zu tun hat«, antwortete Krey.

»Marcel Hofmann?«

»Ja, Sie wissen, wer er ist?«

»Sein Name ist bereits gefallen«, antwortete Andresen. »Wir haben allerdings noch nicht mit ihm gesprochen. Ist er hier?«

»Nein, er war einer der Ersten, die heute Vormittag die Schule verlassen haben, nachdem wir die Schüler informiert haben.«

»Erzählen Sie mir bitte über Marcel Hofmann alles, was Sie wissen«, drängte Andresen. »Was hatte er mit Lisa zu tun?«

»Warum ist das so wichtig?«, fragte Sabine Gärtner. »Niemand hier hat an einem Tag wie diesem Lust, über Marcel Hofmann zu reden.«

»Nicht zum ersten Mal am heutigen Tag höre ich diese Andeutungen über den Jungen«, sagte Andresen. »Es klingt so, als wäre er das größte Übel an dieser Schule, aber niemand hat mir bislang erklären wollen, was nun genau derart schlimm an ihm ist.«

»Hat Ihnen unser Schulleiter denn nicht erzählt, was mit Marcel los ist?«

»Nein, das hat er nicht. Er hat mir geraten, selbst mit ihm zu sprechen.«

»Verständlich«, antwortete Sabine Gärtner. »Niemand hier möchte die Wahrheit aussprechen.«

»Darum würde ich Sie jetzt aber dringend bitten.« Andresen wurde ungeduldig.

»Hofmann«, sagte Dagmar Hintze plötzlich vieldeutig. »Fällt Ihnen zu diesem Namen nichts ein?«

Stirnrunzelnd versuchte Andresen, den Namen zuzuordnen. Die einzige Person, die ihm allerdings einfiel, war der Kultur- und Bildungssenator der Hansestadt. »Sebastian Hofmann?«, fragte er vorsichtig.

»Ganz genau«, antwortete Dagmar Hintze. »Marcel ist sein Sohn. Und das macht es für uns leider nahezu unmöglich, etwas gegen sein Verhalten zu unternehmen.«

»Ich verstehe«, sagte Andresen nachdenklich. »Das erklärt natürlich so einiges. Trotzdem oder gerade deshalb müssen Sie mir sagen, was Marcel und Lisa konkret miteinander zu tun hatten. Andernfalls werde ich Sie drei wohl aufs Präsidium vorladen müssen.«

»Das ist nicht nötig«, sagte Dagmar Hintze. »Ich habe kein Problem damit, Ihnen zu erzählen, dass Marcel in meinen über zwanzig Jahren als Lehrerin am Christianeum der mit Abstand unangenehmste Schüler ist, der mir je unterkam. Um es in wenigen Worten zu sagen, Marcel ist ein unverschämter Flegel, der mit seiner übergriffigen Art gegenüber Lehrkräften und Schülern im Normalfall schon längst unseres Gymnasiums verwiesen worden wäre.«

»Was meinen Sie mit ›übergriffig‹?«

»Ich spreche von ganz konkreter körperlicher Übergriffigkeit. Marcel kennt keinen Abstand, keine Tabus. Sie müssen wissen, dass er wesentlich älter erscheint, als er mit seinen achtzehn Jahren tatsächlich ist. Er hat mehrere meiner Kolleginnen auf derbste Weise angemacht. Und das nicht nur verbal. Auf Einzelheiten will ich gar nicht weiter eingehen, aber dass unser letzter Schulleiter vor zwei Jahren das Weite gesucht hat, hat sicherlich seine Gründe.«

»Sie meinen, er hat nicht länger hinnehmen wollen, dass er Marcel Hofmann am Christianeum dulden muss, nur weil dessen Vater der Senator ist?«

»Das versteht hier niemand mehr. Und ich habe die große

Befürchtung, dass auch Dirk dem nicht standhalten wird. Die einzige Hoffnung ist, dass Marcel nicht noch eine weitere Ehrenrunde drehen muss und nächstes Schuljahr endlich von unserer Schule abgeht.«

»Noch einmal meine Frage: Was hatte Marcel mit Lisa Nolde zu tun?«, fragte Andresen und lenkte das Gespräch zurück auf den eigentlichen Grund der Befragung. Dabei blickte er vor allem Krey an.

»Ich hätte das niemals für möglich gehalten«, antwortete Krey schließlich und fuhr sich durch seine halblangen Haare. »Da ich aber immer ein sehr wachsames Auge auf meine Schüler habe, ist mir vor knapp einem Jahr etwas aufgefallen, was mich an meiner Einschätzung über Lisa doch zweifeln ließ.«

»Erzählen Sie bitte weiter«, sagte Andresen. Er spürte, dass seine Gesprächspartner immer redseliger wurden. Diesen Moment musste er nutzen.

»Ich muss sagen, dass ich von Lisa wirklich enttäuscht war«, fuhr Krey fort. »Ich hatte sie einfach ganz anders eingeschätzt. Es war seltsam, sie so zu sehen.«

»Können Sie das bitte etwas genauer erläutern?«

»Wie meine Kollegin bereits sagte, ist Marcel gegenüber Frauen schon einige Male unangenehm aufgefallen. Wobei erwähnt sein sollte, dass das nicht das Einzige ist. Er war auch schon oft der Auslöser von Konflikten mit anderen Schülern. Ich habe nicht das Gefühl, dass er sich gerne prügelt, aber er stachelt andere dazu auf.«

»Wie war das mit Lisa?«, fragte Andresen unbeeindruckt und mit noch etwas mehr Vehemenz in der Stimme.

»Anders.« Krey fuhr sich erneut durch die Haare. Er wirkte aufgewühlt. Es schien so, als hätte er irgendeinen Narren an Lisa gefressen, weshalb er es nicht ertragen konnte, über ihre Beziehung zu Marcel Hofmann und Jannik Wegener zu reden.

»Was heißt ›anders‹? War es Lisa, die sich an ihn herangeworfen hat?«

»Was genau zwischen den beiden gelaufen ist, weiß ich gar

nicht, aber wenn sie etwas miteinander gehabt haben, dann ging es wahrscheinlich von ihr aus. Da bin ich mir ziemlich sicher.«

»Und weshalb?«

»Ich habe gesehen, wie sie ihn angehimmelt hat. Völlig unverständlich aus meiner Sicht. Lisa war eine starke Persönlichkeit mit hoher sozialer Kompetenz. Und plötzlich hat sie nur noch Augen für diesen …« Krey brach ab, als er merkte, dass er dabei war, übers Ziel hinauszuschießen. Er schüttelte den Kopf und wandte sich ab.

»Glauben Sie, dass Marcel sie irgendwie beeinflusst hat?«

»Wie meinen Sie das denn?« Krey wirkte irritiert.

»Vielleicht gab es etwas, das er gegen sie in der Hand hatte«, erklärte Andresen. »Oder er hat sie gefügig gemacht. Nimmt Marcel Drogen?«

»Das weiß ich nicht.« Krey klang beinahe entrüstet. »Jedenfalls kann ich mir das bei Lisa nicht vorstellen.«

Andresen überlegte einen Moment lang, ob er erzählen sollte, was sie in der Schublade in Lisas Zimmer gefunden hatten. In seinem Kopf wuchs das Bild, dass Marcel Lisa womöglich über den Sex, den sie miteinander hatten, an sich gebunden hatte. Eine Vorstellung, bei der es ihn schauderte. Immerhin war Lisa gerade einmal sechzehn Jahre alt gewesen.

»Kommen wir zurück auf die letzten Wochen«, sagte er schließlich. »Sie behaupteten vorhin, dass Sie glauben, zwischen Lisa und Jannik wäre mehr als nur Freundschaft gewesen. Wie passt das mit der Sache mit Marcel Hofmann zusammen?«

»So wie ich das mitbekommen habe, hat Lisa irgendwann verstanden, dass Marcel nicht gut für sie ist«, antwortete Krey. »Was genau zwischen ihnen vorgefallen ist, kann ich Ihnen aber auch nicht sagen.«

»Wie würden Sie denn Jannik beschreiben? Bislang haben wir noch kein richtiges Bild von ihm.«

»Jannik war ganz anders.« Dagmar Hintze ergriff als Erste

das Wort. »Nicht nur als Marcel, er war sogar zurückhaltender als Lisa, beinahe schüchtern. Seine schulischen Leistungen waren allerdings auch nicht ganz so gut wie die von Lisa. Ich sag mal, er war ein durchschnittlicher Schüler, aber ich bin mir eigentlich sicher, dass in ihm durchaus Potenzial schlummerte. Es gab Gründe dafür, dass er so war, wie er war. Leider hat ihn die Situation zu Hause ziemlich mitgenommen.«

»Sie meinen die Trennung seiner Eltern?«

»Bei den Wegeners sind einige Dinge vorgefallen, die für ein Kind in diesem Alter alles andere als leicht zu verkraften sind«, antwortete Dagmar Hintze.

»Was außer der Trennung ist denn noch in der Familie vorgefallen?«

»Ich bin mir nicht sicher, ob es richtig ist, dass wir das jetzt thematisieren. Es geht dabei um sehr private Dinge, die wir nur deshalb wissen, weil wir uns um Jannik eine Weile etwas intensiver kümmern mussten.«

»Wir sind auf jede Information angewiesen«, sagte Andresen und versuchte, möglichst nachsichtig zu klingen. »Wenn Sie etwas wissen, das uns weiterhelfen könnte, erzählen Sie es uns bitte. Wir haben mit Janniks Vater gesprochen, allerdings konnte er uns nur wenig über seinen Sohn erzählen, was mich persönlich sehr gewundert hat.«

»Das muss Sie gar nicht wundern. Björn Wegener ist nämlich nicht der leibliche Vater von Jannik. Die Eltern haben es Jannik vor etwa vier Jahren erzählt, damals war der Vater zwar schon zu Hause ausgezogen, aber sie hatten die Fassade noch eine Zeit lang aufrechterhalten. Durchaus nachvollziehbar, dass für Jannik anschließend eine Welt zusammengebrochen ist.«

Andresen atmete tief durch und schüttelte unmerklich den Kopf. Er musste seine Gedanken ordnen. Vorschnelle Schlüsse wollte er nicht ziehen, aber der Information, die Dagmar Hintze gerade gegeben hatte, mussten sie nachgehen. Ließ sich daraus womöglich ein Motiv für den Suizid von Jannik und Lisa ableiten?

»Wie ist das mit Janniks Bruder David? Oder besser gesagt Halbbruder. Ist davon auszugehen, dass Björn Wegener sein leiblicher Vater ist?«

»Hören Sie, wir sollten jetzt das Thema wechseln. Ich rede wirklich nicht gerne über die Familienverhältnisse unserer Schüler.«

»David ist seinem Vater wie aus dem Gesicht geschnitten«, bohrte Andresen weiter.

»Dann wissen Sie ja Bescheid.«

»Glauben Sie, dass die Tatsache, einen anderen leiblichen Vater zu haben, Grund genug für Jannik gewesen sein kann, sich das Leben zu nehmen?«

»Mein Gefühl war eigentlich, dass er sich im Laufe des vergangenen Jahres psychisch wieder gefangen hatte. Auch seine schulischen Leistungen hatten sich wieder leicht verbessert. Er kam mir weder depressiv noch lebensmüde vor. Oder wie habt ihr ihn erlebt?« Dagmar Hintze wandte sich ihren Kollegen zu.

»Ja, im letzten Schuljahr war alles wieder ganz normal mit ihm«, bestätigte Sabine Gärtner. »Er war noch sehr zurückhaltend, aber aus meiner Sicht gefestigt.«

Auch Daniel Krey nickte. »Vielleicht hat das Ganze doch mit Lisa zu tun«, schob er nach einigen Sekunden hinterher. »Wenn Marcel mitbekommen hat, dass sie mit Jannik zusammen ist, dann ...« Er sprach den Satz nicht zu Ende.

»Solche Spekulationen helfen uns nicht weiter«, entgegnete Andresen scharf und erhob sich von seinem Stuhl. »Es liegt aller Voraussicht nach kein Tötungsdelikt vor. Wir haben es also wohl nicht mit einem Racheakt zu tun, falls Sie darauf anspielen wollen.«

»Es war nur so ein Gedanke.«

»Ja, natürlich. Und gäbe es nicht deutliche Hinweise auf einen Suizid der beiden, wäre Rache als Motiv sicherlich eine Option, der wir nachgehen würden.« Andresen nickte und bedankte sich bei den drei Lehrkräften. Das Gespräch mit ihnen war ergiebiger gewesen als erhofft.

Er sah sich um und brauchte einige Sekunden, ehe er Ida-Marie und Morten zwischen den Schülern ausfindig gemacht hatte. Sie saßen nicht an den Tischen, sondern auf dem Boden der Mensa. Um sie herum hockten in einem Halbkreis etwa zwei Dutzend Schüler.

Andresen verwarf den raschen Gedanken, sich dazuzusetzen. Stattdessen lehnte er sich etwas verdeckt an eine Säule. Er wollte in Ruhe zuhören, worüber seine Kollegen mit den Schülern sprachen.

Zwanzig Minuten später standen Andresen, Ida-Marie und Morten auf dem großen Innenhof des Christianeums und versuchten, die neuen Informationen einzuordnen.

Das Gespräch mit den Schülern hatte im Gegensatz zu den Aussagen der Lehrkräfte wenig Erhellendes gebracht. Ida-Marie und Morten hatten das Gefühl, es herrschte zwar Bestürzung, aber gleichzeitig war da auch eine merkwürdige Zurückhaltung unter den Mitschülern gewesen. Tränen hatte keiner der Anwesenden vergossen. Es gab niemanden, bei dem sie das Gefühl hatten, dass er aufrichtig trauerte. Da waren auch keine besten Freundinnen und Freunde, die nicht verstehen konnten und wollten, was passiert war. Das Geschehene schien allen auf eine beklemmende Art und Weise fast gleichgültig zu sein. Keine Spur von unter Schock stehenden Schülern, so wie es Radecke berichtet hatte. Wenn Lisa und Jannik so beliebt gewesen waren, wie er sagte, weshalb fielen die Reaktionen dann derart zurückhaltend aus?

»Ein paar von den Mitschülern erwähnten, dass sich vor allem Lisa in letzter Zeit etwas mehr zurückgezogen hätte. Aber keiner hat eine Erklärung dafür, weshalb sie und Jannik sich das Leben genommen haben«, seufzte Ida-Marie. »Allerdings war auch kaum jemand dabei, der überhaupt näheren Kontakt zu den beiden hatte.«

»Vielleicht, weil diejenigen, die sie besser kannten, gar nicht mehr hier sind«, sagte Morten. »Es waren gerade einmal achtundzwanzig von vierundachtzig Schülern aus der Jahrgangsstufe in der Mensa anwesend.«

»Wenn ich daran denke, was Radecke über seine vorbildlichen Schüler erzählt hat, klingt das ziemlich ernüchternd. Oder Lisa und Jannik waren eben doch gar nicht so beliebt.«

»Ich glaube, wir kommen mit dieser Art der Befragung hier nicht weiter«, sagte Morten. »Wir müssen wissen, mit wem die beiden tatsächlich befreundet waren, und dann Einzelgespräche führen.«

»Dann sollten wir das wohl so schnell wie möglich in Erfahrung bringen«, entgegnete Andresen lächelnd, spürte aber sofort, dass seine süffisante Art in diesem Moment unangebracht war. »Du hast natürlich recht«, schob er hinterher.

»Wie verlief denn dein Gespräch?«, fragte Morten und vermied es, auf Andresens Kommentar einzugehen. »Irgendetwas, das uns weiterhelfen könnte?«

»Tatsächlich kam mehr dabei heraus, als ich gedacht habe.« Andresen berichtete davon, dass Daniel Krey die Beziehung zwischen Marcel Hofmann und Lisa bestätigt hatte. Zuletzt allerdings habe sie offenbar Jannik nahegestanden. Vor allem aber ging er auf die Familienverhältnisse der Wegeners ein. Dass Jannik erst vor wenigen Jahren erfahren hatte, dass Björn Wegener gar nicht sein leiblicher Vater war, konnte unter Umständen von größerer Bedeutung sein. Zumal Jannik offenbar eine Zeit lang stark unter dieser Wahrheit gelitten hatte.

Auch das Verhalten von Daniel Krey und seine ziemlich offensichtlich zur Schau getragene Sympathie für Lisa ließ er nicht unerwähnt.

»Wir müssen auf jeden Fall weitere Gespräche mit den Familien und Freunden der beiden führen, um vollständig ausschließen zu können, dass beim Tod der beiden kein Fremdverschulden vorliegt«, kam er zum Ende. »Und ich hoffe, dass Seelhoffs Leute noch etwas Brauchbares finden, wenn sie die Zimmer von Jannik und Lisa auf den Kopf stellen. Irgendwo wird das Motiv zu finden sein, weshalb die beiden zu dem fatalen Schluss gekommen sind, diesen Schritt gehen zu müssen. Vielleicht war es auch eine Kettenreaktion. Jeder der beiden könnte ganz eigene Gründe gehabt haben. Zusammen haben sie sich immer weiter hineingesteigert, und der gemeinsame Tod war schließlich für sie die einzige Lösung. Dabei gibt es doch immer einen Ausweg ...«

Andresen machte eine kurze Pause. Die beiden anderen nickten, offenbar teilten sie seine Meinung.

»Mir ist vorhin noch einmal etwas anderes klar geworden«, fuhr er fort. »Es geht dabei um unsere Ermittlungen im Fall Leif Sanders. Wir können die Sache nicht einfach so im Sande verlaufen lassen. Dieser Junge ist seit zehn Wochen verschwunden, und wir haben nicht den Hauch einer Ahnung, wo er steckt. Ich frage mich, ob sein plötzliches Verschwinden nur deshalb so schnell kein Thema mehr in der Öffentlichkeit ist, weil er Vollwaise ist und in einer betreuten Wohngemeinschaft gelebt hat.«

»Wie meinst du das?«, fragte Ida-Marie.

»Wenn ein sechzehnjähriger Junge spurlos verschwindet, ist es eigentlich normal, dass wir bei unserer Arbeit massivem öffentlichen Druck ausgesetzt sind. Aber das Interesse hat recht schnell nachgelassen. Die Eltern von Lisa und Jannik dagegen werden Antworten haben wollen. Wir sollten allerdings auch bei Leif noch eine Schippe drauflegen und alles daransetzen, den Jungen zu finden.«

»Warum reden wir jetzt über Leif Sanders?«, fragte Ida-Marie irritiert. »Wir haben alles versucht, was unsere Möglichkeiten und Kapazitäten hergaben. Das weißt du doch selbst. Aber wir haben nicht einen einzigen Hinweis darauf gefunden, ob ihm möglicherweise etwas zugestoßen ist. Und darum waren wir uns alle einig, dass wir den Fall vorerst in der Priorität herabstufen, weil Sanders vielleicht auch einfach nur abgehauen ist.«

»Natürlich«, sagte Andresen nachdenklich. »Ich frage mich nur auch, ob es einfach ein Zufall ist, dass Radecke bis vor nicht allzu langer Zeit an der Gustav-Radbruch-Schule tätig war. Und weshalb ist er von selbst auf diese Sache zu sprechen gekommen?«

»Lübeck ist ein Dorf«, entgegnete Ida-Marie. »Würde mich nicht wundern, wenn es wirklich nur ein Zufall ist.«

»Möglich.« Andresen war nicht überzeugt, gleichzeitig gab es aber auch nichts, das auf einen Zusammenhang hindeutete. »Ich schlage vor, wir fahren jetzt in die Rechtsmedizin. Anschließend schreiben wir einen vorläufigen Bericht und übergeben ihn der Staatsanwaltschaft. Und dann warten wir mal ab, ob weitere Ermittlungen angeordnet werden. Gut möglich, dass wir noch einmal zurückkommen und mit diesen Schülern hier unter vier Augen sprechen werden.«

»Können *wir* kurz unter vier Augen reden?«, fragte Ida-Marie unvermittelt.

»Klar.«

»Morten, würdest du …?

»Ehrlich gesagt wäre ich gerne dabei, wenn ihr über das weitere Vorgehen sprecht.«

»Geh doch mal kurz um die Ecke und besorg uns aus der Hüxstraße zwei Becher Kaffee«, sagte Andresen. »Die werden wir brauchen, bevor wir in die Rechtsmedizin fahren.«

Morten wollte zu einer Erwiderung ansetzen, aber Andresen gab ihm mit einer Handbewegung zu verstehen, dass er Ida-Marie und ihn ohne weitere Diskussion für ein paar Minuten allein lassen sollte.

»Ist es wegen morgen?«, fragte Ida-Marie, nachdem Morten gegangen war.

»Was meinst du?«

»Dass du die Ermittlungen mit dem Bericht vorerst abschließen möchtest, bevor du fliegst.«

»Auch, ja«, antwortete Andresen. »Aber das ist ja nur der eine Tag. Morgen Abend sind wir wieder zurück aus Norwegen.«

»Das hoffe ich doch sehr.« Sie klang besorgt. »Pass bitte

gut auf Simon auf. Dass du mitfährst, bedeutet mir sehr viel. Allein hätte ich ihn nicht fahren lassen.«

»Ich habe keine Ahnung, was uns da in Bergen erwarten wird«, sagte Andresen. »Ich weiß nicht einmal, was Simon vorhat, wenn wir diese Typen tatsächlich dort finden sollten.«

»Und genau das macht mir Sorgen. Simon ist wie besessen. Wir reden seit Wochen kaum mehr ein Wort miteinander. Ihn treibt nur noch diese eine Sache an. Ich versuche, nicht darüber nachzudenken, was er tun wird, wenn er diesen Männern gegenübersteht. Vielleicht ist das auch der Grund, warum er dich dabeihaben will. Weil er tief im Innern weiß, dass er jemanden an seiner Seite braucht, der ihn davor bewahrt, bis zum Äußersten zu gehen.«

»Jedes Mal, wenn ich darüber nachdenke, was er vorhat und dass ich mich auch noch darauf eingelassen habe, ihn zu begleiten, frage ich mich, ob ich völlig den Verstand verloren habe. Ich bin nämlich eigentlich längst noch nicht lebensmüde.«

Ida-Marie sagte nichts. Ob ihr gerade der Gedanke durch den Kopf fuhr, dass vielleicht Simon Winter lebensmüde war?

»Keine Sorge, ich passe auf Simon auf und bringe ihn heil zurück«, sagte Andresen schnell und versuchte zu lächeln, was ihm mehr schlecht als recht gelang.

»Du solltest mit Morten ein wenig netter umgehen«, wechselte Ida-Marie plötzlich das Thema. »Ich arbeite wirklich gern mit ihm zusammen. Und seine Vorwitzigkeit treibe ich ihm schon aus. Wenn du in Norwegen bist, werde ich mit ihm zusammen diese Sache zu Ende bringen. Ich möchte verstehen, was dazu geführt hat, dass sich zwei Teenager offenbar das Leben nehmen. Und wenn sie tatsächlich Zyankali verwendet haben, sollten wir auch herausfinden, wie sie sich das beschafft haben.«

»Na schön.« Andresen nickte. »Aber offiziell hat die Sache keine Priorität mehr, sobald wir wissen, dass sie zweifelsfrei Suizid begangen haben. Vielleicht kann Professor Kapustka uns die Todesursache gleich schon bestätigen.«

»Ich komme nicht mit«, sagte Ida-Marie. »Morten fährt bestimmt gern mit dir in die Rechtsmedizin.«

»Wegen deiner aufkommenden Übelkeit, sobald du eine Leichenhalle betrittst?«

»Nein.« Ida-Marie lachte. »Das habe ich mittlerweile ganz gut im Griff. Ich will dringend noch Sandra Wegener anrufen, bevor ich Simon zum Essen entführe. Um halb sieben habe ich einen Tisch beim Italiener in der Hüxstraße reserviert. Mir wird das alles zu knapp, wenn ich mir vorher noch zwei Leichen ansehen muss.«

»Warum werde ich das Gefühl nicht los, dass das eine ziemlich schlechte Ausrede ist?« Andresen sah seine Kollegin argwöhnisch an. »Aber meinetwegen, macht euch einen schönen letzten Abend.«

»Letzten Abend?«, fragte Ida-Marie irritiert.

Andresen brauchte einige Augenblicke, ehe er verstand, dass er sich gerade etwas unglücklich ausgedrückt hatte.

»Bergen soll wunderschön sein«, schob er zwinkernd hinterher. »Vielleicht bleiben Simon und ich einfach dort.«

Danuta

Das kleine Kabuff, in dem Professor Birnbaum zuletzt gesessen hatte, war leer, als Andresen die Tür, die einen Spalt offen gestanden hatte, aufstieß. Er hatte dem langjährigen Leiter der Lübecker Rechtsmedizin einen kurzen Besuch abstatten wollen. Er hätte Morten die Koryphäe in Weiß, die immer auch streitbar, aber vor allem ein hervorragender Rechtsmediziner gewesen war, gern vorgestellt.

Der kleine Raum war nicht nur leer, weil Birnbaum gerade nicht an seinem Platz war. Auf dem kleinen Schreibtisch und in den Ablagefächern lag kein einziges Blatt Papier. Es standen noch einige Möbel herum, aber ansonsten war er einfach ganz und gar leer geräumt. Hier saß niemand mehr und arbeitete. Oder löste zumindest Kreuzworträtsel, wie es Birnbaum bei Andresens letztem Besuch getan hatte.

Er spürte ein Magengrummeln bei dem Gedanken daran, dass sich Birnbaums Zustand womöglich noch weiter verschlechtert hatte. Seine Demenzerkrankung war erschreckend schnell vorangeschritten. Schon nach wenigen Wochen hatte er nicht mehr praktizieren dürfen. Auch der neuen Leiterin der Lübecker Rechtsmedizin, Professor Danuta Kapustka, durfte er nicht mehr assistieren. Alles, was ihm geblieben war nach drei Jahrzehnten Institutsleitung, war dieses kleine Kabuff, in dem üblicherweise Akten gelagert wurden. Aber auch hier war er nun nicht mehr anzutreffen.

Andresen und Morten gingen auf direktem Weg hinunter in die Leichenhalle. Nach der Kontrolle am Eingang durch einen Angestellten des Instituts wurden die beiden durch einen groß gewachsenen Mann empfangen, den Andresen auf Mitte dreißig schätzte. Er blickte über seine fast randlose Brille hinweg und zeigte ein Grinsen, das Andresen in dieser Umgebung als etwas furchteinflößend empfand.

»Wir haben Sie schon erwartet«, sagte der Mann und reichte ihnen die Hand. »Dr. Holger Hartkorn. Ich arbeite seit einem Vierteljahr am Institut und unterstütze Frau Professor Kapustka.«

Andresen begrüßte den Rechtsmediziner. »Ist Professor Kapustka denn auch da?«

»Selbstverständlich, kommen Sie bitte mit.« Wieder zeigte Hartkorn sein Zahnfleischgrinsen.

Sie betraten die Leichenhalle und blieben mitten in dem großen gekachelten Raum stehen, an dem allmählich der Zahn der Zeit nagte. Aus dem Augenwinkel erkannte Andresen bereits, dass heute, anders als bei seinen sonstigen Besuchen hier, auf zwei metallenen Tischen Körper lagen. Bedeckt von grünen Tüchern.

Er beobachtete Morten. Es schien so, als mache ihm die Situation in keinster Weise zu schaffen. Mit Sicherheit war das für seinen jungen Kollegen nicht der erste Besuch in einer Rechtsmedizin, aber das, was er in seiner Ausbildung in der Theorie und wahrscheinlich größtenteils anhand von Puppen vermittelt bekommen hatte, ließ sich nicht im Geringsten mit dem vergleichen, was in den nächsten Minuten auf sie zukäme.

Für Andresen waren es neben der Konfrontation der Angehörigen von Opfern die unangenehmsten Momente während einer Ermittlung. Einzig die Tatsache, dass die Körper von Jannik Wegener und Lisa Nolde keine äußeren Verletzungen aufwiesen, sorgte dafür, dass sich sein flaues Gefühl im Magen in Grenzen hielt.

»Wir haben unsere Obduktion vorhin bereits abschließen können«, sagte Dr. Hartkorn und stellte sich mit vor der Brust verschränkten Armen neben einen der Tische. »Ich denke, dass wir diesmal außergewöhnlich schnell waren.«

»Professor Birnbaum ist es nie wichtig gewesen, besonders schnell zu sein«, entgegnete Andresen. »Genauigkeit geht vor Schnelligkeit. Diesen Grundsatz hat er mir vor sehr langer Zeit schon beigebracht. Und selbst wenn mich sein stoisches

Verhalten manchmal wahnsinnig gemacht hat, weiß ich heute, dass er recht hatte. Aber was rede ich hier, Sie kennen ihn ja wahrscheinlich gar nicht.«

»Das würde ich so nicht sagen«, entgegnete Hartkorn. »Der Professor ist mein Schwiegervater.«

Einen Moment lang glaubte Andresen, sich verhört zu haben, aber diesmal blieb das beinahe diabolische Lachen des Rechtsmediziners aus.

»Ich habe seine Tochter Franziska vor zwei Jahren geheiratet. Den Professor kenne ich allerdings schon etwas länger. Er war immer mein Vorbild.«

»Wie geht es ihm?«, fragte Andresen. »Ich hatte gehofft, ihn hier anzutreffen.«

»Er ist zu Hause bei seiner Frau. Das hier ist nicht mehr der richtige Ort für ihn.«

»Verstehe.«

»Wenn Sie ihn sehen möchten, kann ich das gerne arrangieren. Er nimmt nicht mehr viele Dinge wahr, aber wenn Sie jahrelang miteinander zu tun hatten, könnte es durchaus sein, dass er sich an Momente zwischen Ihnen erinnert.«

»Ich denke darüber nach«, sagte Andresen. »Es wäre tatsächlich schön, wenn wir uns noch einmal sehen könnten.«

»Das wäre sicherlich eine gute Entscheidung.«

Andresen fuhr herum. Frau Professor Kapustka hatte den Raum betreten. Er hatte sie an ihrer unverwechselbar tiefen Stimme erkannt. Optisch sah sie jedoch komplett anders aus, als er sie in Erinnerung hatte. Wieder einmal.

Ihre langen Haare vom letzten Mal waren einem Kurzhaarschnitt gewichen. Die rote Farbe einer genauso unnatürlich aussehenden Mischung aus Orange und Blond. Außerdem trug sie eine Brille mit dicken schwarzen Rändern. Sie bildete einen auffallenden Kontrast zu dem stark aufgetragenen Make-up und dem grellroten Lippenstift.

Was auf den ersten Blick etwas seriöser als früher anmutete, relativierte sich jedoch, als er ihr Dekolleté sah. Andresen hatte das Gefühl, als hätte sie an ihrem weißen Kittel heute noch einen Knopf mehr aufgeknöpft. Der Stoff spannte und ließ vermuten, dass sie ihre Brüste ein weiteres Mal hatte vergrößern lassen. Sekunden vergingen, in denen er nicht wusste, wohin er schauen sollte. Dann ergriff Morten das Wort.

»Schön, dich hier wiederzusehen«, sagte er. »Ich habe noch oft an dich denken müssen. Ich hoffe, du erinnerst dich auch noch an den Abend?«

»Aber natürlich, mein Lieber«, antwortete Professor Kapustka und lächelte Morten erfreut an.

»Ihr kennt euch?«, fragte Andresen verdutzt.

»Wir haben uns vor einigen Wochen bei einer Party kennengelernt«, erklärte Morten. »Ich wusste allerdings nicht, dass du hier arbeitest.«

»Das ist Professor Kapustka, die Institutsleiterin«, sagte Andresen. Die Empörung in seiner Stimme war ihm sofort peinlich. Als müsste er seinen jungen Kollegen maßregeln, weil der in seiner Freizeit bereits Bekanntschaft mit ihr gemacht hatte.

»Schon gut, Herr Kommissar.« Professor Kapustka winkte lächelnd ab. »Morten hat nichts Schlimmes gemacht, im Gegenteil.« Sie warf Morten einen vielsagenden Blick zu.

»Da fällt mir aber ein, dass du mir auf dieser Party erzählt hattest, dir gehöre eine Kunstgalerie in der Innenstadt?«

»Ja, und du wolltest mir weismachen, dass du Regisseur bist und demnächst dein erster Film im Kino anläuft.«

Die beiden lachten und berührten sich neckisch, während Andresen konsterniert danebenstand. Er beobachtete Holger Hartkorn, der ebenfalls schmunzelte und an dem grünen Tuch über einem der beiden Körper nestelte.

»Um noch einmal auf Professor Birnbaum zurückzukommen«, unterbrach Professor Kapustka seine Gedanken. »Sein Zustand hat sich in den vergangenen Wochen extrem verschlechtert. Ich bin keine Neurologin, aber ein derartig schnelles Fortschreiten der Demenz ist eher ungewöhnlich.

Wir konnten hier nicht mehr die entsprechende Sicherheit garantieren. Nicht für die Institutsmitarbeiter und vor allem nicht für ihn selbst. Seine Frau kümmert sich jetzt so gut es geht um ihn. Und natürlich auch Holger und seine bezaubernde Frau. Wir werden sein Wirken am Institut aber entsprechend würdigen, das habe ich bereits mit der Universitätsleitung besprochen.«

»Das ist ihm durchaus wichtig gewesen«, sagte Andresen. »Er wollte nicht die große mediale Präsenz, wenn er mit seiner Expertise in aufsehenerregenden und schwierigen Fällen geholfen hat. Ihm ging es immer nur um die fachliche Anerkennung. Er hatte den Anspruch, der Beste zu sein. Und lange Zeit war er das womöglich auch.«

»So habe auch ich ihn in der kurzen Zeit unserer Zusammenarbeit kennengelernt.« Professor Kapustka nickte ernst, dann schaltete sie wieder in den professionellen Modus als Rechtsmedizinerin um.

»Schade, dass Sie immer nur aus diesen überaus unschönen Anlässen hier sind«, sagte sie. »Dieses Mal ist der Anblick der beiden Leichen, die auf unseren Tischen liegen, zwar nicht direkt verstörend, aber die Tatsache, dass es sich um sechzehnjährige Teenager handelt, ist auch für mich ziemlich schwer zu ertragen.«

Andresen betrachtete Professor Kapustka aufmerksam, während sie sprach. Nachdem sie die Leitung von Birnbaum übernommen hatte, war er skeptisch gewesen, ob sie diesem das Wasser reichen konnte. Er hatte sich von seinen Vorurteilen gegenüber ihrem Äußeren leiten lassen. Dabei war sie viel umgänglicher, als Birnbaum es je gewesen war. Und menschlich. Ehrlich. Und in diesem Moment war sie ihm so sympathisch, dass er alles, was er bislang über sie gedacht hatte, einfach über Bord warf. Nicht einmal ihr Geflirte mit Morten störte ihn noch.

»Dann lassen Sie uns jetzt zu dem Unausweichlichen kommen«, sagte Andresen schließlich und ging in Richtung des

Tischs, neben dem Dr. Hartkorn noch immer stand. »Reden wir darüber, was passiert ist. Was haben Sie herausfinden können?«

»Um es gleich vorweg zu sagen, in Bezug auf die Todesursache und die -umstände werde ich Ihnen nichts erzählen können, was Sie nicht schon von Ihrem Kollegen Seelhoff gehört haben. Sie haben also Glück, wenn Sie nicht unbedingt darauf bestehen, müssen Sie sich die beiden nicht einmal ansehen. Allerdings gibt es da eine Sache, die das Labor herausgefunden hat, die Sie durchaus interessieren könnte.«

»Ich bin gespannt.«

»Es geht um das Erbrochene, das unweit der beiden Leichen im Drägerpark gefunden wurde. Es stammt nämlich weder von Jannik Wegener noch von Lisa Nolde. Was im Grunde aber auch nicht verwunderlich ist.«

Andresen brauchte einige Sekunden, um die Worte in Gänze zu verstehen. Bislang war er davon ausgegangen, dass Jannik oder Lisa sich erbrochen hatte, nachdem sie das Zyankali geschluckt hatten. Er erinnerte sich jedoch an den Moment am heutigen Morgen zurück, als er um den Fundort herumgegangen war und das Erbrochene entdeckt hatte. Sein erster Gedanke war ein anderer gewesen. Nämlich genau der, der ihm auch jetzt wieder in den Kopf fuhr.

»Es gab also noch eine weitere Person«, sagte er leise, mehr zu sich selbst.

»Das Erbrochene lässt diesen Schluss zumindest zu. Welche Rolle diese Person gespielt hat, müssen allerdings Sie nun herausfinden.«

»Wir können zumindest nicht ausschließen, dass sich dort jemand erbrochen hat, der gar nichts mit den beiden Toten zu tun hat«, warf Morten ein. »Vielleicht ein Spaziergänger, der sie entdeckt hat und so unter Schock stand, dass er den Fund nicht gemeldet hat. Oder einer der Säufer, die gerne mal im Park sitzen.«

»Das wäre durchaus denkbar«, sagte Professor Kapustka.

»Es wurden jedenfalls laut Laborbericht keinerlei Spuren von Zyankali in dem Erbrochenen gefunden.«

»Moment«, ging Andresen dazwischen. »Seelhoff hat mir heute Morgen erzählt, dass es vorstellbar ist, dass sich jemand infolge einer Zyankali-Vergiftung erbricht.«

»Der Bericht ist eindeutig. Keine Spuren von Zyankali.«

»Es könnte auch sein, dass sich jemand dort erbrochen hat, bevor Jannik und Lisa Suizid begangen haben«, sagte Andresen nachdenklich. »Steht dazu auch etwas in dem Bericht?«

»Der ganze Zeitraum lässt sich offenbar nicht exakt bestimmen.« Dr. Kapustka griff nach mehreren Zetteln, die auf einem kleinen Tisch lagen, der offenbar für die Verwaltungsangelegenheiten diente.

»Hier steht, dass es sich bei dem Erbrochenen vor allem um Magen- und Gallenflüssigkeit handelt. Da diese noch keine Anzeichen von Austrocknung gezeigt hat, grenzt der Kollege vom Kriminaltechnischen Institut in Kiel den Zeitraum auf etwa vier bis sechs Uhr morgens ein. Das passt zu dem Todeszeitpunkt der beiden. Ich gehe davon aus, dass Lisa und Jannik gegen kurz vor sechs die Zyankalikapseln geschluckt haben.«

»Es kann aber durchaus so sein, dass die Joggerin, die uns verständigt hat, möglicherweise nicht die erste Person gewesen ist, die Jannik und Lisa heute Morgen tot vorgefunden hat.« Andresen kratzte sich am Kopf. Oder Jannik und Lisa waren doch nicht allein gewesen, als sie sich das Leben nahmen. Er wollte mehr über die Wirkungsweise des Gifts wissen.

»Kennen Sie sich mit Zyankali aus?«

»Ein wenig«, antwortete Professor Kapustka.

»Erzählen Sie bitte, wie es wirkt.«

»Nun, korrekterweise reden wir ja bei Zyankali über Kaliumcyanid. Der schnelle Tod tritt deshalb ein, weil die menschliche Magensäure dafür sorgt, dass das Kaliumcyanid Blausäure freisetzt. Dadurch verlieren die roten Blutkörperchen die Fähigkeit, Sauerstoff zu transportieren. Die Blausäure ist übrigens auch für den typischen Bittermandelgeruch verantwortlich.«

»Schon klar«, sagte Andresen ungeduldig. »Wie viel Kaliumcyanid muss ein Mensch denn zu sich nehmen, um zu sterben?«

»Vergleichsweise wenig«, antwortete Professor Kapustka unbeeindruckt. »Bei einem erwachsenen Menschen genügt etwa ein Viertelgramm als tödliche Dosis.«

»Wieso gehen Sie eigentlich davon aus, dass Jannik und Lisa das Kaliumcyanid als Kapsel zu sich genommen haben?«

»Das ist der sicherste Weg. Durch das Zerbeißen und Verschlucken einer Kapsel entfaltet sich die toxische Wirkung im gesamten Körper. Hantiert man mit den losen Kristallen, die das Kaliumcyanid bildet, kann es zu Hautresorption kommen. Eine ziemlich riskante Sache, wenn Sie mich fragen.«

»Dann kommen wir noch einmal zurück auf das Erbrochene und die Wahrscheinlichkeit, dass es eine dritte Person gegeben hat. Kann es sein, dass sich diese Person den Finger in den Hals gesteckt hat, um die Kapsel wieder auszuspucken? Und das Ganze, ohne dass Spuren des Kaliumcyanids zu finden sind?«

»Ja, wenn derjenige schnell reagiert und die Kapsel nicht zerbissen hat, wäre das durchaus vorstellbar.«

»Gut.« Andresen nickte. »Mich würde jetzt noch interessieren, wie zwei Teenager in den Besitz von Zyankalikapseln kommen können. Wenn ich mich richtig erinnere, haben sich am Ende des Zweiten Weltkriegs Tausende Deutsche aus Angst vor der Roten Armee mit Zyankali das Leben genommen. Genau wie einige führende Nazis, die sich umgebracht haben, um nicht von den Alliierten festgenommen zu werden. Das ist über siebzig Jahre her, mir war nicht bewusst, dass diese Methode auch heute noch angewandt wird.«

»Dazu kann ich vielleicht etwas beitragen«, sagte Morten plötzlich. »In einem der letzten James-Bond-Filme hat der Bösewicht eine Zyankalikapsel eingeworfen, um sich umzubringen. Das ging allerdings schief, anschließend war sein Gesicht entstellt.«

Andresen sah seinen Kollegen irritiert an, sagte aber nichts.

»Worauf ich hinauswill«, fuhr Morten fort. »Ich glaube, die Selbsttötung durch das Schlucken einer solchen Kapsel ist immer noch sehr beliebt, weil es im Grunde eine wortwörtlich todsichere Sache ist. Dass der Bond-Bösewicht in diesem Film überlebt hat, sollte man am besten nicht so ernst nehmen.«

»Beantwortet allerdings noch nicht meine Frage, wie und wo sich die beiden die Kapseln beschaffen konnten.«

»Wo ein Wille, so auch ein Weg«, sagte Professor Kapustka achselzuckend. »Sofern man einen Zugang zum Chemikalienhandel hat, dürfte das kein Problem sein. Jeder Apotheker kann sich Kaliumcyanid besorgen. Die Frage ist, über welche Kontakte die beiden darangekommen sind. Oder ob sie möglicherweise auf der Suche danach irgendwo einbrechen mussten.«

»Ich denke, sie müssen zumindest gezielt danach gesucht haben«, sagte Andresen. »Und das würde bedeuten, dass sie ihren Suizid sorgfältig geplant haben.«

»Das zu beurteilen ist dann irgendwann nicht mehr unsere Aufgabe. Kann ich denn sonst noch etwas für Sie tun?«

»Gibt es nichts, was Ihnen bei der Obduktion der Leichen aufgefallen wäre? Irgendetwas, das vielleicht vermuten ließe, dass die Einnahme der Kapseln womöglich nicht ganz freiwillig erfolgt ist?«

»Darauf wollen Sie also hinaus.« Plötzlich lächelte Professor Kapustka, als freue sie sich regelrecht über Andresens Gedankenspiel, dass es sich womöglich gar nicht um einen ganz so freiwilligen Suizid handelte.

»Es ist nur eine Idee«, sagte er.

»Die grundsätzlich bestimmt auch nicht verkehrt ist, allerdings muss ich Sie leider enttäuschen. Dr. Hartkorn und ich haben nicht den geringsten Hinweis darauf gefunden, dass den beiden Jugendlichen das Kaliumcyanid unter körperlicher

Gewaltzufügung verabreicht wurde. Es gibt keinerlei Verletzungen und Hämatome. Beide Leichen sehen äußerlich vollkommen unversehrt aus. Selbst die bei Cyanidvergiftungen übliche hellrote Verfärbung der Haut ist kaum erkennbar.«

»Was heißt das?«

»Das deutet darauf hin, dass die verwendete Dosis ziemlich hoch gewesen sein muss. Durch den wahrscheinlich sofortigen Tod wurde das venöse Blut nur noch für sehr kurze Zeit mit Sauerstoff versorgt. Der Tod ist also sehr schnell eingetreten.«

»Na schön«, sagte Andresen, nachdem er die Aussagen der Rechtsmedizinerin einige Sekunden lang hatte sacken lassen. »Dann sieht es wohl ganz danach aus, als würden wir in dieser Angelegenheit nicht viel miteinander zu tun haben.«

»Wirklich sehr bedauerlich.« Sie schenkte ihm ein Lächeln, das er nur schwer deuten konnte. War der Kommentar ironisch gemeint? Einen Augenblick lang war er sich sicher, sie flirte tatsächlich mit ihm. Aber im nächsten Moment wandte sie sich um und machte Morten schöne Augen.

»Es ist gleich schon sechs«, sagte sie in seine Richtung. »Ich bin heute Abend bei einem Konzert im Tonfink. Hast du Lust, vorbeizukommen?«

»Wenn mich mein Chef lässt, sehr gerne«, antwortete Morten.

Andresen blickte seinen jungen Kollegen etwas verkniffen an, während er gleichzeitig nickte und mit den Schultern zuckte. Er verzichtete auf jeden weiteren Kommentar und verabschiedete sich stattdessen von Professor Kapustka und Dr. Hartkorn.

Draußen vor dem Gebäude der Rechtsmedizin blieb Andresen allerdings noch einmal stehen und hielt Morten an der Schulter fest.

»Was ist los?«

»Wir müssen reden.«

»Wegen Danuta?«, fragte Morten irritiert.

»Nein, natürlich nicht. Es ist mir egal, was du in deiner

Freizeit treibst. Solange du darauf achtest, Job und Privates zu trennen. Mir ist wichtig, dass alles, was wir besprechen, unter uns bleibt.«

»Glaubst du wirklich, dass ich auf sie stehe? Danuta ist mindestens fünf, wahrscheinlich zehn Jahre älter als ich.«

»Aber sie scheint zumindest auf dich abzufahren.«

»Merkst du denn gar nichts?«

»Was meinst du?«

»Dass sie das nur gemacht hat, weil sie dich eifersüchtig machen wollte.«

»Mich?«, fragte Andresen überrascht. Er lächelte kopfschüttelnd. Morten schien von sich und Professor Kapustka ablenken zu wollen.

»Ich weiß, dass sie auf ältere Männer steht. Das habe ich auf dieser Party herausgehört.«

»Ältere Männer? Wie meinst du das denn?« Andresen sah seinen Kollegen mit hochgezogenen Augenbrauen an.

»Na ja, älter als ich«, versuchte Morten zu relativieren. »Aber vielleicht täusche ich mich ja auch. Ich bin jedenfalls nicht interessiert.«

»Sicher.« Andresen entschied, nicht weiter nachzubohren. Er war sich aber sicher, dass Morten heute Abend auf jeden Fall Professor Kapustka treffen würde. Und dass er sich erhoffte, dass der Abend nach dem Konzert noch mehr bereithielt.

»Weshalb wolltest du nun eigentlich mit mir reden?«, fragte Morten.

»Ich würde gerne wissen, was du von dem, was wir eben gehört haben, hältst. Haben wir es mit einem Fall für die Mordkommission zu tun?«

»Du meinst, ob …« Morten stockte.

»Du weißt, was ich meine«, sagte Andresen unmissverständlich.

»Also gut, ich würde sagen, dass wir einen Fall haben.«

»Weil?«

»Was auch immer heute Morgen passiert ist, es scheint wohl

so zu sein, als wären Lisa und Jannik nicht alleine gewesen, als sie gestorben sind.«

»Ja, das sehe ich ganz genauso«, sagte Andresen. »Und wenn wir wissen wollen, was passiert ist, sollten wir diese Person so schnell wie möglich finden.«

Tanzen in Goa

Es war Viertel vor sieben, als Andresen die Schreibtischlampe in seinem Büro anknipste.

Sie hatten also einen Fall.

Die beiden Teenager waren gestorben, während sich mindestens eine weitere Person währenddessen oder kurze Zeit später in unmittelbarer Nähe aufgehalten hatte. Es gab zwar keinerlei Anzeichen dafür, dass Jannik Wegener und Lisa Nolde das Zyankali nicht freiwillig geschluckt hatten, aber sie würden wohl mindestens in einem Fall unterlassener Hilfeleistung ermitteln müssen.

Möglich war aber auch, dass es noch einen weiteren Jugendlichen gegeben hatte, der sich das Leben hatte nehmen wollen. Der womöglich im letzten Moment abgesprungen war. Sich vielleicht nicht getraut hatte. Der doch noch nicht sterben wollte.

Andresen griff nach einem leeren Zettel und einem Bleistift. Er ließ die letzten Stunden noch einmal vor seinem inneren Auge ablaufen. Der Morgen hatte damit begonnen, dass er zu dem Fundort mit den beiden abgedeckten Leichen der Teenager gerufen worden war. Wenige Meter entfernt davon hatte er das Erbrochene entdeckt.

Er dachte an die Joggerin, die die Leichen gefunden und sich so schnell wie möglich davongemacht hatte. An das Gespräch mit Lisa Noldes Mutter. Ihre vagen Andeutungen, dass Lisas Ex-Freund Marcel Hofmann für ihren Tod verantwortlich sei. An das Sexspielzeug, das sie in ihrem Zimmer gefunden hatten und so gar nicht zu einer Sechzehnjährigen passen wollte. An Björn Wegener, der sich mittlerweile als nicht leiblicher Vater von Jannik herausgestellt hatte. Es erklärte wahrscheinlich, weshalb er so wenig emotional auf den Tod seines Stiefsohns reagiert hatte.

Und dann war da diese seltsame Stimmung am Christianeum gewesen. Der Schulleiter Dirk Radecke, dem es vor allem wichtig gewesen war, dass der Ruf seiner Schule nicht unter dem Tod der beiden Teenager litt. Und der, als die Sprache auf Marcel Hofmann gekommen war, die Unterhaltung schnell zu einem Ende gebracht hatte.

Den seltsamsten Eindruck hatte aber zweifellos Daniel Krey gemacht. Der Mathematik- und Physiklehrer hatte über Lisa Nolde in einer Weise gesprochen, die Andresen aufgestoßen war. Krey hatte keinen Hehl daraus gemacht, dass er für Lisa offenbar mehr empfand als nur Bewunderung für eine engagierte Schülerin.

Andresen kratzte sich am Kopf und lehnte sich zurück. Das Gefühl, dass mehr hinter dem Suizid der beiden Teenager steckte, hatte ihn den ganzen Tag über begleitet und sich von Gespräch zu Gespräch verstärkt. Und trotzdem ließ sich jede Reaktion der Beteiligten irgendwie auch erklären. Ob eine dieser Personen tatsächlich etwas mit dem Tod zu tun hatte, war daraus nicht abzuleiten. Er war sich aber zumindest sicher, dass einige von ihnen mehr wussten, als sie bislang preisgegeben hatten. Ida-Marie und Morten mussten allen, mit denen sie heute gesprochen hatten, am besten schon morgen noch einmal auf den Zahn fühlen.

Er dagegen würde morgen einen Trip unternehmen, von dem er alles andere als begeistert war. Aber er hatte es Simon Winter nun mal versprochen. Damit dieser endlich mit seinem Leben ins Reine kam, würde er ihn nach Bergen begleiten, um die Mörder seiner Eltern zu finden.

Andresen musste an Agnes denken. Er hatte das Gefühl, ihr dieselben Dinge zuzumuten, die seine langjährigen Beziehungen mit Rita und Wiebke zum Scheitern gebracht hatten. Aber Agnes schien es zu akzeptieren, dass er für seinen Job noch nicht zurücksteckte und immer wieder als einsamer Wolf auf der Suche nach Gerechtigkeit durch die Straßen Lübecks zog.

In diesen Zeiten sahen sie sich kaum. Agnes machte dann einfach ihr Ding. Führte ihr eigenes Leben, wie sie es auch schon vor ihm getan hatte. Wahrscheinlich die einzige Möglichkeit, es überhaupt mit ihm als Partner auszuhalten.

Nur sehr selten sagte sie ihm ihre Meinung zu seinen beruflichen Entscheidungen. Nicht, weil sie sich nicht traute. Sondern weil sie es nicht für nötig hielt, ihm sagen zu müssen, ob er auf dem richtigen Weg war. Sie tat es nur dann, wenn sie spürte, dass er drauf und dran war, es zu übertreiben. Dinge zu tun, die er später womöglich bereuen würde. Vielleicht so wie morgen, wenn er sich in eine Sache stürzte, über die er viel zu wenig wusste. Die er wahrscheinlich nicht kontrollieren konnte.

Noch dazu, dass derjenige, mit dem er nach Norwegen reiste, Simon Winter hieß. Ein Mensch, mit dem er in den vergangenen zwei Jahrzehnten immer wieder aneinandergeraten war. Erst in den letzten Jahren hatten sie sich angenähert, vor allem weil Winter gleich mehrfach dazu beigetragen hatte, schwierige Fälle aufzuklären, und Andresen ein ums andere Mal in fast aussichtslosen Situationen geholfen hatte. Und trotzdem tat er es nicht für Winter. Oder zumindest nicht ausschließlich für ihn. Vor allem wollte er seiner langjährigen Kollegin Ida-Marie einen Gefallen tun. Aber das hatte er ihr bislang noch nicht gesagt.

Andresen erhob sich von seinem Schreibtischstuhl. Er hatte die Erkenntnisse des heutigen Tages zumindest grob dokumentiert und zusammengefasst. Genug für den Moment. Ihn zog es jetzt nach Hause zu Agnes. Sein Blick fiel auf die Uhr an der Wand oberhalb der Tür. Es war fünf nach sieben.

Fünf nach sieben.

Agnes.

Verdammt!

Der reservierte Tisch im Onni um sieben Uhr. Er hatte die Verabredung völlig vergessen. Mal wieder in einem bedeutsamen Moment nicht an die wichtigen Menschen in seiner Nähe gedacht, sondern nur an seine Arbeit. Ein neuerlicher Beweis dafür, dass er einfach nicht in der Lage war, einer Frau an seiner Seite dieselbe Aufmerksamkeit zu schenken wie seinem Job.

Andresen holte sein Handy aus der Jackentasche und blickte auf das Display. Noch hatte Agnes ihn nicht angerufen. Vielleicht war noch nicht alles zu spät. Er wählte ihre Nummer und wartete, bis sie sich meldete. Es dauerte bis nach dem fünften Klingeln.

»Ich habe bereits eine Flasche Weißwein bestellt«, sagte sie ohne Umschweife. »Koreanischen Weißwein. Den schaffe ich sicherlich auch allein, es würde mich aber sehr freuen, wenn du bald hier wärst und mir hilfst.«

»Gib mir noch zehn Minuten«, sagte Andresen, »ich bin schon auf dem Weg. Der Tag war leider ereignisreicher als gedacht. Aber der Abend gehört nur uns beiden.« Andresen versuchte, so entspannt und locker wie möglich zu klingen. Er spürte jedoch sofort, dass Agnes ihm nicht auf den Leim ging.

»Wo bist du denn gerade? Klingt gar nicht so, als würdest du mich aus deinem Auto anrufen.«

»In ein paar Minuten bin ich da«, wiegelte Andresen ab. »Ich bin sehr gespannt, was du mir sagen willst. Also, bis gleich.«

Er legte auf und schüttelte sofort den Kopf. Erst als er es selbst ausgesprochen hatte, war ihm wieder bewusst geworden, wie nervös ihn Agnes' Ankündigung heute Morgen gemacht hatte. Er hatte nicht den Hauch einer Ahnung, was sie ihm sagen wollte. Ob es überhaupt etwas mit ihnen beiden zu tun hatte oder nur ihr eigenes Leben betraf. Vielleicht wollte sie sich beruflich verändern. Oder es hatte etwas mit seinen Kindern zu tun. Was auch immer es war, er hatte eigentlich keinen Grund, angespannt zu sein. Sie würde ihn nicht mit etwas überrumpeln, von dem er nichts hielt. So gut kannte er sie mittlerweile. Vom ersten Tag an hatte sie ihm nichts aufzwängen wollen.

Andresen knipste das Licht aus und zog seine Jacke über. Hastig verließ er sein Büro. Er wollte so schnell wie möglich im Onni sein und Agnes nicht noch länger warten lassen. Dafür bedeutete sie ihm viel zu viel.

Als er fünf Minuten später seinen Volvo aus der Tiefgarage des Polizeipräsidiums steuerte, beschäftigte ihn das bevorstehende Essen mit Agnes schon nicht mehr. Stattdessen waren die Gedanken an den morgigen Tag allgegenwärtig. Es waren keine guten Gedanken, sondern vor allem die unangenehme Ungewissheit vor dem, was ihn in Norwegen erwarten würde.

Andresen setzte sich und versuchte mit einem unsicheren Lächeln, die Stimmung aufzuheitern. Dass sie im Keller war, sah er nicht nur an ihrem Blick. Die Fahrt hierher und vor allem die Parkplatzsuche hatten erheblich mehr Zeit gekostet, als er gedacht hatte. Mittlerweile war es kurz nach halb acht.

»Ich lasse mir meine Laune nicht verderben«, sagte Agnes dennoch nüchtern. »Aber es würde mich freuen, wenn du wenigstens ein ziemlich schlechtes Gewissen hast.«

Andresen nickte.

»Deine Verspätung hatte aber auch etwas Gutes«, fuhr sie fort. »Ich habe mir noch einmal unseren letzten Abend vor ein paar Monaten hier im Onni vor Augen geführt. Damals hattest du mich mit dem Heiratsantrag überraschen wollen, aber ich ahnte ja schon, was du vorhast. Ich hoffe, du hast mir meine Abfuhr damals auch wirklich nicht krummgenommen.«

»Es war in Ordnung.«

»In Ordnung?«

»Na ja, die Art und Weise war in dem Moment schon ziemlich heftig für mich, aber du hattest natürlich vollkommen recht. Wir müssen nicht heiraten, um zusammenzuleben. Und wenn ich ehrlich bin, sind wir beide vielleicht auch nicht die Richtigen für eine so auf dem Papier manifestierte Beziehung.«

»Das hast du aber schön formuliert«, sagte Agnes zwinkernd. »Die letzten Tage geben mir jedenfalls die Bestätigung, dass meine Entscheidung, dich nicht zu heiraten, richtig war. Jeder von uns lebt sein eigenes Leben. Und so soll es auch bleiben.«

»Worauf willst du eigentlich hinaus?«, fragte Andresen plötzlich unsicher.

»Keine Sorge«, antwortete sie lächelnd. »Ich habe nicht vor, Schluss zu machen, falls du daran denken solltest.«

»Dann hoffe ich mal, dass du mich mit dem, was du mir sagen willst, nicht mehr so lange auf die Folter spannst.«

»Ich würde gerne vorher mit dir anstoßen.« Sie nahm den Weißwein aus dem schlichten Kühler und schenkte Andresen ein. Dann hob sie ihr Glas und blickte ihn bedeutungsschwanger an.

Andresen spürte einen Druck in der Brust. Seine Beine fühlten sich schwer und taub an. Er hatte Angst vor dem, was sie ihm sagen wollte.

»Wie du weißt, werde ich in einem halben Jahr fünfzig«, sagte sie ernst, aber noch immer mit einem Lächeln auf den Lippen. »Ich arbeite, seit ich neunzehn bin, im Grunde ohne Unterbrechung. Keine Frage, ich liebe meinen Job, aber ich merke auch, dass es viele andere Dinge gibt, die mich genauso oder sogar noch mehr interessieren. Dinge, die ich sehen möchte, bevor ich zu alt dafür bin. Verstehst du, was ich meine?«

Andresen zuckte mit den Schultern. Er ahnte, worauf sie hinauswollte, aber so richtig schlau wurde er noch nicht aus ihren Worten.

»In den letzten Monaten ist mir klar geworden, dass ich nicht länger warten möchte, die Welt zu sehen«, fuhr sie fort. Sie griff mit der rechten Hand in ihre Handtasche und holte ein mintfarbenes Notizbuch hervor.

»Hier drin steht alles, was ich vorhabe. Dreihundertfünfundsechzig Tage. Einmal um die ganze Welt.« Sie öffnete das Buch und zog einen Umschlag hervor.

»Was ist das?«

»Das Flugticket nach San Francisco, wo die Tour starten soll.«

»Du meinst das also ernst?«

»Nein, ich kaufe einfach mal so ein Ticket für fast tausend Euro.« Sie schüttelte den Kopf. »Natürlich meine ich das ernst. Sogar so ernst, dass ich gleich zwei Tickets gekauft habe.« Sie öffnete den Umschlag und holte beide Tickets heraus.

»Zwei?«

»Stell dich nicht dusseliger an, als du bist«, antwortete sie streng. »Ich will natürlich, dass du mitkommst. Wir fliegen am 1. Mai. Du hast also ein halbes Jahr lang Zeit, um hier alles zu regeln. Ich werde mir ein Sabbatjahr nehmen, es ist bereits alles mit meinem Chef abgestimmt. Jetzt musst nur noch du Ja sagen.«

»Ein Jahr lang?«

»Exakt dreihundertfünfundsechzig Tage. Wenn 2020 kein Schaltjahr ist, also genau ein Jahr lang.«

»Es ist ein Schaltjahr.«

»Hängt deine Entscheidung davon ab? Scheitert es etwa daran?«

»Daran wohl kaum«, antwortete Andresen reserviert. »Aber mir fehlt momentan die Phantasie, mir vorzustellen, die Mordkommission ein ganzes Jahr lang im Stich zu lassen.«

»Weil du so unentbehrlich bist?«

»Auch.« Andresen zwinkerte, wartete diesmal jedoch vergeblich auf ein Lächeln von Agnes.

»Ich hatte nicht wirklich erwartet, dass du mir vor Freude in die Arme fällst und sofort zustimmst«, sagte sie. »Eigentlich hatte ich sogar befürchtet, dass du gleich abwinken würdest. Und ganz ehrlich, wenn du keine Lust auf eine Weltreise mit mir hast, dann sag es direkt. Ich könnte es auch irgendwie verstehen.«

»Und dann?«

»Was meinst du?«, fragte Agnes irritiert.

»Würdest du deinen Traum, diese Reise in Angriff zu nehmen, meinetwegen aufgeben?«

»Natürlich nicht«, antwortete sie entschieden. »Ich trete

diese Reise in jedem Fall an. Für dein Ticket habe ich vorsichtshalber eine Reiserücktrittsversicherung abgeschlossen.«

»Ein Jahr lang wärst du weg«, sagte Andresen nachdenklich.

»Du könntest mich zwischendurch besuchen. In Afrika oder Asien. Wenn du willst, auch in Australien.«

»Unbedingt, weil ich mir nichts Schöneres vorstellen kann, als zwölf Stunden in einem Flugzeug zu sitzen.«

»Dann war das Ganze wohl tatsächlich keine allzu gute Idee«, entgegnete Agnes schulterzuckend. »Trotzdem wollte ich dir heute unbedingt von meinen Plänen erzählen. Damit du frühzeitig Bescheid weißt. Zwischen uns beiden wird sich aber nichts ändern, so sehe ich das jedenfalls.«

»Willst du auch nach Feuerland?«

Agnes nickte.

»Und New Orleans?«

»Ja.«

»Spitzbergen?«

»Auf jeden Fall.«

»Kapstadt?«

»Ja, natürlich.« Agnes lächelte wieder. Voller Euphorie und Enthusiasmus. »Und auch auf die Chinesische Mauer. Nach Tokio, Thailand und Kambodscha. Und nach Sydney und Neuseeland. Außerdem noch nach ...«

»Ich komme mit.«

»... Vanuatu, in die Mongolei und entlang der Seidenstraße bis nach ...«

»Ich komme mit«, wiederholte Andresen.

»Was sagst du?«

»Du hast mich überzeugt. Ich nehme das Ticket. Außerhalb Europas habe ich nämlich in meinem Leben noch nicht viel gesehen. Und deine Liste klingt einfach traumhaft.«

»Diese Reise wird das absolute Highlight in meinem Leben«, sagte Agnes sichtlich bewegt. »Und mit dir im Gepäck würde das Ganze noch einmal getoppt. Ich würde mich wirklich sehr freuen, wenn du mitkommst.«

»Dann muss ich mich wohl nur noch darum kümmern, dass die Mordkommission auch ohne mich klarkommt. Das wird zwar nicht einfach, aber wie heißt es so schön: Jeder ist ersetzbar. Klar ist, dass ich dann dringend jemanden brauche, der mich in meiner Abwesenheit vertritt. Im Moment habe ich noch keine Idee, wer das sein könnte.«

»Was ist denn mit Ida-Marie?«

»Ich weiß nicht, ob die Kommissariatsleitung das Richtige für sie ist. Vor einigen Jahren hatte sie diese Funktion schon einmal inne, das hat leider gar nicht geklappt.« Andresen fuhr sich durch seine Haare und dachte angestrengt nach. »Die anderen im Team sind noch viel zu jung. Wir benötigen mehr Erfahrung. Kregels Weggang hat uns schlimmer getroffen, als ich gedacht hätte.«

»Kannst du nicht diesen Winter als Quereinsteiger einstellen, wenn ihr zurück aus Bergen seid?«, fragte Agnes in einem Tonfall, der eine Interpretation ihrer Worte in alle Richtungen offen ließ. »Scheint ja nicht der schlechteste Ermittler zu sein.«

»Wenn ich das machen würde, bräuchte ich nach dem einen Jahr Auszeit wohl gar nicht mehr zurückzukommen«, sagte Andresen. Er nahm ihre Bemerkung nicht allzu ernst. »Das meine ich aber nicht, weil ich dann überflüssig wäre, sondern weil sie mich vom Hof jagen und meine Zurechnungsfähigkeit anzweifeln würden, dass ich überhaupt auf die Idee kommen kann, jemanden wie Winter ins Team zu holen. Du kennst ihn nicht, aber wenn ich schon als einsamer Wolf bezeichnet werde, dann ist Winter vielleicht das letzte Exemplar einer besonders abgelegen lebenden Spezies auf diesem Planeten. Und diese Spezies steht deswegen vor dem Aussterben, weil sie nicht an ihre Zukunft denkt, sondern immer nur daran, wie es den Rest ihrer Art dahingerafft hat.«

»Schon gut, war nur so eine Idee«, versuchte Agnes, das Thema zu wechseln. »Lass uns über etwas anderes reden. Vielleicht gibt es irgendwelche Ziele, die du auf jeden Fall sehen möchtest, aber noch nicht auf meiner Liste stehen.«

Andresen ließ seinen Blick durch das koreanische Restaurant schweifen.

»Soul Food in Seoul«, sagte er plötzlich.

»Sehr gerne.«

»Sollten wir nicht auch nach Goa?«

»Ich weiß nicht«, antwortete Agnes. »Ich will die Welt sehen und nicht auf Drogen an weit entfernten Stränden mit Hippies oder Hipstern tanzen.«

»Vielleicht ist das die Welt?«

»Ja, vielleicht«, sagte sie. »Wahrscheinlich ist es gut, nicht alles bis ins kleinste Detail durchzuplanen. Sondern sich einfach treiben zu lassen. Hast du das schon einmal gemacht?«

Andresen sah Agnes einige Sekunden lang regungslos an. Dann schüttelte er beinahe unmerklich den Kopf.

»Dann ist jetzt die Zeit dafür. Unsere Zeit.« Sie griff nach seiner Hand und drückte sie so fest, dass Andresen mit einem Mal Gefühle überkamen, die er sehr lange nicht empfunden hatte.

Geborgenheit.

Glück.

Zufriedenheit.

Er lächelte. Obwohl er sofort wieder spürte, dass seine Gedanken selbst in diesem Moment abglitten. Denn egal, wie gut er sich gerade fühlte, morgen früh erwartete ihn ein Trip ins Ungewisse, der ihm mehr zusetzte, als er sich eingestehen wollte.

Er wollte sich die Unsicherheit nicht anmerken lassen und entschied, den Abend mit Agnes ganz bewusst zu genießen. Die Gedanken an seine Reise nach Bergen, für die ihn wohl jeder andere für verrückt erklärt hätte, ein paar Stunden lang zu verdrängen. Einfach nur mit Agnes hier zu sitzen, koreanisches Soul Food zu essen und darüber zu fabulieren, welche Orte auf der Welt er in seinem Leben unbedingt noch sehen wollte.

Es gelang ihm nicht ganz.

Egal, worüber sie sprachen, es wollte einfach keine gelöste Stimmung bei ihm aufkommen. Die Anspannung schlug ihm sogar so sehr auf den Magen, dass er sein Essen fast unberührt zurückgehen ließ.

Doch trotz alledem begleitete diesen Abend ein positives Grundgefühl. Die Tatsache, dass Agnes ihn auf der Weltreise an ihrer Seite haben wollte, ohne ihn dabei zu einer Entscheidung zu drängen, war vielleicht schöner als jedes Liebesgeständnis. Dazu kam, dass er sie für ihre Klarheit und Stärke bewunderte. Sie hatte einfach für sich entschieden, dass der richtige Moment in ihrem Leben gekommen war, ihre Träume zu erfüllen.

Als er vorhin aus einer spontanen Laune heraus gesagt hatte, dass er sie begleiten würde, hatte er sich noch keine großen Gedanken darüber gemacht, ob und wie er in einigen Monaten zu seinem Wort stehen würde. Doch je länger dieser Abend dauerte, desto faszinierender fand er den Gedanken an die Weltreise. Keine Mordermittlungen, keine Leichen, kein Simon Winter. Er würde ebenfalls eine Auszeit nehmen, ein Sabbatjahr. Dreihundertfünfundsechzig Tage lang auf eine Reise gehen, um mit Agnes zusammen die Welt zu sehen.

Als die beiden um kurz nach zehn das Restaurant verließen und die Mühlenstraße hinuntergingen, hatte Andresen einen weiteren Entschluss gefasst. Einen Entschluss, der sein Leben womöglich komplett verändern würde. Wieder einmal. Der sich jedoch genau richtig anfühlte. Wie so vieles, seitdem er Agnes kannte.

Ihm war klar geworden, dass er in seinem Job nicht länger in der alleinigen Verantwortung stehen wollte. Er brauchte jemanden, der ihn vertrat. Und in absehbarer Zeit auch ersetzte.

Ohne Handgepäck

Kurz hinter Bad Oldesloe hatten Andresen und Simon Winter zum ersten Mal an diesem Morgen ein Wort gewechselt. Auf das leise »Da vorne liegt etwas« hatte Andresen mit einem kurzen »Hab's schon gesehen« geantwortet.

Er war dem Gegenstand, der auf der mittleren Spur der A 1 lag, ausgewichen und hatte anschließend über seine Freisprechanlage die Kollegen der Autobahnpolizei verständigt.

An der Abfahrt Stapelfeld hatte Andresen die Autobahn schließlich verlassen und war über den Norden Hamburgs bis zum Flughafen Fuhlsbüttel schweigend weitergefahren.

Die Uhr im Cockpit seines Volvos zeigte fünf Uhr zweiundvierzig an, als er in eins der großen Parkhäuser am Airport einbog. Das Flugzeug in Richtung Bergen hob um sechs Uhr zehn ab. Obwohl die beiden nicht einmal Handgepäck dabeihatten und bereits gestern online eingecheckt hatten, mussten sie sich beeilen. Sie rannten die Treppe des Parkhauses hinunter, überquerten die Straße und liefen an den wartenden Taxen vorbei ins Terminalgebäude.

Andresen fluchte innerlich, dass er sich auf diese Reise eingelassen hatte. Ohne auch nur ansatzweise zu wissen, was ihn in Norwegen erwartete. Weil er sich verpflichtet fühlte, Winter zu helfen, und Ida-Marie diesen Gefallen tun wollte.

Es lag schon einige Monate zurück, dass Simon Winter ihn zum ersten Mal darauf angesprochen und um Hilfe gebeten hatte. Vor vier Wochen hatte er Andresen schließlich auf der Straße vor seiner Wohnung abgepasst und ihm die Details für ihre Reise mitgeteilt. Wenn er sich richtig erinnerte, hatte er Winter niemals richtig zugesagt. Eigentlich war es so gewesen, dass er die Bitte einfach nur hingenommen hatte, was Winter offenbar sofort als Zustimmung verstanden hatte. Er war aus dieser Nummer einfach nicht mehr herausgekommen.

Von Ida-Marie wusste Andresen, dass es Winter in den vergangenen Monaten zunehmend schlechter gegangen war. Er hatte weder seiner Arbeit als Privatermittler nachgehen können, noch war er überhaupt aus ihrer gemeinsamen Wohnung herausgekommen. Der Großteil seines Tages bestand offenbar darin, das Internet und wahrscheinlich auch das Darknet auf der Suche nach den Mördern seiner Eltern zu durchsuchen. Eine Tat, die mehr als dreißig Jahre zurücklag.

Andresen wusste grob, was damals geschehen war, doch es war nicht gerade viel. Lediglich, dass Winter als damals achtjähriger Junge mit hatte ansehen müssen, wie mehrere Männer ihre Wohnung gestürmt und seine Eltern eiskalt erschossen hatten. Die Hintergründe waren niemals aufgeklärt worden, aber die Tatsache, dass Simons Vater ein Doppelagent im Kalten Krieg gewesen war und über enge Verbindungen nach Russland verfügt hatte, machte es wahrscheinlich, dass darin letztlich auch das Motiv lag.

Mehr als dreißig Jahre.

Andresen hatte versucht, Winter klarzumachen, dass die Suche nach so vielen Jahren nicht nur extrem schwierig, sondern im Grunde vollkommen aussichtslos war. Dass Rache der falsche Treiber war und er womöglich nicht einmal dann Genugtuung verspüren würde, wenn er die Männer tatsächlich aufspüren sollte.

Aber Winter war nicht mehr davon abzubringen gewesen, nach Bergen zu fliegen. Er war sich absolut sicher, dass sich die Männer, denen er damals, als er ängstlich einen Blick durch das Schlüsselloch seiner Zimmertür gewagt hatte, für einen kurzen Moment in die Augen gesehen hatte, in der zweitgrößten Stadt Norwegens aufhielten.

Der Anblick der Männer auf dem Flur musste sich tief in seine Erinnerungen gefressen haben. Zwei Jahre lang hatte Winter recherchiert und alle Fakten zusammengesammelt, die er über seinen Vater und dessen Rolle als mutmaßlicher Spion für den KGB und den BND in Erfahrung bringen konnte.

Andresen hatte keine Ahnung, was genau er herausgefunden hatte und ob tatsächlich stichhaltiges Material dabei war, aber Winter ließ keinen Zweifel zu, dass es genug war, um nach Norwegen zu reisen und die Männer zu finden.

Als die Maschine eine halbe Stunde später abhob, wusste Andresen immerhin etwas mehr über die Hintergründe der Reise. Nach dem ersten Schluck Kaffee im Boarding-Bereich hatte Winter sein Schweigen gebrochen. Er hatte ihm von Stephan Meiwes erzählt, einem Häftling aus der JVA Lauerhof, den auch Andresen vor gar nicht allzu langer Zeit während der Ermittlungen im Fall Ralf Blum kennengelernt hatte.

Meiwes war einer der unangenehmsten Menschen, denen Andresen je begegnet war. Dass ausgerechnet er in der Lage gewesen war, Simon Winter Informationen zu liefern, die sie jetzt nach Bergen führten, konnte sich Andresen allerdings durchaus vorstellen. Meiwes schien ein Netzwerk im kriminellen Untergrund zu haben, ähnlich gut wie einst das von Andresens Nemesis Boris Roloff.

Zwar hatte Winter nicht verraten, woher genau Meiwes seine Informationen bezog, aber Andresen glaubte ihm, dass zwei der Männer, die sie suchten, bulgarischer Herkunft waren und seit mittlerweile mehr als zehn Jahren ein Restaurant in Bergen betrieben. Offenbar hatten sie damals als Auftragskiller für den KGB gearbeitet und seine Eltern getötet, nachdem die Sowjets dahintergekommen waren, dass Simon Winters Vater auch für die Deutschen arbeitete.

Andresen hatte die Zeit des Kalten Kriegs als junger Erwachsener erlebt. Als der Eiserne Vorhang schließlich fiel, war er gerade einmal Mitte zwanzig gewesen. Ihm erschien Simons Agentengeschichte nicht nur wie aus einer anderen Zeit, sondern auch vollkommen surreal. Dabei war ihm klar, dass dessen Theorie alles andere als unwahrscheinlich war. Spione und Doppelagenten zwischen Ost und West gab es selbst heute, drei Jahrzehnte später, noch immer.

Er blickte aus dem Fenster. Unter ihnen erkannte er einen

Küstenabschnitt. Er war sich sicher, dass sie gerade über Dänemark flogen. Früher war er oft hier gewesen. Mit seiner Ex-Frau Rita hatte er einige Male an der dänischen Nordseeküste in Søndervig erholsame Tage verbracht.

Er erinnerte sich auch an ihren ersten gemeinsamen Urlaub zu dritt. Ole war damals drei Jahre alt gewesen. Es war die vielleicht schönste und unbeschwerteste Zeit seines Lebens gewesen. Er hatte alles gehabt, was er sich für sein Leben gewünscht hatte. Und doch war es nicht genug gewesen.

Er und Rita hatten sich auseinandergelebt und vor inzwischen fast fünfzehn Jahren getrennt. Das lag lange zurück, es kam ihm vor wie in einem anderen Leben.

In dieser Zeit hatte der Mann hier neben ihm seine wahrscheinlich schlimmste Phase durchlebt. Als Vollwaise. Groß geworden in einem Heim. Abgestürzt in einem Strudel aus Alkohol, Drogen und dem Überlebenskampf auf der Straße.

Als Kriminalbeamter hatte Andresen ein ums andere Mal mit Winters Verfehlungen zu tun gehabt. Vor allem jedoch später, als Winter damit begann, als Privatermittler seine Nase in Dinge hineinzustecken, die ihn nichts angingen. Zu dieser Zeit hatte sich zwischen ihnen beinahe so etwas wie eine Feindschaft entwickelt.

Zumindest hatte Andresen das immer so empfunden. Bis er schließlich verstanden hatte, dass der Grund für Winters übertriebenen Eifer, seine Selbstverliebtheit und seinen bisweilen weit über das eigentliche Ziel und gesetzliche Grenzen hinausgehenden Aktionismus ausschließlich in seiner tragischen Kindheit und Jugend zu suchen war.

Simon Winter war ein genialer Ermittler wider Willen. Er hatte der Kripo in den letzten Jahren gleich in mehreren komplizierten Ermittlungen geholfen und nicht selten die Drecksarbeit für sie erledigt. Etwas, das Andresen sich wahrscheinlich viel zu spät eingestanden hatte.

Aber auch Ida-Marie hatte dafür gesorgt, dass er Winter irgendwann mit anderen Augen betrachten konnte. Sie war es schließlich, für die er das alles hier tat. Seine engste Kollegin seit vielen Jahren, mit der er schon so einige schwierige Fälle durchgestanden hatte. Eine gute Freundin, für die er vor einigen Jahren sogar mehr als nur Freundschaft empfunden hatte.

Unter ihnen rauschte Jütland vorbei. Nicht mehr lange und sie würden über das Skagerrak fliegen. Und in knapp neunzig Minuten würden sie über die Fjorde Norwegens gleiten und langsam in den Landeanflug auf Bergen übergehen.

Andresen sah nach links. Winter hatte die Augen geschlossen. Es schien, als schliefe er, aber Andresen wusste, dass dem nicht so war. Winter schlief seit Monaten nicht mehr, das hatte ihm Ida-Marie verraten. Und am heutigen Tag, an dem sich sein Leben verändern sollte, an dem er es endlich wieder geraderücken wollte, würde er mit Sicherheit keine Ruhe finden.

Auch Andresen gelang es nicht, zu entspannen. Er fragte sich, wohin die weiteren Ermittlungen in Lübeck, denen er durch seine Reise für einen Tag entflohen war, wohl führen würden. Noch viel mehr beunruhigte ihn jedoch etwas anderes. Er wusste jetzt zwar, wo Winter die Mörder seiner Eltern vermutete und dass sie selbst sich erst einmal unauffällig verhalten würden. Aber die alles entscheidende Frage, was Winter mit ihnen überhaupt vorhatte, war von ihm unbeantwortet geblieben. Andresen hatte keine Ahnung, was passieren würde, wenn sie den beiden Männern gegenübertraten.

Der Gedanke daran bereitete ihm Angst. Die Befürchtung, dass er Winter am Ende vielleicht auch vor sich selbst schützen musste, war allgegenwärtig.

Zunächst sollte Andresen einfach nur mitlaufen. Dabei sein. Darauf vertrauen, dass Winter tatsächlich einen Plan hatte. Der Gedanke beruhigte ihn in keiner Weise. Ganz im Gegenteil. Denn üblicherweise war er es, der den Ton angab. Der immer wusste, was zu tun war.

Er atmete tief durch und versuchte sich einzureden, dass alles gut enden würde.

Perpetuum mobile

Er hatte kein Auge zugemacht. Ohnehin hatte er seit Wochen keine komplette Nacht mehr durchgeschlafen. Manchmal fielen ihm die Augen vor Erschöpfung zu, und im nächsten Moment riss er sie wieder auf, weil die Bilder sofort zurückkamen.

Sie waren immerzu da. Obwohl er sich langst damit abgefunden hatte, war es ihm noch nicht gelungen, mit dem, was geschehen war, umzugehen. Die grauenhaften Erinnerungen und Bilder zumindest für gewisse Zeiten am Tag so in seinem Innern zu vergraben, dass er wieder leben konnte.

Doch seit gestern war alles noch viel schlimmer.

Sein Leben war nur noch ein Scherbenhaufen. Kaputt. Komplett zerstört. Und zwar irreparabel. Es gab jetzt einfach nichts mehr, was ihn noch am Leben hielt. Und trotzdem war er noch immer hier.

Er war hier und war es gleichzeitig auch nicht. Seine Gedanken irgendwo zwischen Diesseits und Jenseits in einem schwarzen Loch gefangen. Wie ein Hamster in einem Perpetuum mobile, aus dem es kein Entrinnen gab.

Sein Blick versank im dunklen Wasser der Kanaltrave. Wie lange er hier schon auf dem Steg neben dem Cargo-Schiff saß, wusste er nicht. Sein Zeitgefühl war ihm in den vergangenen Wochen mehr und mehr abhandengekommen.

Er fror plötzlich. Obwohl er ansonsten kaum noch etwas wahrnahm, spürte er jetzt die kühle Herbstluft. Er zitterte sogar, obwohl er die gefütterte Jacke bis oben zugezogen hatte.

Es half nicht, das wusste er. Denn er zitterte bereits seit Wochen. Regelmäßig überkamen ihn diese kurzen Schauer. Als würde sich der Alptraum, den er erlebt hatte, wie eine Gewitterwolke über ihn legen und ihn immer und immer zusammenzucken lassen. Und seit gestern Morgen schlugen beinahe minütlich Blitze in ihm ein, die verhinderten, dass er sich überhaupt noch unter Kontrolle hatte.

»Ich beobachte dich schon eine ganze Weile.«

Er fuhr herum und blickte einem Menschen in die Augen, den er in diesem Moment am allerwenigsten sehen wollte.

»Was willst du denn hier? Lass mich einfach in Ruhe.«

»Ich mache mir Sorgen um dich.«

»Du machst dir Sorgen? Um mich? Sehr witzig, aber wenn du mir tatsächlich einen Gefallen tun willst: Verpiss dich einfach.«

»Dir geht's beschissen, das verstehe ich. Aber du kannst mir glauben, mir setzt das Ganze auch zu. Ich habe die ganze Nacht kein Auge –«

»Spar dir deine Worte«, presste er hervor. »Du bist wirklich der Letzte, mit dem ich reden will.«

»Ich hatte eigentlich gehofft, dass das vielleicht genau der richtige Augenblick sei.«

»Ich weiß nicht, wie du darauf kommst, dass mir an einem Tag wie heute wichtig wäre, ob wir beide uns unterhalten. Du interessierst mich einen Scheißdreck. Und jeder weiß, was für ein Arschloch du bist.«

»Nun, wie soll ich sagen, vielleicht gibt es Dinge, die dich in deiner Entscheidung beeinflussen könnten.«

»Was soll dieses Gequatsche? Kannst du nicht normal mit mir reden?«

»Wir können es auch kurz machen«, sagte sein Gegenüber. »Du solltest wissen, dass ich so einiges mehr weiß, als dir lieb ist. Es wäre also besser, wenn wir beide einfach cool blieben.«

»Was bitte schön weißt du denn schon? Cool bleiben – darauf habe ich bei dir wirklich überhaupt keinen Bock.«

»Nun ja, es liegt schließlich in deiner Hand, was es dir wert ist.«

»Was willst du von mir?«

»Verstehst du es wirklich nicht?«

Plötzlich verunsicherten ihn seine Worte. Er unterließ es, zu antworten.

»Es liegt einzig und allein an dir.«

»Ich habe keine Ahnung, was du vorhast, aber ich werde mich auf nichts einlassen, was du dir in deinem kaputten Hirn überlegst.«

»In meinem kaputten Hirn geht so einiges vor sich«, entgegnete er. »Vor allem seit ich weiß, was du getan hast. Vielleicht sollten wir darüber einfach mal reden?«

»Ich will mit dir über gar nichts reden. Und wenn du jetzt nicht endlich verschwindest, lernst du mich mal von einer anderen Seite kennen.« Während er die Worte aussprach, spürte er selbst, wie emotions- und kraftlos sie klangen.

»So einfach ist es leider nicht. Du kannst versuchen, mir eine zu verpassen, aber das wird dir nicht helfen. Wie gesagt, ich weiß über alles Bescheid. Du brauchst mir nichts mehr vorzumachen.«

»Was verdammt noch mal meinst du eigentlich?« Er merkte sofort, dass das Leben zurück in seinen Körper kam. Allerdings nicht so, wie er es sich gewünscht hatte. Es war kein positiver Stress, sondern pure Angst, die das Adrenalin durch seine Venen strömen ließ. Wie konnte es sein, dass er etwas wusste? Das war unmöglich. Niemand wusste etwas. Zumindest so gut wie niemand.

Aber selbst wenn er bluffte, woher konnte er überhaupt wissen, dass es etwas gab, das niemand erfahren durfte? Also musste er doch etwas wissen. Das durfte nicht sein.

»Ich weiß alles«, sagte er. »Und ehrlich gesagt, es überrascht mich ein wenig, dass bislang niemand anderes Wind davon bekommen hat.«

»Woher weißt du es?«

»Frag lieber nicht. Es gibt ausreichend Vögel, die zwitschern.«

Seine Brust pulsierte. Er spürte, dass sein Gegenüber die Wahrheit sprach. Was auch immer er wusste, es war zu viel.

»Und jetzt?«, fragte er mit zittriger Stimme. Da war es wieder, das Zittern. Ein ganz anderes als vor wenigen Minuten, doch im Grunde noch viel schlimmer. Die Angst, dass alles ans Licht kam, steigerte sich plötzlich immer weiter.

»Ich kann schweigen, aber dazu müssen wir natürlich miteinander reden.«

»Was willst du von mir?«

»Nichts, was dich beunruhigen sollte, aber du musst dir im Klaren sein, dass ich dich jederzeit verpfeifen könnte.«

»Was willst du?«, wiederholte er.

»Nur eine Kleinigkeit.«

»Jetzt sag schon.«

»Es geht um Leif. Ich muss wissen, wo er steckt.«

»Um Leif? Warum fragst du nach ihm?« Vor lauter Zittern brachte er die Worte kaum noch über seine Lippen.

»Er schuldet mir Kohle. Und zwar nicht zu knapp.«

»Ich weiß nicht, wo er ist. Das musst du mir glauben.«

»Sag mir, wie lange er mittlerweile verschwunden ist. Einen Monat? Oder noch mehr? Du brauchst mir nichts vorzumachen, ich weiß, dass er damals dabei gewesen ist. Er ist abgehauen, richtig?«

»Nein«, antwortete er energisch. »Ich habe wirklich keine Ahnung, wo er steckt.«

»Schon gut, ich lasse dich jetzt in Ruhe. Denk darüber nach, ob du mir nicht doch lieber sagen möchtest, wo er ist. Ich verspreche dir, dass ich wiederkomme. Bis dahin solltest du eine Entscheidung getroffen haben. Andernfalls …« Er machte eine entschuldigende Geste mit den Händen und lächelte dabei. Dann wandte er sich ab und ging den Steg zurück bis zur Uferkante.

Jetzt war er wieder ganz allein mit sich und seinen schlimmen Gedanken und Bildern. Als wäre das nicht schon genug! Denn offenbar wusste jemand, was passiert war. Was sie getan hatten. Und dieser jemand erpresste ihn jetzt. Und zwar mit einer vollkommen unmöglichen Forderung. Jemanden auszuliefern, der längst tot war.

Vesuvio

Am frühen Nachmittag hatte Andresen die Geduld verloren. Er hatte von Simon Winter endgültig wissen wollen, was er denn nun genau vorhatte. Während sie schweigend durch das alte Bergener Hanseviertel Bryggen liefen und so taten, als wären sie gewöhnliche Touristen, war Winter plötzlich stehen geblieben und hatte ihm lange schweigend in die Augen gesehen, bis er schließlich geredet hatte. Wenn auch wenig.

Immerhin wusste Andresen nun, wann sie das Restaurant in der Skostredet betreten würden. Gegen siebzehn Uhr, kurz nach der Öffnung, würde es so weit sein. Winters weiterer Plan war nach wie vor vage.

Viel Zeit blieb ihnen nicht. Spätestens um Viertel vor sieben mussten sie zurück am Flughafen sein, um die Maschine nach Hamburg nicht zu verpassen. Aber sie würden die Männer konfrontieren können. Winter hatte die Chance, den Menschen, die sein Leben zerstört hatten, in die Augen zu sehen. Ein Moment, der mit Sicherheit schwierig und hart für ihn werden würde. Vielleicht härter als alles, was er je zuvor erlebt hatte.

Heute Morgen, nachdem sie gelandet waren, hatte Andresen ihn beschworen, einen kühlen Kopf zu bewahren, egal was er plane. Erst wenn er sich absolut sicher sei, dass es wirklich die Männer waren, hinter denen er her war, würde auch Andresen einschreiten. Winter hatte genickt, aber ob er ihm überhaupt zugehört hatte, wusste Andresen nicht. Es war vielmehr so, als befände sich Winter in einem tranceähnlichen Zustand. In einem Tunnel, an dessen Ende er vielleicht ein Licht sah. Einen Hoffnungsschimmer, damit er endlich mit den Dämonen, die ihn verfolgten, abschließen konnte.

Andresen war nervös. Er hatte keinen Auftrag und auch keinerlei Befugnisse, auf norwegischem Boden zwei Männer, die vermutlich vor über dreißig Jahren als Auftragskiller Menschen getötet hatten, einfach so festzunehmen. Er hatte auch nicht mit den Kollegen der Kriminalpolizei in Bergen Kontakt aufgenommen. Winter hatte ihn darum gebeten, dies nicht zu tun, und er selbst sah auch die Gefahr, dass die Situation weiter eskalieren konnte, je mehr Leute überhaupt davon wussten.

Sie aßen Kabeljau in einem Restaurant in der Nähe des Fischmarkts, während sie nur das Nötigste miteinander redeten. Als sich Andresen ein Bier bestellen wollte, zeigte Winter zum ersten Mal am heutigen Tag eine emotionale Regung, als er dazwischenging und ihm zu verstehen gab, dass er bei klarem Verstand bleiben müsse. In diesem kurzen Moment brach die Anspannung mit voller Wucht hervor. Plötzlich lag da eine Entschlossenheit in Winters Blick. Ein Wille, das Ganze durchzuziehen. Aber auch Wut. Und Unsicherheit. Und vielleicht sogar ein wenig Angst.

Andresen nickte. Dann aßen sie ihren Fisch.

Es war zwei Minuten vor fünf, als sie in die Skostredet einbogen. Hier befanden sich gleich mehrere Restaurants und Bars in direkter Nachbarschaft. Schon nach wenigen Sekunden hatte Andresen das »Vesuvio« entdeckt. Eine klassische Pizzeria, von außen durchaus in einem ansehnlichen Zustand.

»Nun ist es also so weit«, sagte Andresen. »Bist du dir wirklich sicher, dass du das willst?«

»Die Frage stellt sich nicht«, antwortete Winter. »Ich muss es tun. Für mich, aber auch für meine Eltern.«

»Aber wir machen es so, wie wir besprochen haben«, sagte Andresen. »Wir gehen rein, setzen uns und verhalten uns wie normale Gäste. Falls wir diese Typen nicht im Lokal sehen, versuchen wir uns so unauffällig wie möglich umzusehen. Und denk dran, du hast sie vor dreißig Jahren als Achtjähriger gesehen. Diese Männer sind jetzt wahrscheinlich um die sechzig.«

»Wenn ich dich nicht hätte, wie käme ich hier bloß zurecht.« Winter verzog seinen Mund zu einem schiefen Lächeln.

Während er sich umdrehte und auf die Eingangstür der Pizzeria zuging, setzte er noch einmal an: »Ich weiß alles über sie«, sagte er. »Ich kenne ihre Namen. Weiß, wie sie heute aussehen und wann und wohin sie in den letzten Jahren gereist sind. Einfach alles. Glaubst du ernsthaft, dass ich bis nach Bergen reise, wenn ich nicht alles bis ins letzte Detail durchgeplant hätte?«

»Weshalb wolltest du dann, dass ich mitkomme?«, fragte Andresen plötzlich ungehalten. »Vor allem, wenn du hier ohnehin machst, was du willst. Ich hätte wissen müssen, dass es genau so abläuft.«

»Vertrau mir einfach, Birger. Ich weiß, was ich tue. Und du kannst dir sicher sein, dass ich dich an meiner Seite brauche. Alleine hätte ich diese Reise gar nicht erst antreten können. Ich hätte es wohl kaum durchgezogen.«

»Soll das heißen, dass ich etwa nur deine Reisebegleitung bin?«

»Ohne dich hätte ich es nicht geschafft«, bekräftigte Winter noch einmal. »So merkwürdig es auch klingen mag, aber du bist wahrscheinlich die Person, die mir am ähnlichsten ist. Und deshalb war es mir wichtig, dass du mich begleitest und mir die Angst vor diesem Tag nimmst.«

»Und jetzt willst du das da drinnen etwa ganz alleine regeln?«

»Wäre mir am liebsten«, antwortete Winter. »Nicht, weil ich nicht will, dass du dabei bist. Aber am Ende ist das nun mal doch meine Angelegenheit. Der finale Kampf, den ich gewinnen muss. Du musst dir das nicht geben.«

»Was hast du denn bitte schön vor?« Andresen schüttelte den Kopf ob Winters Wortwahl.

»Kannst du dir das nicht denken?«

»Ich habe dir von Anfang an gesagt, dass ich das nicht zulasse«, sagte Andresen aufgebracht. »Willst du die beiden etwa abknallen? Auge um Auge, Zahn um Zahn? Ist das wirklich dein Ernst? Leute umzubringen und dein eigenes Leben aufs Spiel zu setzen?«

»So muss es wohl enden.« Simon Winter zuckte mit den Schultern.

»Schwachsinn, das muss es nicht«, rief Andresen. »Außerdem bist du unbewaffnet.«

»Ich bin gut vorbereitet. Wir beide waren heute lange unterwegs, und deine Augen haben zum Glück nicht immer alles gesehen. Jetzt muss ich aber da rein, bevor die ersten Gäste kommen. Komm einfach mit oder lass es sein. Es ist mir egal.«

»Ich komme natürlich mit. Um das Schlimmste zu verhindern. Das bin ich zumindest Ida-Marie schuldig.«

Simon hielt plötzlich inne, als er ihren Namen hörte, und drehte sich noch einmal zu Andresen um. Nach einigen Sekunden setzte er ein gequältes Lächeln auf und nickte. »Dann geht's jetzt los«, sagte er. »Aber glaub mir, du wirst mich nicht aufhalten können.«

Simon öffnete die Tür. Andresen folgte ihm und betrat die Pizzeria mit einem Gefühl des Unbehagens und der Angst. Aber er hatte sich auf diesen Wahnsinn eingelassen, und nun war es zu spät für einen Rückzieher. Jetzt musste er dafür sorgen, dass Winter vernünftig blieb und ihm nichts zustieß.

Das »Vesuvio« war kein Restaurant, das er unter normalen Umständen überhaupt betreten hätte. Allein die Auswahl auf der Speisekarte ließ darauf schließen, dass hier nicht frisch gekocht wurde. Und auch das Interieur machte keinen vertrauenswürdigen Eindruck.

Als die Tür hinter ihnen zufiel, spürte Andresen plötzlich seinen Herzschlag. Die Tatsache, dass er so unvorbereitet in diese Situation stolperte, machte ihm zu schaffen.

Im Innern des Restaurants war niemand zu sehen. Weder hinter der Theke noch im Laden. Geschweige denn einer der Männer, die sie suchten.

»Du bist dir immer noch sicher?«

»In wenigen Sekunden wird eine fünfunddreißig Jahre alte Frau aus den hinteren Räumen kommen und ins Lokal treten. Sie ist auffällig stark geschminkt, an den Armen tätowiert und hat lange brünette Locken. Es handelt sich um die Tochter von einem der beiden Männer.«

»Okay, ich hab's verstanden«, sagte Andresen. »Du hast dich akribisch vorbereitet. Setzen wir uns?«

»Nein, so viel Zeit haben wir nicht. Es gibt einige Stammgäste, die bereits um halb sechs hier aufkreuzen werden. Bis dahin muss ich fertig sein.«

»Wenn du damit das meinst, was ich befürchte, wirst du mit Sicherheit nicht fertig sein. Aber das ...«

Andresen beendete seinen Satz nicht, denn im hinteren Bereich der Pizzeria erschien mit einem Mal eine Frau, die zweifelsohne diejenige war, von der Winter gesprochen hatte.

Tief im Innern hatte Andresen nicht daran gezweifelt, dass Winter bis ins letzte Detail präpariert war, und doch war er in diesem Augenblick aufs Neue von ihm überrascht. Simon Winter behauptete von sich selbst, der beste Ermittler zwischen Nord- und Ostsee und darüber hinaus zu sein. Der beste, den sich die Leute für Geld leisten konnten. Wieder einmal musste Andresen anerkennen, dass Winter recht hatte.

Die Frau erblickte die beiden sofort und warf einen verstohlenen Blick auf ihre Armbanduhr. Dann sagte sie etwas in einer Sprache, die Andresen nicht verstand. Er war sich aber einigermaßen sicher, dass es nicht Norwegisch war.

Mit einer Handbewegung gab Winter ihm zu verstehen, dass er stehen bleiben sollte. Offenbar wollte er allein mit der Frau reden.

Winter ging auf die Frau zu und entgegnete ihr etwas. Zu Andresens kompletter Verwunderung in derselben Sprache, die die Frau gesprochen hatte. Sie klang osteuropäisch. Wenn es stimmte, was Winter über die Mörder seiner Eltern erzählt hatte, dann war es womöglich Bulgarisch.

Andresen spürte sofort, dass er keinerlei Kontrolle über die Situation hatte. Simon Winter wusste viel zu gut, was er aus seiner Sicht zu tun hatte, als dass Andresen jetzt noch entscheidend eingreifen konnte.

Er versuchte, aus der Gestik und Lautstärke des Gesprächs zu deuten, worüber sich die beiden unterhielten, aber es war unmöglich, etwas herauszuhören.

Was zum Teufel hatte Winter bloß vor? Er hatte an jedes Detail gedacht. Wusste genau über die Abläufe im Restaurant Bescheid. Wann welche Person in Erscheinung treten würde, wann die ersten Gäste kamen. Er hatte offenbar sogar die bulgarische Sprache gelernt, um sich mit ihnen zu verständigen. Wobei er wohl nicht hier war, um die Sache von damals mit ihnen auszudiskutieren.

Und er selbst? Er stand hier vollkommen hilflos, nicht in der Lage, einzugreifen. Wohl wissend, dass die Situation jeden Moment eskalieren konnte.

Nach einer knappen Minute verschwand die Frau wieder im hinteren Bereich, wo Andresen Küche und Lagerräume vermutete. Er hätte Winter am liebsten ein Zeichen gegeben, einfach zu verschwinden, doch der machte keinerlei Anstalten, sich nach ihm umzusehen. Stattdessen ging er immer weiter in Richtung der hinteren Räumlichkeiten. Offenbar suchte er die direkte Konfrontation.

Andresen blieb stehen. Vielleicht weil er sich vor dem, was passieren konnte, fürchtete. Eigentlich hätte er Winter folgen müssen. Aber etwas riet ihm dazu, abzuwarten. Zu beobachten, was Winter vorhatte. Der hatte sich in den Kopf gesetzt, sich an diesen Männern zu rächen. Und nichts und niemand würde ihn aufhalten. Andresen wollte sich in diesem Moment lieber heraushalten. Er hatte verstanden, dass er Winter nicht beschützen konnte.

»Tu es nicht«, sagte er viel zu leise. Mehr zu sich selbst.

Im nächsten Moment sah er, wie Winter durch eine Schwingtür in die Küche verschwand.

Es herrschte jetzt völlige Stille im Lokal. Keine Schritte mehr auf dem verschlissenen Parkettboden. Keine Stimmen. Nicht einmal ein Flüstern war mehr zu hören. Und je länger diese Stille andauerte, desto nervöser wurde Andresen.

Langsam ging er einige Meter in Richtung Theke. Er setzte sich auf einen der Barhocker und behielt die Schwingtür dabei die ganze Zeit im Auge.

Sollte er doch hinterhergehen? Er war doch nicht mitgereist, um den ganzen Tag schweigend neben Winter herzulaufen und sich im entscheidenden Moment aus allem herauszuhalten. Aber wollte er etwa sein eigenes Leben aufs Spiel setzen, nur weil Winter mit seinem offenbar abgeschlossen hatte? Anders war es schließlich nicht zu erklären, dass er es auf diese Weise durchziehen wollte. Er war es, der sich rücksichtslos verhielt, auch gegenüber Ida-Marie.

Andresen rutschte unruhig auf dem Hocker vor und zurück. Es plagte ihn, dass er untätig hier an der Theke in dieser drittklassigen Pizzeria mitten in Bergen herumsaß. Nach einigen Sekunden stieß er einen leisen Fluch aus und glitt vom Hocker hinunter. Schließlich ging er doch in Richtung der Schwingtür, hinter der Winter verschwunden war.

Doch im nächsten Moment hielt er schon wieder inne. Das leise Geräusch der sich öffnenden Eingangstür hinter ihm drang an seine Ohren.

Andresen fuhr herum. Ein kurzer Augenblick genügte, um zu verstehen, wer da vor ihm stand. Das Alter des Mannes, das slawische Aussehen und vor allem dieser durchdringende Blick, voller Skepsis, was hier gerade in seinem Restaurant vor sich ging, waren Zeichen genug. Andresen hatte keinen Zweifel daran, dass er vor sich einen der Männer sah, die Simons Eltern erschossen hatten. Er kam näher und blieb erst stehen, als nur noch zwei Körperlängen zwischen ihm und Andresen lagen.

Es verging gefühlt noch einmal eine halbe Minute, bis der Mann schließlich mit tiefer Stimme etwas sagte, das in Andresens Ohren wie Norwegisch mit starkem osteuropäischem Akzent klang.

Er überlegte, ob er ihn auf Englisch ansprechen sollte. Aber was sollte er ihm sagen? Wohl kaum die Wahrheit. Eine angemessene Notlüge wollte ihm gerade auch nicht einfallen. Eigentlich wollte er nur so schnell wie möglich weg von hier.

Andresen kam nicht dazu, die verschiedenen Optionen zu Ende zu denken. Ein lautes Scheppern ertönte aus der Küche. Töpfe, die zu Boden fielen. Im nächsten Moment eine laute Männerstimme.

Die Schwingtür wurde aufgestoßen. Die Frau, mit der sich Winter eben unterhalten hatte, stürmte ins Lokal. Als sie den Mann, der noch immer vor Andresen stand, erblickte, schrie sie ihm – wohl bulgarische – Wortfetzen entgegen.

Mit einer blitzschnellen Handbewegung zog der Mann eine Pistole aus der Innentasche seiner Jacke und richtete sie sofort auf Andresen.

Im Hintergrund waren noch immer polternde Geräusche von zu Boden fallenden Gegenständen zu hören. Winter musste sich dort gerade eine wilde Prügelei liefern.

Der glatzköpfige Mann vor Andresen drückte ihm die Waffe nun direkt an die Schläfe. Die Situation war komplett aus dem Ruder gelaufen. Schneller, als er überhaupt hatte reagieren können.

»*We know who you are*«, ging Andresen mit leiser, gepresster Stimme gleich in die Offensive. »*And we know what you've done. There's someone in there who's out for revenge. More than thirty years ago you killed his parents. Remember?*«

Für einen kurzen Augenblick glaubte Andresen ein Stirnrunzeln bei dem Mann erkennen zu können. Vielleicht erinnerte er sich tatsächlich an damals, wahrscheinlicher war jedoch, dass es ihm nicht in den Kopf wollte, dass jemand sie nach so langer Zeit hier in Norwegen aufgespürt hatte.

Aus dem Augenwinkel sah er, dass die Waffe sich ein paar

Zentimeter von seinem Kopf entfernte. Erfolglos versuchte Andresen, etwas aus dem Gesichtsausdruck des Mannes herauszulesen. Wut. Oder Hass. Gleichgültigkeit. Vielleicht sogar schlechtes Gewissen. Irgendetwas. Aber alles schien bei ihm zu einer einzigen und unveränderlichen grimmigen Mimik zu verschmelzen.

Bis zu dem Moment, in dem der Schuss fiel. Da entglitten seine Gesichtszüge, während er offenbar verstand, was vor sich ging.

Auch Andresen zuckte zusammen. Egal, was gerade geschah und in den nächsten Sekunden noch passieren würde, er konnte Winter nicht mehr helfen. Stattdessen musste er froh sein, wenn er selbst mit dem Leben davonkam.

Die Frau brüllte den Glatzkopf jetzt noch lauter an. Rüttelte an seinen Schultern. Offenbar wollte sie, dass er in den mutmaßlichen Kampf in der Küche eingriff. Um dem anderen Bulgaren zu helfen.

Tatsächlich bewegte der Mann seine Hand langsam weg von Andresens Kopf und ließ sie schließlich samt Pistole an seinem Körper hinabgleiten. Doch im nächsten Moment schnellte seine Hand noch einmal hoch. Der Schaft der Pistole traf Andresen mit voller Wucht auf dem linken Wangenknochen.

Während er langsam in die Knie ging, stapfte der bullige Mann an ihm vorbei und ging in Richtung Küche. Die Frau folgte ihm mit einigem Abstand.

Andresen spürte das Blut, das hervortrat und an seiner Wange hinunterlief. Der Glatzkopf hatte ihm einen ordentlichen Cut verpasst. Vor lauter Adrenalin empfand er kaum Schmerzen, befürchtete jedoch, dass sein Jochbein einiges abbekommen hatte.

Er horchte auf die Geräusche aus der Küche. Sie waren leiser geworden, nur noch vereinzeltes Poltern war zu hören. Keine Stimmen mehr.

Er richtete sich langsam auf und hielt sich sein Gesicht. Allmählich drangen die Schmerzen an die Oberfläche. Ihm wurde etwas schwindelig, nur mühsam gelang es ihm, sich auf den Beinen zu halten.

Erneut öffnete sich die Schwingtür. Auch der zweite Mann erschien nun im Lokal. Er humpelte und schien sich den Oberschenkel zu halten. Erst als er vollständig hinter der Theke hervorgetreten war, sah Andresen, dass der Mann verwundet war. Der Schuss, der vorhin zu hören gewesen war, hatte ihn offenbar ins Bein getroffen.

Die Frau wurde sofort wieder panisch, sie schrie durch das Restaurant und rannte aufgeregt hin und her. Der Glatzkopf, der Andresen den Schlag verpasst hatte, legte den Arm um den anderen Mann und redete beruhigend auf ihn ein.

Ich muss hier weg, fuhr es Andresen durch den Kopf. Winter war womöglich gar nicht mehr hier. Weshalb sonst kamen die beiden Bulgaren und die Frau ohne ihn hier ins Lokal zurück? Wie auch immer es Winter gelungen war, er musste aus der Küche geflohen sein. Wahrscheinlich in einen Hinterhof und von dort zurück in die Stadt.

Andresen dachte angestrengt nach, während er seine Atmung regulierte. Bis zur Eingangstür waren es knapp zehn Meter. Jeden Moment würden die Männer sich beruhigt haben, und ihre Blicke würden nur noch auf ihn fallen. Er würde nicht mehr lebend aus diesem Laden herauskommen, wenn er nicht schnell einen Weg nach draußen fände. Daran hatte er keinerlei Zweifel.

Schritt für Schritt bewegte er sich vorwärts.

Der Parkettboden knarzte leise.

Nur noch fünf Meter.

Er konnte sich jetzt nicht mehr umsehen. Nur hoffen, dass sie noch immer mit sich selbst beschäftigt waren.

Andresens Schritte wurden größer. Sein Gesicht schmerzte immer stärker, Blut tropfte auf den Boden.

Noch zwei große Schritte.

Er versuchte, den Türgriff zu fassen zu bekommen. Mit Erfolg.

Nur noch ein kleiner Schritt.

Plötzlich klang das Knarzen des Bodens durch das gesamte Restaurant. Wie ein verräterischer Schrei.

Nur raus hier!

Andresen riss die Glastür auf. Im nächsten Moment feuerte hinter ihm jemand einen Schuss ab. Die Scheibe der Tür zersprang und fiel auf den Bürgersteig. Andresen stolperte ins Freie und versteckte sich mit einem großen Satz hinter einem Wandvorsprung.

Ein weiterer Schuss fiel. Die Kugel peitschte über die Straße und schlug in einen Kastenwagen ein, der auf der gegenüberliegenden Straßenseite geparkt war.

Er atmete zweimal tief durch. Dann rannte er nach links davon. Bis zur Sparebanksgaten. Als er rechts abbiegen wollte, warf er noch einen letzten Blick auf die Straße zurück. Der bullige Mann mit der Glatze stand vor der Pizzeria, die Waffe im Anschlag. Es schien so, als mache er keine Anstalten, ihm zu folgen. Langsam glitt sein rechter Arm nach unten.

Andresens Puls beruhigte sich etwas. Dann rannte er wieder los. Ohne es genau zu wissen, glaubte er, geradewegs in Richtung Hafen zu laufen. Vielleicht wäre er zwischen all den Touristen am Hafen sicher.

Rechts zweigte eine kleine Straße ab. Hoffentlich hatte Winter es bis hierher geschafft. Mit Sicherheit war er über einen Hinterhof vorbei an den Häusern, die zu dieser Seite der Straße standen, geflohen und saß vielleicht schon in einem Taxi Richtung Flughafen. Oder er würde ihn hier gleich irgendwo abpassen.

Andresen blieb stehen und sah sich um. Von Winter war weit und breit nichts zu sehen.

Was war passiert in der Küche des »Vesuvio«? Es hatte nur einen Schuss gegeben. Winter konnte also nicht getroffen worden sein, weil es den Bulgaren im Oberschenkel erwischt hatte. Aber war er womöglich auf andere Weise verletzt worden? Befand er sich vielleicht doch noch in dieser Pizzeria?

Andresen zog sein Handy hervor und wählte Winters Nummer. Nach dem fünften Klingeln ertönte die Mailbox-Ansage.

Er probierte es noch einmal. Wieder nichts.

Sein Blick blieb auf dem Display des Handys hängen. Es war kurz nach halb sechs. Viel Zeit hatte er nicht mehr. Aber er war nicht so lebensmüde, noch einmal zum Restaurant zurückzukehren, immerhin hatte ihn die Kugel vorhin nur um wenige Zentimeter verpasst.

Er konnte in diesem Moment nichts mehr tun.

Andresen starrte auf sein Handy. Wahrscheinlich war es das Martinshorn, das er in weiter Ferne hörte, das ihn plötzlich ablenkte und auf eine Idee brachte.

Er wählte den Notruf und sprach wenige Sekunden später mit einer noch sehr jung klingenden Frau. Hastig erklärte er ihr, dass er eine Schießerei in einer Pizzeria in der Skostredet beobachtet und es möglicherweise Verletzte gegeben habe. Als sie am Ende des Gesprächs nach seinem Namen fragte, legte er einfach auf.

Andresen schüttelte den Kopf über sich. Sie würden den Anruf wahrscheinlich ohnehin zurückverfolgen können. Und dann würden sie Fragen stellen. Weshalb ausgerechnet er Zeuge dieser Schießerei geworden war. Und welchen Grund es für die Platzwunde und das vielleicht gebrochene Jochbein gab.

Außerdem würden ihn die Bulgaren womöglich verpfeifen, wenn sie erst einmal selbst im Knast saßen. Und vielleicht gab es auch noch Zeugen, die beobachtet hatten, wie er in Todesangst aus dem Restaurant gestolpert war.

Und während er dafür gesorgt hatte, sich selbst zur Zielscheibe zu machen, war Winter vielleicht ungesehen davongekommen.

Nein, so durfte es nicht laufen.

Er lachte. Ein bitteres Lachen, weil er sich wieder einmal von Winter an der Nase herumgeführt fühlte. Der hatte ihn für seine Zwecke ausgenutzt. Doch am Ende war Winter diesmal selbst unvernünftig gewesen und hatte sich in eine Situation gebracht, der er nicht mehr gewachsen war. In diesem Moment blieb Andresen nichts anderes übrig, als darauf zu hoffen, dass er es geschafft hatte und ihm nichts zugestoßen war.

Ohne sich noch einmal umzusehen, wechselte er die Straßenseite. Nach einigen Metern stieg er schließlich in ein Taxi, das am Straßenrand parkte.

»Airport«, sagte er leise.

Gerüche

Der strenge Geruch nach Pferd war heute besonders intensiv. Schuld daran hatte die Inversionswetterlage. Peter Thode erinnerte sich, dass er vor langer Zeit während seines Studiums etwas darüber gelernt hatte.

Die oberen Luftschichten waren in diesem Fall wärmer als die unteren, entgegen den physikalischen Gesetzen. Somit drückte der Nebel von oben auf die Baumkronen des Waldes und verlieh dem Lauerholz etwas Schönes und zugleich Gespenstisches.

Störend an diesem Ereignis war allerdings der penetrante Geruch nach Pferd. Er stammte vom Rittbrook, dem großen Reiterhof, der gleich an den Wald grenzte. An Tagen wie diesen roch es Hunderte Meter weit bis in das Wohnviertel hinein nach dieser speziellen Mischung aus Pferdeäpfeln und Tier.

Er zog Arthur zu sich heran und löste die Leine, als sie sich weit genug vom Außengelände des Rittbrooks entfernt hatten. Von Weitem war der Signalton des Zugs zu hören, der manchmal mehrfach am Tag in Richtung Hafenstraße durch den Wald fuhr. Ein Geräusch, das allen Menschen im Viertel vertraut war.

Die Runde durch den Wald war ein tägliches Ritual, seitdem er sich vor zwei Jahren anlässlich seiner Pensionierung den Beagle angeschafft hatte. Jeden Morgen starteten sie im Claudiusring, gingen dann über die Hachstraße am Rittbrook vorbei, überquerten die Bahngleise und verschwanden für mindestens eine Stunde im Lauerholz.

Auf den Wegen und Fährten zu gehen war allerdings nicht seins. Arthur und er liefen lieber durchs Dickicht, durch den naturbelassenen Wald, der so anders war als andere Wälder, die von Förstern gehegt und gepflegt wurden, aber das Wilde eines Waldes längst verloren hatten.

Arthur wühlte sich durchs Unterholz. Das Laub fiel in diesen Tagen wie Dauerregen von den Bäumen. Plötzlich roch es hier nur noch nach Wald. Dieser unbeschreibliche Geruch nach Feuchtigkeit und Leben. Die Vorstellung, wie viele Insekten, Käfer und kleine Säugetiere in diesem Moment davon profitierten, dass hier noch alles so war, wie die Natur es vorgesehen hatte, machte Thode zufrieden. Hier war er eins mit der Natur. Obwohl nur wenige Meter von der Zivilisation entfernt, hatte er das Gefühl, ganz für sich allein zu sein. Nur er, Arthur und die Tiere des Waldes.

Thode kannte hier fast jeden Winkel, und trotzdem hatte er das Gefühl, jeden Tag aufs Neue Stellen im Wald zu finden, die er bislang noch nicht wahrgenommen hatte. Oder die sich vielleicht sogar neu aufgetan hatten. Durch umgestürzte Bäume oder durch Tiere, die ihre Verstecke bauten. Oder vielleicht auch durch Menschenhand. Schließlich war er nicht der Einzige, der hier herumstreunte.

Er pfiff Arthur zurück. Er sollte nicht zu tief in den Wald hinein vordringen. Denn letztlich war auch Arthur in erster Linie ein Jagdhund und seinem innersten Instinkt unterworfen. Ihm bestimmte Verhaltensweisen beizubringen war vom ersten Tag an ein schwieriges Unterfangen gewesen. Im Grunde fast unmöglich.

So auch in diesem Moment. Arthur schien irgendein Tier gewittert zu haben. Davon gab es genug im Lauerholz – Wildschweine, Rehe, Füchse, vor einigen Wochen war nicht weit von hier auch ein Wolf gesichtet worden. Sie kamen ihnen nicht wirklich nahe, zumindest nicht dann, wenn man sich ruhig und normal verhielt. Aber Arthur folgte nicht immer den Regeln. Er war noch jung und verspielt. Bisweilen auch etwas zu neugierig.

Peter Thode lief jetzt hinter dem Hund her, ohne ihn aus dem Blick zu verlieren, die Augen immer wieder auch auf den Waldboden gerichtet, um nicht über Wurzeln zu stolpern oder in eine Kuhle zu treten.

Sie näherten sich wieder den Bahngleisen, die mitten durch den Wald führten. Wenn sie die große Runde machten, überquerten sie die Gleise meistens hier, um vorn am Claudiusring den Wald wieder zu verlassen.

Der Zug mit dem geladenen Holz war in der Ferne zu sehen. Das Licht der Scheinwerfer bewirkte, dass der Nebel noch dichter aussah, als er ohnehin schon war.

Arthur war schon weitergerannt. Wieder tiefer ins Dickicht hinein. Jenseits der Medebek, dem kleinen Bachlauf, der sich durch das Lauerholz schlängelte. Hier wurde der Wald immer wilder. Der letzte Sturm vor zwei Wochen hatte Dutzende Bäume niedergestreckt.

Er kletterte über Stämme, bückte sich, um unter anderen hindurchzukriechen, und fluchte zunehmend, weil er im feuchten Laub immer öfter versank und die Nässe bereits an seinen Waden hochkroch.

Wieder rief er nach Arthur. Noch strenger als zuvor.

Normalerweise kam er bei diesem Tonfall sofort zurück. Aber nicht heute.

Thode sah ihn nicht mehr. Hörte nur sein Bellen, das jedoch zwischen den Bäumen verklang, sodass er nicht einschätzen konnte, wo genau er sich befand.

Ab und zu flog etwas Laub in die Luft, als wühle Arthur nach etwas, aber vielleicht waren es auch nur die Vögel, die zwischen den Blättern nach Insekten suchten.

Immer und immer wieder rief er den Namen seines Beagles. Doch der kam einfach nicht zu ihm zurück.

Er ging noch tiefer in den Wald. Das Lauerholz wirkte hier fast wie ein mystischer Ort. Geheimnisvoll und unheimlich. Und gleichzeitig wie ein Ort der Ruhe und des Einklangs zwischen Mensch und Natur.

Endlich erkannte er Arthur. Gar nicht weit entfernt. Vielleicht zwanzig Meter. Arthur schien in eine Kuhle gefallen zu sein und sprang immer wieder in die Luft.

Thode kämpfte sich über zwei weitere umgestürzte Bäume,

bis endlich nichts mehr die Sicht auf seinen Hund versperrte. Tatsächlich. Arthur war in ein Loch gefallen und kämpfte verzweifelt darum, wieder herauszukommen.

Je näher er kam, desto seltsamer fand er den Anblick. Das, was sich da vor ihm abzeichnete, war keine natürliche Kuhle. Das war ein von Menschenhand gegrabenes Loch. Und es war verdammt groß. Bestimmt fünf mal drei Meter. Und tief war es auch. So tief, dass sich ein Kind bequem darin verstecken konnte.

Wie eine Art Schützengraben.

Wie zum Teufel hatte es Arthur bloß geschafft, so hoch zu springen, dass er ihn hatte sehen können?

Er ging noch näher heran. Jetzt erkannte er die vielen Tannenzweige, die in dem vorderen Bereich des Lochs lagen. So viele, dass sie sich stapelten. Arthur sprang wie wild auf ihnen herum.

Er kniete sich auf den kalten Waldboden und breitete seine Arme aus. Als Arthur zum nächsten Sprung ansetzte, griff er beherzt zu und schloss seinen Hund in die Arme.

Aus dem Bellen wurde ein freudiges Japsen. Aber beruhigen wollte sich Arthur noch nicht. Er lief aufgeregt am Rande des Lochs hin und her. Offenbar waren es gar keine freudigen Laute. Der Hund war nervös und verängstigt.

Irgendetwas stimmte hier nicht.

Dieses Loch.

Was hatte es mit den Tannenzweigen auf sich? Was verbarg sich unter ihnen? War es ein Versteck? Und was war das für ein furchtbarer Gestank, der aus dem Loch strömte?

Das hatte nichts mit dem Geruch des Waldes gemein. Und es roch auch nicht nach den Pferden des Rittbrooks. Er sträubte sich innerlich, aber er war sich sicher: Es war der Geruch nach Verwesung.

Obwohl es ihm widerstrebte, genauer hinzusehen, siegte letztlich seine Neugier. Er beugte sich noch einmal hinunter und schob einige der Zweige beiseite. Der Gestank wurde schlimmer. Er musste würgen. Schaffte es gerade noch, sich nicht zu erbrechen.

Als er jedoch im nächsten Moment die Umrisse der verwesten Leiche unter den Zweigen erkannte, spürte er augenblicklich seinen Mageninhalt die Speiseröhre hinaufschießen.

Leerer Platz

Sein Handy vibrierte.

Andresen wälzte sich hin und her, während in seinem Traum die Kugeln links und rechts an ihm vorbeijagten. Dabei sah er sich immerzu um. Aber Simon Winter war nirgends zu sehen. Er konnte nicht einfach aus Bergen verschwinden, ohne dass er wusste, wie es Winter ging. Vor einigen Monaten wäre es noch unvorstellbar für ihn gewesen, Verständnis für diesen Menschen aufzubringen. Und nun sollte er ausgerechnet wegen ihm sein eigenes Leben riskieren. Er respektierte Winter, aber im Grunde wollte er möglichst wenig mit ihm zu tun haben. Das, was gestern Nachmittag passiert war, hatte ihn in seiner Meinung noch bestärkt.

Das Handy vibrierte erneut. Diesmal riss er die Augen auf. Zehn Minuten mussten seit dem letzten Anruf vergangen sein. Andresen versuchte, seine Gedanken zu ordnen. Er brauchte einige Momente. Der Traum war seltsam real und klar gewesen. Hatte er gar nicht geträumt, sondern lediglich gedöst?

Winter beschäftigte ihn. Dessen einziger Antrieb in den vergangenen Monaten war die Verfolgung der Mörder seiner Eltern gewesen. Und das hatte ihn verändert. Früher war er noch unnahbar, zum Teil unkalkulierbar gewesen. Er hatte Dinge getan, die Andresen als Kriminalpolizist nicht nur nicht gutgeheißen, sondern gehasst hatte. Aber jetzt war zu Winters Hang zur Perfektion auch noch die persönliche Ebene hinzugekommen. Das machte ihn noch gefährlicher. Er hatte mit aller Präzision sein Ziel verfolgt, nichts anderes gewollt als Rache. Und für Gerechtigkeit zu sorgen.

Aber so sehr er Winter auch dafür hasste, dass er wieder einmal nichts anderes als ein Notnagel für den Privatermittler gewesen war, behielt Andresens schlechtes Gewissen noch immer die Oberhand. Wo zum Teufel steckte Winter nur? Und wie sollte er Ida-Marie erklären, dass er allein aus Norwegen zurückgekehrt war?

Sein Blick ging zur Seite. Agnes war bereits aufgestanden und aus dem Haus, sie hatte Frühschicht im Krankenhaus.

Als er gestern Abend die Wohnung betreten hatte, war sie noch wach gewesen. Er hatte ihr erzählt, was passiert war. Zumindest das Nötigste. Die Situation in der Pizzeria. Simons Alleingang und sein Verschwinden. Die Schüsse auf ihn selbst und seine anschließende Flucht durch Bergen hatte er fürs Erste verschwiegen.

Es waren jedoch vor allem die Gedanken an Ida-Marie, die ihm zu schaffen machten. Sie hatte gestern Abend, kurz nachdem er gelandet war, alle fünf Minuten auf seinem Handy angerufen. Sie kannte die Flugzeiten und wollte verständlicherweise wissen, ob alles in Ordnung war.

War es aber nicht.

Und das musste ihr mittlerweile auch klar sein.

Winter war nicht zurückgekommen. Und wenn sie bei ihm anrief, hieß das auch, dass sie Winter nicht erreicht hatte. Nicht erreichen konnte. Weil er irgendwo in Bergen verschollen war. Aber hoffentlich noch am Leben.

Kurz vor Ahrensburg hatte Ida-Marie schließlich auf seine Mailbox gesprochen. Ihre Stimme klang fest, und trotzdem war die Sorge in jedem ihrer Worte herauszuhören gewesen. Sie bat darum, dass er sich dringend bei ihr melden möge, weil Simon nicht an sein Handy gehe und sie sich allmählich Sorgen mache.

Andresen hatte keinen ihrer Anrufe angenommen und auch nicht zurückgerufen. Er fühlte sich ganz einfach nicht in der Lage, ihr zu beichten, dass alles schiefgegangen war. Und er nicht in der Lage gewesen war, auf Winter aufzupassen.

Er griff nach seinem Handy und scrollte kurz durch die eingegangenen Nachrichten. Mehr als zwanzig Mitteilungen zeigten an, dass Ida-Marie angerufen hatte. Auch Morten hatte einige Male versucht, ihn zu erreichen.

Er seufzte und schloss die Augen. Seine Wange schmerzte noch immer. Agnes hatte ihn gestern Abend noch verarztet und ein großes Pflaster über die Wunde geklebt.

Es war jetzt zehn nach acht. Obwohl er am liebsten liegen geblieben wäre, richtete er sich auf und schwang sich mühevoll aus dem Bett. Immer wieder gingen ihm die Bilder des gestrigen Tages durch den Kopf. Der Schlag des Mannes mit der Pistole. Der Schuss, der in der Küche gefallen war. Und die zersplitternde Scheibe, als er aus der Pizzeria geflüchtet war.

Winter hatte nicht im Flugzeug gesessen, als er gestern Abend gegen halb acht am Airport Bergen die Maschine Richtung Hamburg betreten hatte. Andresen hatte im Grunde auch nicht mehr damit gerechnet, trotzdem hatte er bis zum letzten Moment noch ein Fünkchen Hoffnung gehabt, dass Winter es doch irgendwie geschafft hatte, den Männern zu entkommen und sich bis zum Flughafen durchzuschlagen.

Der Platz neben Andresen war leer gewesen. Und seine Gedanken während des Flugs dunkel. Die Wut auf Winter, der bewusst in Kauf genommen hatte, dass die Situation eskalierte, hatte sich mit Sorge und schlechtem Gewissen abgewechselt.

Wie sollte er Ida-Marie bloß gegenübertreten, durchfuhr es ihn wieder. Er wusste, dass er sich dringend bei ihr melden musste, ehe sie noch glaubte, dass auch er nicht aus Bergen zurückgekehrt war.

Er tippte auf dem Display herum und suchte nach ihrem Namen. Dann wartete er, bis sich die Verbindung aufbaute. Im nächsten Moment legte er jedoch wieder auf. Er musste von Angesicht zu Angesicht mit ihr sprechen.

Gerade als er seine Augen noch einmal geschlossen hatte, um darüber nachzudenken, wie er diesen Tag meistern konnte, vibrierte erneut sein Handy. Er vergewisserte sich, dass es nicht Ida-Marie war, fühlte sich allerdings auch nicht viel wohler, als er sah, dass Morten anrief. Trotzdem nahm er das Gespräch an.

»Guten Morgen, Birger«, meldete sich Morten gewohnt selbstsicher. »Ich hoffe, dass ich dich nicht störe.«

»Schon okay, ich bin quasi auf dem Weg ins Präsidium.«

»Wir sollten uns dringend unterhalten. Ich habe gestern so einiges in Erfahrung bringen können, und ein paar Dinge finde ich äußerst merkwürdig. Aber deswegen rufe ich gar nicht an. Ida-Marie steht nämlich neben mir und will mit dir reden. Ich gebe sie dir mal.«

Andresen drehte sich augenblicklich der Magen um. Für den Bruchteil einer Sekunde zog er in Erwägung, einfach aufzulegen. Aber dafür war es zu spät. Denn im nächsten Moment hörte er bereits Ida-Maries Stimme.

»Was ist passiert?«, rief sie sofort. »Warum gehst du nicht an dein Telefon? Simon hat gestern nicht in der Maschine gesessen. Ich habe bei der Fluggesellschaft angerufen. Er hat nicht eingecheckt.«

»Das ist eine längere Geschichte.« Andresen versuchte, Zeit zu gewinnen. »Wollen wir nachher in Ruhe darüber reden?«

»Verdammt, Birger, was ist passiert? Ich sterbe vor Sorge. Simon geht einfach nicht an sein Handy. Seit gestern Nachmittag ist es tot. Kannst du mir nicht wenigstens sagen, dass es ihm gut geht?«

Jede Sekunde, die er mit einer Antwort zögerte, verunsicherte Ida-Marie umso mehr. Das war ihm bewusst. Dennoch gelang es Andresen nicht, ihr eine einigermaßen beruhigende Antwort zu geben.

»Ist ihm etwas zugestoßen?«, fragte sie aufgebracht weiter. »Jetzt sag doch endlich, was los ist!« Sie klang verzweifelt.

»Es hat keinen Sinn, dir etwas vorzumachen«, sagte Andresen schließlich und atmete mehrfach tief ein und aus. »Ich bin ganz ehrlich: Ich habe keine Ahnung, was mit Simon geschehen ist. Er war den ganzen Tag über sehr still, im Prinzip so wie in den vergangenen Monaten. Wir haben die Männer, die er gesucht hat, am späten Nachmittag gefunden. In einem Restaurant, das ihnen gehört. Leider habe ich zu spät gemerkt, dass Simon von Anfang an vorhatte, das Ganze allein durchzuziehen. Ich hatte keine Chance mehr einzugreifen. Im Gegenteil, plötzlich befand ich mich selbst in ziemlicher Gefahr.«

»Was meinst du damit?«

»Es gab eine Schießerei. Ich konnte gerade noch so verschwinden. Und ich hoffe einfach, dass Simon es ebenfalls geschafft hat.«

»Soll das heißen, du bist einfach abgehauen und hast Simon allein zurückgelassen?«

»Ich bin froh, dass ich noch lebe«, antwortete Andresen. »Die Männer haben auf mich geschossen. Ich hatte einfach nur Glück, dass mich keine Kugel getroffen hat.«

»Sag es mir ganz ehrlich, ist Simon tot?«

Andresen hörte ihre tränenerstickte Stimme. Es fiel ihm schwer, überhaupt noch etwas zu sagen. Er war nicht der Typ für aufmunternde Worte oder Durchhalteparolen. Am liebsten hätte er in diesem Moment selbst losgeheult.

»Nein«, sagte er, »das kann und will ich mir nicht vorstellen. Aber ich weiß einfach nicht, was mit ihm geschehen ist. Er ist in der Küche des Restaurants verschwunden und hatte dort eine heftige Auseinandersetzung mit einem der Männer. Danach habe ich ihn nicht mehr gesehen, weil ich selbst um mein Leben rennen musste.«

»Warum hast du nicht die Polizei in Bergen verständigt?«, fragte Ida-Marie. »Wenn auf euch geschossen wurde, müssen die sich doch darum kümmern.«

»Ich habe der Polizei Bescheid gegeben, aber da war es längst zu spät«, sagte Andresen. »Ich weiß nicht, ob du eine Ahnung hast, was Simon eigentlich vorhatte. Um ehrlich zu sein, habe auch ich die Augen davor verschlossen, aber letztlich ging es ihm um nichts anderes als Rache. Er wollte diese Männer umbringen, das war der einzige Grund für seine Reise. Es ging ihm nie darum, diese Typen einfach nur hinter Gitter zu bringen.«

»Ich hatte dich doch genau darum gebeten«, rief sie weinend

ins Telefon. »Zu verhindern, dass er sein Leben wegwirft, nur um sich auf diese Weise zu rächen. Wieso hast du denn nichts unternommen?«

Andresen hatte keine Antwort darauf. Jedes weitere Wort war ohnehin zu viel. Was er ihr soeben gesagt hatte, sollte sie erst einmal sacken lassen.

»Lass uns gleich in meinem Büro weiterreden.« Er versuchte, das Thema zu wechseln. »Ich bin in spätestens einer Stunde im Präsidium. Mich interessiert natürlich, was ihr Neues in Sachen der beiden Teenager herausgefunden habt.«

»Morten und Julia haben sich gestern darum gekümmert«, antwortete Ida-Marie nüchtern. »Du solltest mit ihnen reden. Ich war leider nicht wirklich in der Lage, mich auf diese Ermittlungen zu konzentrieren, wie du sicher verstehen kannst. Und nach dem, was du mir gerade gesagt hast, wird es heute und in den nächsten Tagen nicht besser werden. Es geht mir einfach richtig scheiße. Ich muss wissen, was mit Simon ist.«

»Willst du dir lieber freinehmen?«

»Ich will, dass du mir auch nur irgendein Zeichen gibst, das mir Hoffnung macht«, entgegnete Ida-Marie plötzlich ungehalten. »Willst du allen Ernstes einfach so weitermachen, als wäre nichts passiert? Wir müssen doch nach ihm suchen. Irgendwie in Erfahrung bringen, was mit ihm passiert ist.«

»Ich kenne Simon schon etwas länger als du«, antwortete Andresen mit ruhiger Stimme. »Inzwischen über zwanzig Jahre. Und wie du ja weißt, war unser Verhältnis die meiste Zeit über ziemlich angespannt. Ich würde mal sagen, es war vor allem von gegenseitiger Abneigung geprägt. Obwohl ich immer anerkannt habe, dass er ein herausragender Ermittler ist.«

»Worauf willst du hinaus?«, fragte Ida-Marie ungeduldig.

»Simon tickt anders. Es macht keinen Sinn, aktuell nach ihm zu suchen. Egal, wo er gerade steckt, wie schlecht es ihm geht oder was er als Nächstes plant. Er wird die Sache auch weiterhin auf eigene Faust durchziehen. Ich habe keine Ahnung, weshalb ich überhaupt dabei sein musste, aber ich weiß, dass Simon seit seinem achten Lebensjahr auf sich allein gestellt und sein gesamtes Leben lang ein Einzelkämpfer war.«

»Ich kann dir sagen, warum du dabei warst«, entgegnete Ida-Marie nach kurzem Schweigen. »Es war nämlich niemals Simons Idee, sondern meine.«

»Wie bitte?«

»Ich habe ihm die Pistole auf die Brust gesetzt. Er durfte die Tour nach Norwegen nur mit dir an seiner Seite machen. Ansonsten hätte ich ihn verlassen.«

»Das erklärt so einiges«, sagte Andresen und pustete einmal tief durch. »Ich hatte in Bergen nicht eine Sekunde lang das Gefühl, dass es ihm wichtig ist, dass ich überhaupt dabei bin. Er wollte sein Ding komplett alleine durchziehen, ohne sich mit mir zu besprechen. Aber jetzt verstehe ich es natürlich. Er hatte wahrscheinlich in der ganzen Angelegenheit überhaupt keine Lust auf mich.«

»Simon und ich hatten alles haarklein besprochen«, sagte Ida-Marie. »Keine Alleingänge, alle Aktionen sollten zwischen euch besprochen werden.«

»Tut mir leid, dass ich das jetzt so sagen muss«, entgegnete Andresen. »Aber offenbar kennst du Simon einfach noch nicht gut genug. Ich glaube allerdings nicht, dass es böswillig von ihm ist. Sich auf ihn zu verlassen ist nur einer der größten Fehler, die man begehen kann.«

»Du weißt, dass das nicht stimmt.« Ida-Marie war aufgebracht. »Ich kann ja verstehen, dass du enttäuscht von ihm bist, weil er dich nicht gebraucht hat. Aber weder du noch ich können nachvollziehen, was er in seinem Leben durchgemacht hat.«

»Wir hatten das Thema zur Genüge.«

»Und gerade deshalb solltest du doch erkennen, dass wir ihm helfen müssen.« Ida-Marie flehte ihn beinahe an.

»Simon will und wird sich nicht helfen lassen. Nicht von dir und schon gar nicht von mir.«

»Soll das wirklich bedeuten, wir machen gar nichts und warten einfach ab, was passiert?«

»Es ist das Beste.«

»Tut mir leid, das sehe ich komplett anders. Ich glaube, es ist tatsächlich besser, wenn ich mir heute einen Tag freinehme. Morten kann dir darüber berichten, was wir gestern erfahren haben. So viel ist es aber auch wieder nicht.«

»Was hast du vor? Willst du etwa selbst nach Bergen fliegen?«

»Wenn ich bis heute Abend nichts von Simon gehört habe, bleibt mir nichts anderes übrig. Er hat mir oft genug erzählt, wie gefährlich diese Typen sind. Ich halte es nicht aus, nicht zu wissen, wie es ihm geht. Ob er überhaupt noch am Leben ist.«

Andresen schwieg einige Sekunden, bis er sich schließlich die richtigen Worte überlegt hatte.

»Ich möchte nicht, dass du wegen ihm dein Leben riskierst«, sagte er. »Aber so, wie es dir momentan geht, wärst du auch keine Hilfe bei unseren Ermittlungen. Geh nach Hause und ruh dich etwas aus. Wenn wir morgen noch immer nichts von Simon gehört haben, beratschlagen wir, was wir tun können.«

»Wir?«

»Wenn es wirklich nötig sein sollte, werde ich dich nicht allein fliegen lassen. Obwohl ich mir Schöneres vorstellen kann, als diesen Trip noch einmal zu unternehmen.«

»Danke.« Ida-Marie setzte gerade an, das Telefonat zu beenden, als Andresen hörte, dass jemand aus dem Hintergrund mit ihr sprach. Er konnte nicht verstehen, worum es ging, meinte aber zu hören, dass es Seelhoffs Stimme war.

»Warte mal kurz«, sagte sie.

Andresen wartete. Es dauerte mehrere Minuten, bis sie sich wieder meldete.

»Bist du noch da?«

»Klar.«

»Harald war gerade hier in meinem Büro. Er hat Neuigkeiten und will so schnell wie möglich mit uns sprechen.«

»Worum geht es denn?«

»Offenbar sind seine Leute bei der Spurensuche in den Zimmern von Jannik und Lisa fündig geworden. Harald meinte, dass der Fund die Ermittlungen in eine neue Richtung lenken könnte. Und er sagte, dass du so schnell wie möglich deinen Hintern hier ins Präsidium schwingen sollst.«

Andresen hatte die letzten Worte schon gar nicht mehr richtig verstanden. Er hatte das Telefon beiseitegelegt und war ins Badezimmer gerannt, um seine Zähne zu putzen und sich etwas Wasser ins Gesicht zu klatschen.

Die Ermittlungen im Fall Jannik Wegener und Lisa Nolde hatten ihn zurück. Und das mit voller Wucht. Zum ersten Mal seit dem Anruf von Morten vor zwei Tagen interessierte ihn dieser Fall plötzlich auch.

Er zog frische Unterwäsche und das Hemd sowie die Jeans an, die er auch in Bergen getragen hatte. Von der Couch im Wohnzimmer schnappte er sich seine Jacke, die er gestern Abend dort abgelegt hatte, und verließ seine Wohnung.

Während er in seinen Wagen stieg, machte sich ein hoffnungsvolles Gefühl in ihm breit. Vielleicht waren es nicht nur der Fall und Seelhoffs Neuigkeiten, die ihn mit einem Mal motivierten. Vielleicht war er auch einfach nur froh, nicht länger an Simon Winter und seinen grauenhaften Trip nach Bergen denken zu müssen.

Höhenangst

Andresen bog gerade von der Moltkestraße in die Wallbrechtstraße ein, als sein Handy klingelte. Über die Freisprechanlage nahm er das Gespräch an.

Es war seine Kollegin Julia, die mittlerweile schon viele Jahre für die Kripo arbeitete, an der aber trotzdem noch immer das Image der jungen Kriminalpolizistin haftete. Andresen hatte vor allem in ihren Anfangsjahren eng mit ihr zusammengearbeitet, in letzter Zeit hatten sie jedoch weniger miteinander zu tun gehabt. Was vor allem daran lag, dass sie vor knapp drei Jahren Mutter geworden war und mittlerweile nur noch Teilzeit arbeitete.

»Wo bist du gerade?«, fragte sie.

»Auf dem Weg ins Präsidium.«

»Wo genau?«

»In zwanzig Metern komme ich an dem Blitzer auf der B 75 vorbei«, antwortete Andresen. »Erlaubst du mir etwa, mich blitzen zu lassen?«

»Nicht wirklich, du solltest am besten so schnell wie möglich wenden und deinen Wagen in Richtung Lauerholz steuern. Ida-Marie hat mich gebeten, dich anzurufen. Es gab vor etwa einer Stunde einen Leichenfund.«

»Im Lauerholz?«, fragte Andresen überrascht. »Wohin genau soll ich kommen?«

»Ich habe am Rittbrook geparkt und bin dann die letzten Meter zu Fuß in den Wald gegangen. Du wirst es nicht verfehlen, wenn du erst einmal hier bist. Wir sind schon mit einem ordentlichen Aufgebot vor Ort.«

»Kannst du schon etwas Genaueres sagen?«

»Ich weiß noch nicht viel«, antwortete Julia. »Aber es soll sich wohl um die Leiche von Leif Sanders handeln.«

»Seid ihr euch sicher, dass er es ist?«

»Es spricht offenbar einiges dafür, obwohl …« Julia stockte.

»Was?«

»Sagen wir mal so, er ist offenbar schon etwas länger tot.«

»Gibt es irgendeinen Hinweis darauf, wie er zu Tode gekommen ist?«

»Ich glaube, es wäre besser, wenn du einfach herkommst und es dir selbst ansiehst. Fundort und das ganze Drumherum sind zumindest ungewöhnlich.«

»Was soll denn bitte schön ›ungewöhnlich‹ heißen?«

»Ich habe gerade keine Zeit, das näher zu erklären«, antwortete Julia. »Hier ist die Hölle los, und ich muss zurück zu den anderen. Du musst es einfach mit eigenen Augen sehen.«

Andresen wollte gerade noch einmal nachhaken, als er in der Leitung hörte, dass sie aufgelegt hatte.

Er fuhr bis zur Wallbrechtbrücke, bog rechts ab und fuhr sofort wieder links unter der Brücke hindurch auf den Zubringer zur B 75. Er verzichtete darauf, das mobile Blaulicht aufs Auto zu setzen, zu sehr beschäftigte ihn während der kurzen Fahrtzeit der Gedanke, was der Fund der Leiche von Leif Sanders zu bedeuten hatte.

Er hoffte, dass der Tod des Jungen womöglich nur ein tragischer Unfall war. Doch die Tatsache, dass Leif Sanders' Leiche so kurz nach dem mutmaßlichen Suizid der beiden anderen Jugendlichen gefunden worden war, ließ ihn vermuten, dass mehr dahintersteckte. Gab es womöglich einen Zusammenhang zwischen den beiden Fällen?

Mit einem mulmigen Gefühl fuhr er weiter in Richtung Rittbrook. Als er schließlich von Weitem die zuckenden Blaulichter der Einsatzfahrzeuge sah, war er sich bereits sicher, dass der Fund der Leiche von Leif Sanders größere Dimensionen annehmen würde, als ihm lieb war.

Als er direkt vor dem Loch stand und ihm der Verwesungsgeruch in die Nase stieg, wünschte sich Andresen tatsächlich für einen kurzen Augenblick nach Bergen zurück. So schlimm die Erlebnisse dort auch gewesen waren, der Eindruck, den er in der kurzen Zeit von der Stadt und der Fjordlandschaft gewonnen hatte, war überwältigend gewesen. Kein Vergleich zu der Situation, die er gerade im Lauerholz vorfand.

Alles war grau, der Nebel hing wie ein Trauertuch über dem Wald, und er blickte hinab in ein mehrere Meter großes Erdloch, in dem Seelhoffs Leute offenbar alles an Equipment aufgebaut hatten, was die moderne Technik hergab.

Richtig grauenvoll machte die Szenerie allerdings erst der Anblick der zum Teil bereits skelettierten Leiche. Sie lag auf Tannenzweigen gebettet, als wäre sie dort behutsam so drapiert worden. Deutlich zu erkennen war jedoch, dass der Verwesungszustand nicht nur bereits weit fortgeschritten war, mehrere Stellen an Kopf und Oberkörper der Leiche deuteten offensichtlich auch auf schwere Verletzungen hin.

»Jetzt sehen wir uns ja doch schon so schnell wieder.«

Andresen fuhr herum und blickte in die blauen Augen von Danuta Kapustka. Zum ersten Mal überhaupt sah er sie nicht in ihrem weißen Arbeitskittel, den sie immer so weit aufgeknöpft trug, dass Andresen von ihrem Dekolleté gleichermaßen fasziniert wie eingeschüchtert war. Hier, am Fundort von Leif Sanders' Leiche mitten im Lauerholz, schien sie allerdings noch unpassender gekleidet als in der Rechtsmedizin. Sie trug einen dunklen, hüftlangen Pelzmantel, der augenscheinlich nicht echt war. Darunter war nichts anderes als eine schwarze, leicht transparente Strumpfhose zu sehen. Kein Rock, kein langer Pullover.

Ihr Schuhwerk wiederum überraschte ihn noch mehr. Hohe schwarze Schnürstiefel, mit roten Schuhbändern. Irgendwie passte nichts an ihrem Outfit zusammen, und trotzdem ergab das Ganze ein Gesamtkunstwerk, das nur sie tragen konnte.

Andresen lächelte sie an. Er war tatsächlich überaus froh, sie zu sehen, in diesem grauen Einerlei mit dem schrecklichen Anblick der halb verwesten Leiche.

»Sieht ziemlich übel aus«, sagte sie und zuckte mit den

Schultern. »Was verfrühte Obduktionsergebnisse angeht, habe ich von Birnbaum gelernt, mich zurückzuhalten. Trotzdem würde ich mich in diesem Fall so weit vorwagen zu behaupten, dass wir es mit extremer Gewalteinwirkung zu tun haben. Dieser Junge ist mit Sicherheit nicht eines natürlichen Todes gestorben.«

»Selbst für mich sind die Verletzungen am Kopf und Oberkörper unverkennbar«, sagte Andresen. »Schon irgendeine Idee, wie es dazu kommen konnte?«

»Die Knochenbrüche und Deformierungen sind sehr massiv«, antwortete Professor Kapustka. »Es würde mich wundern, wenn ihm diese Verletzungen ein anderer Mensch zugefügt hat.«

»Worauf spielen Sie an?«

»Vor einigen Jahren hatte ich schon einmal eine Leiche auf dem Tisch liegen, die solche Verletzungen aufwies. Damals haben wir lange gerätselt, bis wir dann aber irgendwann den Zusammenhang zwischen dem Fundort und den Verletzungen erkannt haben. Die Leiche lag damals etwa hundert Meter von Bahngleisen entfernt. Wir sind anfangs nicht darauf gekommen, dass es einen Zusammenhang geben könnte, weil wir nicht geglaubt hätten, dass sich jemand nach dem Zusammenprall mit einem Zug noch hundert Meter weit fortbewegen kann. Aber offenbar war er noch in der Lage dazu. Fast so wie euer Pirat damals. Wie hieß er noch gleich?«

»Störtebeker.«

»Genau.«

»Und was soll das jetzt heißen?«, fragte Andresen ungeduldig. »Glauben Sie, dass Leif Sanders mit dem Zug, der hier durchs Lauerholz fährt, zusammengestoßen ist?«

»Ich verweise erneut auf Professor Birnbaum, der sich zu einem solchen Zeitpunkt niemals geäußert hätte. Aber andererseits bin ich mir ziemlich sicher.« Danuta Kapustka zwinkerte kurz und lächelte. »Ja, es wird wohl so gewesen sein. Dieser Junge wurde von einem Zug erwischt.«

»Und dann ist er mehrere hundert Meter durchs Dickicht gelaufen, um sich hier in ein Erdloch unter Tannenzweige zu legen und zu sterben?«

»Wissen Sie, was mich wundert?«, fragte Professor Kapustka. »Mein Job ist es, die Todesursache zu finden und mögliche andere Szenarien auszuschließen. Ihr Job ist es, den Tathergang und die Motive zu ermitteln. Wieso fragen Sie also mich, wie es sein kann, dass dieser Junge hier in diesem Loch liegt?«

»Wir konnen gerne tauschen«, antwortete Andresen genervt. »Aber ich glaube, daran hätten Sie keinerlei Freude. Können Sie mir also sagen, wie lange der Körper hier schon liegt?«

»Mit Sicherheit schon einen Monat, vielleicht auch zwei oder drei.«

»Also wahrscheinlich, seitdem er vermisst wird«, sagte Andresen leise.

»Nachher noch Lust auf einen Drink in der Stadt? Ich bin übrigens Danuta.«

Er sah die Direktorin des rechtsmedizinischen Instituts überrascht an. Dann schüttelte er den Kopf, obwohl er das eigentlich gar nicht wollte.

»Schade, aber wenn du deine Meinung änderst, sag einfach Bescheid. Ich bin noch eine Weile hier.«

Andresen blieb zurück und sah Professor Kapustka dabei zu, wie sie wieder in das Erdloch kletterte, einen Kittel überwarf und sich wie selbstverständlich über die Leiche beugte.

Er musterte die Umgebung. Offenbar waren alle anwesend, die im Rahmen einer Ermittlung etwas zu sagen hatten. Der Gedanke daran, sich in den nächsten Stunden hier mit jedem von ihnen unterhalten zu müssen, widerstrebte ihm an diesem Morgen. Aber um zu erfahren, was vorgefallen war, blieb ihm wohl nichts anderes übrig.

Er ging um das Erdloch herum und ließ seinen Blick kreisen. Es handelte sich definitiv nicht um ein natürliches Loch. Keine

Kuhle, die im Lauf von Jahren durch Tierbauten, Witterung oder Feuchtigkeit im Boden entstanden war. Die Kanten und Ecken waren so akkurat gegraben, dass sie von Menschenhand stammen mussten.

Jetzt erst nahm er Ida-Marie und Morten wahr, die auf der gegenüberliegenden Seite des Lochs standen und sich beratschlagten. Abwartend ging er auf sie zu.

»Schön ist der Anblick ja nicht gerade«, sagte er, nachdem die beiden ihr Gespräch unterbrochen hatten. »Weshalb können wir uns eigentlich sicher sein, dass es sich hierbei um die Leiche von Leif Sanders handelt?«

»Harald hat uns auf einige Kleidungsreste hingewiesen. Wir haben auf die Schnelle bereits einen Abgleich durchgeführt. Es handelt sich um die Kleidungsstücke, die Leif auch an dem Tag seines Verschwindens getragen hat. So wie es damals Lehrer und Klassenkameraden ausgesagt haben.«

»Aber einen sicheren Beweis haben wir noch nicht, dass es sich um ihn handelt?«

»Nein, allerdings wäre es ziemlich fahrlässig, wenn wir von etwas anderem ausgingen.«

»Gibt es denn irgendeinen Hinweis darauf, wer dieses Loch gegraben haben könnte?«

»Nicht den geringsten«, antwortete Morten. »Aber wenn ich mir das hier so ansehe, fällt es mir schwer zu glauben, dass es nur eine Person gewesen ist.«

»Leute, hier oben ist noch mehr!«

Im nächsten Moment drehten sich alle um. Etwa zehn Meter über ihnen stand ein junger Kriminaltechniker auf einer Leiter, die an einem der großen Bäume lehnte. Er blickte sie mit großen Augen an.

»Hier oben ist eine Art Baumhaus. Es reicht mindestens über drei Bäume. Wahrscheinlich sogar mehr.«

Da er von unten kaum etwas erkennen konnte, zögerte Andresen nicht lange und stieg ebenfalls die Leiter hoch. Auf halber Höhe hielt er plötzlich inne. Für den Bruchteil einer

Sekunde sah er nach unten, und sofort wurde ihm schwindelig.

Andresen konnte sich nicht erinnern, jemals Höhenangst gehabt zu haben. Er hatte das Gerede früherer Kollegen immer abgetan, wenn sie klagten, dass die körperlichen Beschwerden im Alter schneller zunahmen, als einem lieb war. Bislang fühlte sich Andresen noch gut und längst nicht zu alt für seinen Job. Aber vielleicht war diese plötzliche Höhenangst ein erstes Anzeichen?

»Alles okay bei dir, Birger?«

Andresen vermied es, Morten, der unten an der Leiter stand, anzusehen. Die Situation war ihm unangenehm, aber das wollte er ihm auf keinen Fall zeigen.

Er riss sich zusammen und kletterte weiter hoch. Dabei blendete er das Wackeln der metallenen Ausziehleiter und die Höhe von über zehn Metern, auf der er sich mittlerweile befand, aus.

Der junge Techniker war nicht mehr zu sehen, als er oben ankam. Offenbar war er in dem Baumhaus verschwunden.

Andresen hielt sich an der Leiter und an einem größeren Ast fest und versuchte zu verstehen, was er da vor sich sah. Über mehrere Bäume hinweg führte ein aus Brettern gezimmerter Gang, der zweifellos als Baumhaus gebaut und genutzt worden war.

Er hatte keine Vorstellung davon, wie es gelungen war, dieses durchaus aufwendige Bauwerk zu errichten, aber er war sich sicher, dass es nicht von im Wald spielenden Kindern stammen konnte.

Vorsichtig kletterte er über die oberste Sprosse der Leiter in den etwa zwei Meter breiten und zwei Meter hohen Gang hinein. Zu allen Seiten war er mit langen Holzbrettern verkleidet, die an den jeweiligen Enden mit kurzen Brettern zusammengenagelt waren. Obwohl das Holz nicht besonders dick war, machte die Konstruktion einen stabilen Eindruck.

Es fiel Andresen schwer, sich zu orientieren. Es war dunkel

hier drinnen. Doch wenn er es richtig sah, verlief der Gang bestimmt über knapp zehn Meter in einer leichten Linkskurve.

Im nächsten Moment blendete ihn die Taschenlampe des Technikers, der offenbar ganz am Ende des Baumhauses stand.

»Irgendetwas entdeckt, das mit der Sache da unten zu tun haben könnte?«, fragte Andresen, während er sich die Hand vor die Augen hielt.

»Ich weiß nicht, aber ich könnte mir vorstellen, dass das hier nicht ganz unwichtig sein dürfte.«

»Was denn?«

»Hier liegen mehrere Schlafsäcke. Und zwei Gaskocher und einige Konservendosen.«

Im Lichtkegel der Taschenlampe näherte sich Andresen dem Mann. »Schalten Sie doch mal dieses Ding aus, es blendet mich«, sagte er etwas rauer als beabsichtigt.

Der Techniker senkte den Arm und leuchtete jetzt die linke Seite des Baumhauses aus. Andresen fielen sofort mehrere Schlafsäcke und eine Art Ablagefach auf, in dem etliche Dosen standen.

»Wir sollten hier besser nichts anrühren«, sagte er. »Hier muss alles ganz genau auf Spuren untersucht werden. Ich bin mir sicher, dass dieser Ort in Verbindung mit dem Tod von Leif Sanders steht. Es würde mich jedenfalls stark wundern, wenn nicht einer der Schlafsäcke ihm gehört hat.«

»Dann warte ich wohl besser auf meine Kollegen?«, sagte der junge Mann unsicher.

»Besser ist das. Ich werde wieder hinuntersteigen.«

Sie nickten sich zu. Dann leitete der Mann von der Spurensicherung ihn mit seiner Taschenlampe zurück in Richtung des Ausgangs des Baumhauses.

Als er wieder unten angelangt war, atmete Andresen tief durch. Die Höhe hatte ihm auch auf den Weg hinunter Probleme bereitet.

»Übst du für deine nächste Klettertour in den Alpen, oder

wolltest du nur so schnell wie möglich dem Anblick hier unten entfliehen?«

Andresen fuhr herum. Er war gedanklich noch gar nicht wieder ganz auf dem Boden angekommen, als nun Harald Seelhoff vor ihm stand.

»Können wir kurz unter vier Augen sprechen?« Er ignorierte Seelhoffs Kommentar. »Bevor wir über das alles hier reden, würde ich gerne wissen, was ihr in Lisa Noldes Zimmer gefunden habt. Ida-Marie sagte mir, dass es wichtig wäre.«

»Das kann man so sagen«, antwortete Seelhoff. »Zumindest sehe ich das so.«

»Dann erzähl schon.«

»Zum einen gab es da diese … Utensilien in der Schublade, das habt ihr ja selbst gesehen.«

Andresen nickte. Er musste innerlich schmunzeln über Seelhoffs Grimasse, während er nach dem richtigen Wort gesucht hatte.

»Was mir aber noch erwähnenswerter scheint«, fuhr er fort, »sind die Notizen von Lisa, die wir gefunden haben. Eine Art Tagebuch auf losen Zetteln, die zwischen ihrem Bett und dem Regal dahinter lagen. Sie beschreibt darin ziemlich deutlich, wie stark sie eine Zeit lang gelitten hat. Oder um es noch deutlicher zu sagen: Marcel Hofmann hat sie über Monate nicht nur unter Kontrolle gehabt, sondern auch zu gewissen Dingen gezwungen.«

»Was für Dinge?«

»Sexueller Art«, antwortete Seelhoff. »Aber da war noch mehr, wie ihr offenbar irgendwann klar geworden ist.«

»Du sprichst in Rätseln.«

»Ihre Aufzeichnungen deuten darauf hin, dass er sie mit Drogen gefügig gemacht hat, ohne dass sie davon wusste.«

»Und als sie es gemerkt hat, hat sie sich von ihm getrennt?«

»Das hatte wohl eher mit Jannik Wegener zu tun. Du solltest dir dringend durchlesen, was sie aufgeschrieben hat. Die Unterlagen liegen auf deinem Schreibtisch. Wenn du mich fragst, solltet ihr euch so schnell wie möglich mit diesem Jungen unterhalten. Wenn wir in Erwägung ziehen, dass es eine dritte Person im Drägerpark gegeben hat, könnte er dabei vielleicht eine Rolle gespielt haben.«

Andresen nickte. Er musste dringend mit Morten reden. Vielleicht hatte der gestern bereits mit Marcel Hofmann gesprochen.

»Und was denkst du über die Sache hier? Unsere Professorin ist sich jedenfalls sicher, dass Leif Sanders mit dem Güterzug, der durchs Lauerholz fährt, zusammengestoßen ist. Die Gleise sind allerdings mehr als hundert Meter entfernt. Wenn er von dem Zug erfasst wurde, ist er mit ziemlicher Sicherheit nicht allein hierhergekommen und hat sich in das Loch auf die Tannenzweige gelegt.«

»Er war sogar mit Zweigen zugedeckt«, sagte Seelhoff. »So, dass er gut versteckt gewesen ist. Wie man sieht, lag er hier schließlich schon eine ganze Weile unentdeckt.«

»Also muss er hierhergebracht worden sein«, folgerte Andresen.

»Davon sollten wir ausgehen.«

»Dann müssen wir dringend herausfinden, wer dieses Baumhaus gebaut hat und wem die Schlafsäcke gehören, die da oben herumliegen. Und vor allem müssen wir wissen, weshalb Leif Sanders auf diese Weise beerdigt wurde und sein Tod offenbar geheim gehalten werden sollte.«

»Ihr solltet euch vielleicht auch mal mit den Lokführern unterhalten, die in den Tagen, als Leif vermisst gemeldet wurde, Dienst hatten. Vielleicht hat einer etwas beobachtet, das durch den Fund der Leiche jetzt mehr Sinn ergeben könnte.«

Andresen nickte erneut, hörte aber nur noch beiläufig zu. Ein paar Meter entfernt standen Morten und Ida-Marie. Er wollte endlich wissen, was Morten gestern herausgefunden hatte.

Als er näher kam, sah er sofort den flirrenden Blick von Ida-Marie. Er erinnerte ihn an frühere Zeiten, als sie nach dem

Tod ihres Lebensgefährten zur Kripo Lübeck gekommen und schon nach relativ kurzer Zeit zur Kommissariatsleiterin aufgestiegen war. Damals war sie psychisch stark angeschlagen gewesen, bis sie schließlich eine längere Auszeit genommen und als Teil der X-Einheit vor ein paar Jahren wieder zurückgekommen war.

In diesem Moment schien es ihm so, als würde die ganze Situation um Simon sie wieder in denselben Zustand wie damals versetzen. Es war ihr deutlich anzusehen, dass sie nervlich am Ende war. Verständlicherweise, denn je mehr Zeit verging, in der sie nichts von Simon Winter hörten, desto wahrscheinlicher wurde es, dass ihm vielleicht tatsächlich etwas zugestoßen war.

»Geh nach Hause«, sagte Andresen und legte den Arm um sie.

»Ich bin froh, wenn ich etwas Ablenkung finde«, entgegnete sie kopfschüttelnd. »Vielleicht kann ich selbst nicht viel beitragen, aber es ist allemal besser, als zu Hause zu sitzen und mir dunkle Gedanken zu machen.«

»Wie du meinst, aber pass bloß auf dich auf. So einen Nervenzusammenbruch, wie du ihn damals hattest, brauche ich nicht noch einmal.«

Augenblicklich merkte Andresen, wie unpassend seine Worte waren. Auch Morten warf ihm von der Seite einen missbilligenden Blick zu.

»Tut mir leid, so war das nicht gemeint«, schob er hinterher. »Ich mache mir nun mal einfach Sorgen um dich.«

»Mach dir lieber Sorgen um Simon«, gab sie kühl zurück.

»Ich will euch nur ungern unterbrechen«, sagte Morten, während sich Ida-Marie einige Meter entfernte. »Aber wir sollten jetzt dringend darüber sprechen, was gestern passiert ist.«

»Hast du mit Marcel Hofmann gesprochen?«

»Ja, ich habe ihn vor dem Christianeum abgepasst. Hofmann war so, wie ich es mir vorgestellt hatte. Ein ziemlich unsympathischer Typ, der natürlich abgestritten hat, Lisa Nolde in irgendeiner Weise bedrängt zu haben.«

»Wie hat er darauf reagiert, dass sie tot ist?«

»Aufgebracht«, antwortete Morten. »Ehrlich gesagt habe ich ihm seine Wut sogar abgenommen.«

»Wut?«

»Auf Jannik. Er gibt ihm die Schuld.«

»Inwiefern?«

»Dazu hat er sich nicht geäußert. Er meinte lediglich, dass es so weit nie gekommen wäre, wenn Lisa mit ihm zusammengeblieben wäre.«

»Was hat er zu dem Sexspielzeug gesagt? Hast du ihn damit konfrontiert?«

»Er hat keinen Hehl daraus gemacht«, antwortete Morten. »Aber laut seiner Aussage lief das alles in beiderseitigem Einvernehmen.«

»Ich werde selbst mit ihm sprechen, um mir ein Bild zu machen«, sagte Andresen. »Das, was mir Harald vorhin über die Tagebuchnotizen von Lisa erzählt hat, erscheint mir allemal verdächtig genug, um ihm noch etwas mehr auf den Zahn zu fühlen. Schließlich wissen wir, dass jemand Drittes vorgestern im Drägerpark gewesen ist, vielleicht sogar zu dem Zeitpunkt, als Jannik und Lisa gestorben sind.«

»Das war jetzt übrigens gar nicht das, was ich dir erzählen wollte«, sagte Morten plötzlich.

»Sondern?«

»Gestern am späten Nachmittag hatte ich Besuch in meinem Büro.«

»Von wem?«

»Daniel Krey, diesem Mathematiklehrer. Er wollte eigentlich mit dir sprechen. Aber ich habe ihn davon überzeugt, dass er das, was er zu sagen hat, auch mir mitteilen kann.«

»Was wollte er denn?«

»Zunächst einmal nur feststellen, dass er hofft, bei dem ersten Gespräch in der Schule nicht falsch verstanden worden zu sein.«

»Wie meinte er das?«

»Er bezog es auf Lisa Nolde«, antwortete Morten.
»Und mehr hat er nicht dazu gesagt?«
»Nein, auch nach mehrmaligem Nachhaken nicht.«
»Ich kann mir vorstellen, was er meint«, sagte Andresen. »Wie er über Lisa gesprochen hat, war ziemlich unmissverständlich. Er hat sie nicht bloß als seine Schülerin betrachtet.«
»Glaubst du, zwischen den beiden –«
»Kann ich mir nicht vorstellen«, fuhr Andresen dazwischen. »Trotzdem sollten wir Krey im Auge behalten. Was hat er denn noch erzählt?«
»Ich versuche mich mal kurzzufassen. Krey hat nämlich im weiteren Gesprächsverlauf sehr ausführlich berichtet. Wobei er die meiste Zeit darüber gesprochen hat, welch schlechten Einfluss Marcel Hofmann auf Lisa ausgeübt hat.«
»Irgendeine neue Erkenntnis, die den Verdacht erhärtet, dass Marcel etwas mit dem Tod der beiden zu tun hat?«
»Nein, gar nichts«, antwortete Morten. »Spannend wurde es aus meiner Sicht erst, als er über die letzten Monate gesprochen hat. Den Zeitraum, seitdem Lisa und Jannik ein Paar gewesen sind.«
»Wir wissen nicht mit absoluter Bestimmtheit, ob sie tatsächlich zusammen gewesen sind.«
»Doch, du solltest dir ihre Tagebuchnotizen durchlesen. Es besteht kein Zweifel. Sie waren schwer verliebt ineinander. Und laut Krey haben sich die beiden in den vergangenen Wochen ziemlich verändert.«
»Was soll das heißen?«
»Angeblich hätten sie sich immer mehr zurückgezogen und kaum noch Zeit mit den anderen Schülern verbracht.«
»Das passt doch zu dem, was einige der Mitschüler erzählt haben«, sagte Andresen.
»Richtig, was sie allerdings nicht gesagt haben, ist, dass vor allem Lisa in der Schule auch immer häufiger gemobbt wurde. Grund war wohl Lisa selbst, die sich als Jahrgangsstufensprecherin innerhalb kürzester Zeit ziemlich unbeliebt gemacht

haben soll. Offenbar ist sie nach ihrer Wahl nicht mehr ihren Pflichten nachgekommen. Krey hat keinen konkreten Verdacht, aber er glaubt, dass irgendetwas vorgefallen sein muss, das Lisa so verändert hat.«

»Dass irgendetwas vorgefallen sein muss, steht außer Frage«, sagte Andresen ungeduldig. »Zwei sechzehnjährige Teenager begehen nicht einfach so Suizid.«

»Es kann durchaus verschiedene Erklärungsmuster geben«, redete Morten weiter. »Vielleicht litten die beiden über einen längeren Zeitraum unter starken Depressionen und hatten ihren Suizid von langer Hand geplant. Dafür spricht meines Erachtens die Verwendung von Zyankalikapseln. Krey vermutet allerdings, dass es ein einzelnes Ereignis gewesen sein muss, dass sie dazu gebracht hat, sich das Leben zu nehmen.«

»Was bedeuten könnte, dass Jannik sich aus Liebe zu ihr ebenfalls umgebracht hat.«

»Ja, das wäre eine mögliche Erklärung. Aber was soll dieses einschneidende Ereignis gewesen sein?«

»Marcel Hofmann«, sagte Andresen leise.

»Glaubst du, er hat …?

»Keine Ahnung, was er ihr angetan haben könnte. Ich würde es wohl am liebsten auch gar nicht wissen wollen.«

»Wenn er sie zum Beispiel vergewaltigt haben sollte, wäre das sicherlich –«

»Lass gut sein, Morten. Das ist mir im Augenblick noch viel zu viel Spekulation. Wir beide verschwinden jetzt von hier und werden uns Marcel Hofmann vorknöpfen. Und anschließend sprechen wir noch einmal mit den Familien von Lisa und Jannik. Ich glaube, die Eltern wissen mehr, als sie uns vorgestern erzählt haben. Weißt du, ob Ida-Marie mittlerweile mit Sandra Wegener gesprochen hat?«

»Hat sie«, antwortete Morten. »Aber das Telefonat hat wohl nichts Neues für unsere Ermittlungen gebracht.«

»Überrascht mich nicht«, murmelte Andresen.

»Was ist eigentlich mit Ida-Marie?«, fragte Morten. »Soll sie bei unseren Gesprächen nicht dabei sein?«

»Heute nicht«, antwortete Andresen. »Sie muss erst mal den Kopf frei bekommen. Du hast vorhin gehört, welche Sorgen sie sich macht. Und wahrscheinlich werden die Ermittlungen ja noch ein paar Tage länger dauern.«

Morten verzichtete darauf, weiter nachzuhaken.

Im nächsten Moment kam Julia auf sie zugestürmt. An ihrem Gesichtsausdruck erkannte Andresen sofort, dass etwas passiert sein musste. Er spürte, wie augenblicklich das Adrenalin durch seinen Körper strömte. Als wisse er bereits, was sie ihnen sagen würde.

»Was ist los?« Andresen sah seine Kollegin gespannt an.

»Sie haben etwas gefunden«, antwortete Julia, während sie versuchte, so ruhig wie möglich zu klingen. »Oben im Baumhaus in einem der Schlafsäcke.«

»Und was?«

»Ein Foto, auf dem drei Personen zu sehen sind. Besser gesagt drei Jugendliche. Einer von ihnen ist Leif Sanders. Und die anderen sind …« Julia atmete noch einmal tief durch, ehe sie weitersprach.

Andresen hörte gar nicht mehr richtig zu. Er ahnte längst, welche Namen sie nennen würde. Und die Erkenntnis, dass Leif Sanders gemeinsam mit Lisa Nolde und Jannik Wegener auf einem Foto zu sehen war, löste in ihm ein Gedankenchaos aus, das ihm augenblicklich wieder schwindelig werden ließ.

Verräterische Heckscheibe

Der Fund in dem Baumhaus hatte alles verändert. Aus einem Doppelsuizid und dem Auffinden einer halb skelettierten Leiche in einem Wald war innerhalb weniger Stunden eine Ermittlung geworden, die nicht nur weite Teile der Kriminalpolizei beschäftigte, sondern auch medial in neue Dimensionen stieß.

Mehrere lokale und überregionale Zeitungen berichteten bereits über die möglichen Zusammenhänge auf ihren Social-Media-Accounts. Auch der NDR parkte mit einem Übertragungswagen am Rand des Lauerholzes. Wo sich das Leck befunden hatte, durch das die Informationen über das Foto nach außen gelangt waren, wusste Andresen nicht. Angesichts der vielen Einsatzkräfte, die vor Ort gewesen waren, verwunderte es ihn jedoch nicht, dass offenbar jemand mit der Presse gesprochen hatte.

Er hatte angeordnet, dass sich zwei Leute aus dem Kommissariat für Computerkriminalität und IT-Beweissicherung ausschließlich um das Sichten von Postings und Kommentaren in den sozialen Netzwerken kümmern sollten.

Auf dem Parkplatz des Reiterhofs am Rittbrook hatten sie eine spontane Teambesprechung abgehalten und überlegt, was es bedeutete, dass Lisa, Jannik und Leif sich nicht nur gekannt hatten, sondern offenbar eng befreundet gewesen waren. Und dass sie, so wie es aussah, ein gemeinsames Versteck im Lauerholz gehabt hatten.

Vieles schien darauf hinzudeuten, dass es Jannik und Lisa gewesen waren, die den verletzten oder bereits toten Leif von den Bahngleisen zurück in den Wald geschleppt hatten. Und anschließend ein Grab geschaufelt und ihn beerdigt hatten.

War der Tod von Leif womöglich das Ereignis gewesen, weshalb sie keinen anderen Ausweg mehr gesehen hatten, als sich das Leben zu nehmen? Aber was war überhaupt passiert, dass Leif von dem Zug erwischt wurde?

»Ich verstehe noch nicht, wie das alles zusammenpasst«, sagte Morten.

Andresen warf einen raschen Blick auf seinen Kollegen, der auf dem Beifahrersitz seines Volvos saß und seit dem Moment, als sie losgefahren waren, fast durchgängig den Kopf schüttelte.

»Es gibt keinerlei Hinweis in Lisas Tagebuchnotizen, dass sie Leif gekannt hat. Auch zwischen Jannik und Leif gibt es auf den ersten Blick keine Verbindung.«

»Wir werden es herausfinden.« Andresen wurde langsamer und suchte nach der passenden Hausnummer in der Straße Bei der Wasserkunst.

»Trotzdem ärgert es mich, dass wir diese Verbindung nicht früher gesehen haben«, sagte Morten. »Wieso ist uns nicht aufgefallen, dass die drei eng miteinander befreundet waren?«

»In unseren Gesprächen hat niemand etwas in diese Richtung erwähnt«, sagte Andresen. »Vielleicht wusste es keiner. Es könnte sein, dass ihre Freundschaft geheim war. Immerhin haben sie auch ein geheimes Versteck tief im Lauerholz gebaut.« Er hielt inne, ihm war etwas eingefallen.

»Es gibt doch eine Verbindung«, sagte er nachdenklich. »Und zwar eine Person, die sowohl Leif Sanders als auch Jannik und Lisa gekannt hat.«

»Wen meinst du?«

»Dirk Radecke, den Schulleiter. Er war bis vor nicht allzu langer Zeit an der Gustav-Radbruch-Schule beschäftigt, auf der auch Leif gewesen ist.«

Andresen parkte den Wagen am Straßenrand und wartete darauf, dass Morten etwas sagte. Doch zum ersten Mal, seit er ihn kannte, war der junge Kollege verstummt. Es schien ihm nicht in den Kopf zu gehen, dass Radecke womöglich ein entscheidendes Verbindungsglied zwischen beiden Fällen war.

Andresen schwieg ebenfalls. Auch er hatte keinerlei Ahnung, was es bedeutete, dass Radecke vielleicht mehr wusste, als er ihnen bislang gesagt hatte.

»Hat die Schulsekretärin gesagt, weshalb Marcel heute nicht in der Schule ist?«, wechselte er das Thema. »Ich dachte, der Unterricht in der Jahrgangsstufe 11 sollte ab heute langsam wieder hochgefahren werden.«

»Sie erwähnte nur, dass er ziemlich häufig unentschuldigt fehlen würde.«

»Dann bin ich mal gespannt, ob wir ihn hier zu Hause antreffen.«

Sie stiegen aus und gingen über die gepflasterte Einfahrt, auf der ein 1er BMW Coupé geparkt war, vor bis zur Haustür. Aufgrund der Größe des roten Backsteingebäudes hatte Andresen geglaubt, dass es sich um ein Mehrfamilienhaus handelte. Umso überraschter war er, als er nur eine Klingel und das dazugehörige Schild mit dem Namen »Hofmann« neben der Tür entdeckte. Der Kultur- und Bildungssenator der Hansestadt wohnte also offenbar mit seiner Frau und dem gemeinsamen Sohn auf drei Etagen.

Auf das Klingeln der beiden reagierte niemand. Andresen wartete einige Sekunden, dann versuchte er es noch einmal.

Es tat sich nichts. Aus dem Innern des Hauses drang nicht das leiseste Geräusch nach draußen.

»Scheint niemand zu Hause zu sein«, sagte Morten leise.

Andresen sah sich um. Der Wagen in der Einfahrt passte nicht unbedingt zu einem Senator. Entweder war es also das Auto der Frau von Sebastian Hofmann, oder aber, und das vermutete er, es gehörte Marcel, der im Gegensatz zu den meisten anderen in seiner Jahrgangsstufe bereits achtzehn und möglicherweise im Besitz eines Führerscheins war.

Durch den Morgennebel stahlen sich plötzlich einzelne Sonnenstrahlen. Sie brachen sich auf der Heckscheibe des BMW. Andresen kniff seine Augen zusammen, um nicht selbst geblendet zu werden.

Plötzlich hielt er inne. Da war etwas, das sich in der Scheibe spiegelte. Er erkannte Augen. Ein Gesicht. Jemanden, der aus dem Dachfenster des Hauses sah.

Marcel Hofmann.

»Er ist hier«, sagte Andresen leise. »Oben im Dachgeschoss.«

»Woher …?«

»Sein Gesicht hat sich eben in der Heckscheibe gespiegelt. Er wartet darauf, dass wir wieder gehen. Aber den Gefallen werden wir ihm nicht tun.«

»Was hast du vor?«

»Wir müssen ihn aus dem Haus locken«, sagte Andresen. »Ich werde hier nicht wegfahren, ohne dass wir mit ihm gesprochen haben.«

»Sollen wir uns auf die Lauer legen und warten, bis er herauskommt?«

»Das kann Stunden dauern«, antwortete Andresen. »Es muss anders gehen.«

Morten nickte. Im nächsten Moment zog er eine Plastikkarte aus seiner Jackentasche und hielt sie Andresen vor die Nase. »Öffnen wir einfach die Tür und gehen rein. Er wird schon nicht bewaffnet sein.«

Andresen lächelte kurz. Je länger er mit Morten zusammenarbeitete, desto spannender wurde es mit ihm. Offenbar schlummerten in ihm vielfältige Talente.

»Dann mal los.«

Dreißig Sekunden später standen sie in dem weitläufigen Eingangsbereich des Hauses. Er gab den Blick frei auf ein großzügiges Wohnzimmer und einen imposanten Garten. Andresen ließ seinen Blick schweifen. Es war vielleicht keine der prachtvollen Villen, wie sie hier in der Nachbarschaft üblich waren, aber dennoch ein eindrucksvolles Haus, das ihm gefiel.

Er versuchte sich zu orientieren. Eine breite Treppe führte in die oberen Stockwerke. Irgendwo da oben versteckte sich also Marcel Hofmann. Erst jetzt wurde ihm so richtig bewusst, dass sie sich gerade unbefugten Zutritt zum Haus des Kultur-

und Bildungssenators verschafft hatten. Mit Sicherheit nicht die klügste Idee.

»Gehen wir hoch?«, fragte Morten.

»Nein, wir warten hier. Marcel soll herunterkommen.«

Andresen holte tief Luft, dann rief er Marcel Hofmanns Namen. »Kriminalpolizei! Wir wissen, dass Sie da oben sind! Ich habe Sie am Fenster gesehen. Kommen Sie einfach runter, wir wollen mit Ihnen reden.«

Keine Reaktion.

»Je länger Sie sich verstecken, desto verdächtiger machen Sie sich. Wir wollen herausfinden, weshalb Lisa und Jannik sich das Leben genommen haben, und Sie sind einer der wenigen, die uns dabei helfen können.«

Noch immer nichts.

»Wir wissen, dass Sie uns hören. Wenn Sie wollen, dass wir hier anstatt auf dem Präsidium miteinander reden, dann kommen Sie jetzt sofort runter.«

»Ich befürchte, wir müssen hochgehen«, sagte Morten, nachdem sich weiterhin nichts tat.

»Nein, das tun wir nicht«, entschied Andresen. »Ich kenne ihn nicht, aber nach allem, was ich bislang über ihn gehört habe, halte ich ihn für unberechenbar. Ich möchte vermeiden, dass die Situation eskaliert.«

»Und wie willst du ihn dann herunterlocken?«

»Mal sehen, ob das hier funktioniert«, sagte Andresen vieldeutig.

»Marcel, wir wissen, dass Lisa mit Ihnen Schluss gemacht hat. Das muss ziemlich hart für Sie gewesen sein.«

Nichts.

Andresen war sich sicher, dass Marcel seine Worte genau verstanden hatte. Er hoffte, dass er mit sich rang und endlich herunterkommen würde. Der richtige Moment, um noch einmal nachzulegen.

»Dass ausgerechnet Jannik Wegener sie Ihnen ausspannt, hätten Sie mit Sicherheit auch nicht gedacht, oder?«

»Was wissen Sie denn schon?«, hallte es plötzlich durchs Treppenhaus. Schritte auf den Holzbohlen der Treppe ließen vermuten, dass Hofmann tatsächlich herunterkam.

»Leider viel zu wenig«, antwortete Andresen. »Deshalb will ich, dass Sie mir erzählen, was Sie wissen.«

»Ich weiß gar nichts. Und selbst wenn ich etwas wüsste, würde ich es Ihnen mit Sicherheit nicht verraten.« Hofmann erschien auf dem letzten Treppenabsatz und blickte Andresen herausfordernd an.

»Wir werden Sie mit aufs Präsidium nehmen müssen, falls Sie sich weigern, mit uns zu reden.«

»Machen Sie das, aber ich werde Ihnen auch dort nichts sagen können.«

»Ich denke schon, dass Sie das könnten«, sagte Andresen mit ruhiger Stimme. »Schließlich wissen wir, was Sie Lisa angetan haben.«

»Ach ja? Und was soll das bitte schön sein?«

Andresen betrachtete den jungen Mann, der deutlich älter als achtzehn aussah. Er war hager und unrasiert, die Haare kurz geschoren. Der schwankende Gang, mit dem er die Treppe hinunterkam, legte die Vermutung nahe, dass er betrunken war.

»Wir sind nicht hier, um über Ihren Drogen- und Alkoholkonsum zu reden«, antwortete Andresen. »Aber sehr wohl darüber, dass Sie Lisa mit Drogen gefügig gemacht haben, um auf diese Weise intim mit ihr zu werden.«

»Deshalb sind Sie hier?«

»Wir wissen, dass Sie gegen Lisas Willen Geschlechtsverkehr mit ihr hatten. Das kommt einer Vergewaltigung gleich, falls Sie verstehen, was ich meine.«

»Wie wollen Sie denn beweisen, dass ich Sie dazu gezwungen habe?« Marcel Hofmann blieb zehn Stufen vor dem Treppenende stehen und sah Andresen herausfordernd an. »Die Wahrheit könnte doch auch ganz anders sein. Zum Beispiel, dass Lisa es genau so gewollt hat. Die Drogen und den Sex und vor allem dieses ganze Zeug, worauf sie so abgefahren ist.«

»Welches Zeug?«

»Sie waren doch bei ihr zu Hause, oder nicht?«

Andresen nickte. Natürlich wusste er, worauf Marcel anspielte, aber er wollte es aus dessen Mund hören.

»Glauben Sie etwa, ich stehe auf dieses SM-Zeug? Das war ihre Idee. Und damit sie den Sex noch krasser erlebt, wollte sie, dass ich ihr Koks und Pillen besorge.«

»Und obwohl Sie es gar nicht wollten, haben Sie das alles mitgemacht?«

»Ich war verliebt in Lisa.«

»Sicher«, sagte Andresen. »Dann wird ihr Tod Sie ziemlich mitgenommen haben?«

»Natürlich, deshalb bin ich heute noch immer nicht in der Schule. Mir geht's verdammt beschissen.«

»Was glauben Sie denn, warum Lisa sich das Leben genommen hat?«

»Mit Sicherheit wegen Jannik«, antwortete Marcel Hofmann, ohne zu zögern. »Weshalb denn sonst?«

»Können Sie das bitte etwas näher erläutern.«

Marcel Hofmann zuckte mit den Schultern und wandte sich plötzlich ab.

»Wie gut kannten Sie Jannik?«

»Nicht wirklich gut.«

»Sie waren immerhin in einer Jahrgangsstufe«, drängte Andresen.

»Erst seit ein paar Monaten. Wir hatten kaum Kontakt.«

»Aber Lisa hat mit Ihnen wegen Jannik Schluss gemacht, oder?«

»Woher wollen Sie das wissen?«

»Aus Lisas Tagebuchnotizen«, antwortete Andresen. »Sie hat alles aufgeschrieben. Und das, was wir gelesen haben, klingt nicht gerade gut für Sie.«

»Worauf wollen Sie hinaus?«

»Dass sie sich das Leben genommen haben könnte, weil Sie sie bedrängt und bedroht haben.«

»Vollkommen lächerlich«, brach es aus Marcel Hofmann heraus. »Sie können mir gar nichts anhaben.«

»Wir wollen Ihnen auch nicht unbedingt etwas anhaben, sondern herausfinden, was passiert ist. Zwei Menschen haben sich umgebracht, und Sie standen zumindest Lisa so nah, dass Sie uns hoffentlich sagen können, was in den letzten Wochen passiert ist.«

»Hören Sie, ich habe keine Ahnung, was in Lisa vor sich gegangen ist. Wenn Sie mich fragen, war sie nicht mehr ganz normal im Kopf. Ich sagte vorhin ja schon, worauf sie stand. Es gab aber auch die Momente, in denen sie extrem schlecht drauf war. Wahrscheinlich war sie bipolar oder hatte irgend so eine andere psychische Krankheit.«

Andresen spürte, dass das Gespräch festhing. Hofmann wollte offenbar nicht mehr preisgeben. Stattdessen suchte er die Schuld für den Suizid wahlweise bei Jannik oder Lisa. Aber seine Begründungen klangen alles andere als glaubwürdig.

Obwohl er sich sicher war, dass Lisas Ex-Freund viel mehr wusste und wahrscheinlich auch nicht die Wahrheit über sein Verhältnis zu ihr sagte, hatte er fürs Erste keine Fragen mehr an ihn.

Morten schien seine Gedanken lesen zu können und sprang ihm zur Seite. »Wo waren Sie eigentlich vorgestern zwischen fünf und sechs Uhr morgens?«

»Was soll das denn jetzt werden?«, reagierte Marcel aufgebracht. »Haben sich die beiden etwa doch nicht umgebracht, und jetzt wollen Sie mir die Schuld in die Schuhe schieben?«

»Beantworten Sie bitte meine Frage.«

»Wo soll ich um diese Uhrzeit schon gewesen sein? In meinem Bett natürlich.«

»Gibt es jemanden, der das bezeugen kann?«

»Fragen Sie doch meinen Vater«, antwortete Hofmann süffisant. »Ob er weiß, wann ich zu Hause bin, bezweifele ich allerdings.«

»Und Ihre Mutter?«

Hofmann lächelte bitter. »Die können Sie natürlich sofort fragen. Also falls Sie es schaffen, sie wach zu bekommen.«

»Sie ist hier?«

Hofmann seufzte und zuckte als Zeichen der Bestätigung mit den Schultern.

Andresen sah Morten an und schüttelte beinahe unmerklich den Kopf. Er hatte eine Ahnung, was Marcel Hofmann andeuten wollte. Offenbar war seine Mutter nicht in der Lage, mit ihnen zu reden. Er vermutete, dass sie entweder psychische Probleme hatte oder aber Alkoholikerin war.

Für den Moment kamen sie hier nicht weiter. Selbst wenn Marcel Lisa bedrängt, sie für sexuelle Praktiken mit Drogen gefügig gemacht hatte und ihr Suizid eine Folge daraus gewesen war, hatten sie nichts gegen ihn in der Hand. Einzig ein paar kurze Notizen von Lisa, die Seelhoffs Leute gefunden hatten. Die auf Andresens Schreibtisch lagen, ohne dass er sie bislang selbst gelesen hatte.

Andresen glaubte Marcels Beteuerungen nicht, dass Lisa ihn zu irgendwelchen Sexspielchen animiert hatte. Nach allem, was er über sie gehört hatte, passte das überhaupt nicht zu ihr. Auch die Aussagen von Daniel Krey deuteten darauf hin, dass es wahrscheinlich umgekehrt gewesen war.

Er bezweifelte allerdings auch, dass Marcel der Unbekannte aus dem Drägerpark war. Dessen Erbrochenes ihm aufgefallen war. Seine emotionale Reaktion auf Lisas Tod war, so wie Morten es geschildert hatte, womöglich nicht gespielt gewesen. Es musste noch etwas anderes dahinterstecken. Etwas, das auch mit dem Tod von Leif Sanders zu tun hatte. Womöglich war das, was vor zwei Tagen in den frühen Morgenstunden am Wakenitzufer passiert war, eine Folge verschiedener Ereignisse gewesen.

Der Schlüssel zur Lösung dieses Falls lag weniger im Verhältnis von Marcel Hofmann zu Lisa, sondern vielmehr in der geheimnisvollen Verbindung zwischen Lisa, Jannik und Leif Sanders. Was hatten die drei in diesem Wald gemacht? Wieso hatten sie sich ein derartiges Versteck gebaut? Wie war es zu dem Tod von Leif gekommen? Und vor allem: Weshalb hatten sie geschwiegen und ihn im Wald beerdigt?

Zu viele Fragen, auf die sie noch keine Antworten hatten.

»Warum haben Sie eigentlich vorhin nicht die Tür geöffnet, als wir geklingelt haben?«, fragte Morten plötzlich.

»Ich kann doch wohl selbst entscheiden, wem ich die Tür öffne, oder etwa nicht?«, gab Marcel patzig zurück. »Weshalb brechen Sie einfach so in unser Haus ein?«

»Weil Sie unter Verdacht stehen, etwas mit dem Tod von zwei Menschen zu tun zu haben, und sich verstecken, anstatt mit uns zu reden«, antwortete Morten. Seine Stimme klang anders als sonst. Beinahe wütend.

»Das gibt Ihnen trotzdem nicht das Recht, sich hier einfach so Zutritt zu verschaffen.«

»Lassen wir das«, versuchte Andresen abzuwiegeln. Er wusste, dass Marcel natürlich recht hatte. Was sie getan hatten, war vollkommen idiotisch gewesen. »Beim nächsten Mal kommen wir mit Durchsuchungs- und Haftbefehl«, schob er hinterher. »Aber eine letzte Frage habe ich noch.«

Marcel Hofmann verzog genervt seinen Mund und wandte sich erneut ab. »Fragen Sie schon«, sagte er, während er langsam die Treppe wieder hinaufging.

»Was können Sie uns über Leif Sanders sagen?«

»Was soll die Frage?« Augenblicklich fuhr Marcel Hofmann wieder herum.

»Er ist tot, und wir glauben, dass er …« Andresen sprach nicht weiter. Die Veränderungen in Marcels Blick waren nur für den Bruchteil einer Sekunde zu sehen gewesen. Aber er war sich sicher: Marcel Hofmann kannte Leif Sanders, hatte aber nicht den geringsten Schimmer gehabt, dass er tot war.

Schlafsäcke

Andresen hatte überlegt, zurück ins Präsidium zu fahren und mit den Kollegen über alle Informationen, die ihnen mittlerweile vorlagen, in Ruhe zu sprechen. Sich Gedanken zu machen, wie alles miteinander zusammenhängen konnte. Aber Morten hatte ihn davon überzeugt, dass es wichtiger war, so schnell wie möglich erneut mit den Angehörigen von Lisa und Jannik zu sprechen.

Julia hatte er gebeten, noch einmal alles zu überprüfen, was sie im Zuge des Verschwindens von Leif Sanders zusammengetragen hatten.

Als sie an der Tür der Wegeners klingelten, überkam Andresen wieder das unangenehme Gefühl, dass sie die Trauer der Familie störten und in diesem Moment einfach fehl am Platze waren. Gleichwohl erinnerte er sich an das seltsame Verhalten von Björn Wegener bei ihrem ersten Besuch.

Erst als Andresen erfahren hatte, dass Björn Wegener nicht der leibliche Vater von Jannik und erst vor Kurzem wieder in das gemeinsame Haus eingezogen war, hatte er dessen reservierte Art besser verstehen können. Und Janniks Mutter schien sich offenbar in ihre Arbeit zu stürzen. Eine Reaktion, die in solchen Fällen nicht unüblich war. Für Andresen dennoch nur schwer nachvollziehbar.

Als sich die Tür öffnete, stand jedoch weder Björn Wegener noch seine Frau vor ihnen, sondern Janniks Bruder David.

Andresen entschuldigte sich dafür, dass sie noch einmal stören mussten, und bat den Jungen, ihm ein paar Fragen stellen zu dürfen.

Wortlos öffnete David die Tür so weit, dass Andresen und Morten eintreten konnten. Wieder gingen sie durch bis in die Küche, in der Andresen vor zwei Tagen auch mit Björn Wegener gestanden hatte.

Es schien ihm unvorstellbar, dass Jannik und David lediglich Halbbrüder gewesen waren. Morten hatte ihm heute Morgen Fotos von Jannik gezeigt. Die Ähnlichkeit war so groß, dass sie beinahe als Zwillinge hätten durchgehen können. Und dass, obwohl David zwei Jahre älter war als sein Bruder.

»Ihre Eltern arbeiten heute beide?«

»Meine Mutter, ja«, antwortete David leise. »Sie arbeitet immer. Mein Vater ist unterwegs. Er muss heute einiges regeln.«

»Wegen Jannik?«, fragte Andresen vorsichtig.

David nickte.

»Wie geht es Ihnen? Kommen Sie einigermaßen zurecht mit der Situation?«

»Geht so.«

»Brauchen Sie Hilfe? Wir können dafür sorgen, dass Sie Beistand bekommen. Von Menschen, die wissen, was Sie durchmachen. Sie müssen es nur wollen.«

»Ich glaube nicht daran, dass jemand weiß, was ich fühle.«

»Lassen Sie die Hilfe zu«, sagte Andresen. »Jedes Gespräch, das Sie führen, wird Ihnen helfen, die Sache zu verarbeiten.«

»Tut mir leid, aber für dieses Psychogequatsche habe ich keinen Kopf. Weswegen sind Sie hier?«

Andresen musterte den Jungen, der – wie es ihm Morten vorhin noch einmal bestätigt hatte – vor drei Wochen achtzehn Jahre alt geworden war. Er wirkte teilnahmslos und erschöpft. Mit seinen dunkelblonden halblangen Haaren und dem groß gewachsenen, durchtrainierten Körper war er bestimmt ein Mädchenschwarm. Der Tod seines Halbbruders hatte ihn jedoch offenbar derart aus der Bahn geworfen, dass jedwedes Leben aus ihm verschwunden zu sein schien.

»Wir möchten herausfinden, wie es dazu kommen konnte, dass Jannik und Lisa Nolde gestorben sind«, sagte Andresen nach einigen Sekunden der Stille. »Wie Sie wissen, gehen wir von einem Suizid der beiden aus. Sobald wir ausschließen können, dass jemand anderes mit dem Tod der beiden zu tun hat, werden wir unsere Ermittlungen einstellen und keine unangenehmen Fragen mehr stellen.«

»Dann stellen Sie schon Ihre unangenehmen Fragen.«

»Erzählen Sie uns einfach über Ihr Verhältnis zu Jannik. Haben Sie sich gut verstanden?«

»Er war mein Bruder.«

»Ihr Halbbruder«, warf Morten nüchtern ein.

»Worauf wollen Sie hinaus?«, fragte David erbost. »Wir sind wie richtige Brüder aufgewachsen.«

»Hat es etwas zwischen Ihnen verändert, als Sie erfahren haben, dass Sie unterschiedliche Väter haben?«

»Jannik hat seinen Erzeuger nie kennengelernt«, antwortete David. Er vermied es, Andresen oder Morten anzusehen. Stattdessen griff er in eine kleine Schüssel, die auf der Arbeitsplatte stand, nahm ein Kräuterbonbon heraus, entfernte das Papier und steckte es sich in den Mund.

»Hat es denn zwischen Ihnen etwas verändert?«

»Nein, weshalb sollte es?«

»Dann berichten Sie uns bitte über die letzten Wochen«, sagte Andresen und ignorierte die Gegenfrage von David. »Gab es aus Ihrer Sicht etwas, das den Tod Ihres Bruders angekündigt hat?«

»Absolut gar nichts. Und hätte ich etwas gemerkt, hätte ich natürlich alles versucht, ihn daran zu hindern.«

»Wie gut kannten Sie Lisa Nolde?«

»Sie war Janniks Freundin.«

»Das wissen wir. Aber wie viel Kontakt hatten Sie zu ihr?«

»Was soll die Frage?«

»Es wäre schön, wenn Sie sie einfach beantworten.«

»Wir kannten uns, aber nicht besonders gut.«

»Sagt Ihnen der Name Leif Sanders etwas?«

David hielt inne. Die Reaktion erinnerte Andresen an den Moment, als er Marcel Hofmann mit Leif Sanders' Namen konfrontiert hatte. Das flüchtige Flackern in den Augen, das leichte Stirnrunzeln und der Eindruck, mit einem Mal auf der Hut zu sein.

»Ist das nicht der Junge, der verschwunden ist?«

»Er ist tot«, sagte Andresen und versuchte, David zu fixieren.

Der wandte sich jedoch ab und schüttelte den Kopf. »Hat er sich etwa auch umgebracht?«

»Dazu können wir im Augenblick noch nichts sagen, aber wissen Sie eigentlich, dass Ihr Bruder, Lisa und Leif Sanders offenbar gut befreundet waren?«

»Ist mir neu, aber so viel hatten auch Jannik und ich nicht miteinander zu tun, dass ich jeden seiner Freunde gekannt hätte.«

»Die drei hatten ein gemeinsames Versteck«, sagte Andresen. »Ein Baumhaus mitten im Lauerholz. Wussten Sie davon?«

»Nein, davon höre ich zum ersten Mal.«

»Leif Sanders ist übrigens schon seit einigen Wochen tot.«

»Warum erzählen Sie mir das?«

»Weil wir ihn direkt unter dem Baumhaus in einer Art Grab gefunden haben«, antwortete Andresen. »Wir müssen davon ausgehen, dass Jannik und Lisa dafür gesorgt haben, den toten Körper dort zu verstecken und gewissermaßen zu beerdigen. Wir wollen verstehen, was dort im Lauerholz vorgefallen ist. Wie Leif Sanders ums Leben gekommen ist. Weshalb Ihr Bruder seinen Tod verheimlichen wollte. Und ob das möglicherweise der Grund für den Suizid gewesen ist.«

»Ich höre das alles zum ersten Mal«, sagte David. »Was soll ich dazu sagen? Jannik hat nie etwas über diesen Leif erzählt. Weshalb sollte er das alles überhaupt getan haben?« Plötzlich röteten sich die Augen des jungen Mannes. Die Trauer über den Tod seines Bruders brach von einer auf die andere Sekunde aus ihm heraus.

»Wir wollen Sie nicht mehr lange stören«, sagte Andresen. »Aber ein paar Fragen beschäftigen uns noch.«

David nickte, während er sich die Tränen aus den Augen wischte.

»Wie gut kennen Sie Marcel Hofmann?«

Wieder war da dieser kurze Moment, in dem David Wegener zusammenzuckte. Kaum sichtbar, aber Andresen hatte keinerlei Zweifel, dass auch dieser Name etwas in ihm auslöste. David wusste viel mehr, als er preisgab. Über Leif Sanders, Marcel Hofmann und vor allem über seinen Halbbruder.

»Wollen Sie uns nicht vielleicht sagen, was Sie wissen?«

»Marcel ist an unserer Schule und seit diesem Jahr war er in Janniks Jahrgangsstufe. Letztes Jahr war er auch in meiner Stufe, aber ich hatte kaum etwas mit ihm zu tun. Ein schwieriger Typ, aber das werden Sie sicherlich selbst schon gehört haben. Viel mehr kann ich nicht über ihn sagen. Was ist denn mit ihm?«

»Wir prüfen Zusammenhänge«, sagte Andresen ausweichend. »Ein anderes Thema: Haben Sie zufälligerweise Unterricht bei Daniel Krey?«

»Nein, zum Glück nicht.«

»Zum Glück?«

»Als Junge hätte ich bei ihm in Mathe oder Physik wohl noch schlechter abgeschnitten, als ich es ohnehin schon tue.«

»Er bevorzugt also Mädchen, oder wie meinen Sie das?«

»Zumindest diejenigen, die er mag«, antwortete David. »Es gibt ziemlich viele Gerüchte über ihn, die zum Teil schon ganz schön heftig sind. Aber was hat das jetzt mit meinem Bruder zu tun?«

»Wahrscheinlich gar nichts«, sagte Andresen. Ihm war plötzlich ein anderer Gedanke gekommen. Er entschuldigte sich kurz bei David Wegener und zog Morten ein Stück beiseite.

»Erinnerst du dich noch, wie viele Schlafsäcke wir in dem Baumhaus gefunden haben?«

»Du warst doch dort oben«, antwortete Morten überrascht.

»Ich bin mir ziemlich sicher, dass es vier gewesen sind. Aber ich weiß es nicht mehr ganz genau.«

»Dann müssen wir Seelhoff fragen.«

»Ruf ihn bitte an, jetzt sofort.«

Morten sah ihn einen Augenblick lang fragend an. Als wolle er sichergehen, dass Andresen es tatsächlich ernst meinte. Schließlich nickte er, zog sein Handy hervor und wählte Seelhoffs Nummer.

Andresen wartete. Das Telefonat dauerte nur wenige Sekunden. Dann bedankte sich Morten und ließ sein Handy wieder in der Jackentasche verschwinden.

»Und?«

»Vier. Du hattest recht.«

Andresen nickte, ärgerte sich aber gleichzeitig darüber, dass es ihm nicht sofort aufgefallen war. Jannik, Lisa und Leif. Wie auf dem Foto zu sehen gewesen war, waren sie offenbar miteinander befreundet gewesen. Aber es gab noch jemand anderen.

Einen vierten Schlafsack.

Vielleicht von demjenigen, der das Foto gemacht hatte. Jemand, der genau wusste, was passiert war. Der womöglich vorgestern in den frühen Morgenstunden im Drägerpark gewesen war und sich erbrochen hatte, weil er nicht hatte sterben wollen.

Lose Zettel

Sie hatten nichts, was beweisen konnte, dass David Wegener irgendeine Rolle in dem ganzen Spiel spielte.

Der vierte Schlafsack war aber immerhin ein Ansatzpunkt, der darauf schließen ließ, dass es neben Lisa, Jannik und Leif noch eine vierte Person gab. Die Person, die den Suizid womöglich verweigert hatte, fasste Andresen noch einmal zusammen, als er mit Morten das Haus der Wegeners verlassen hatte.

Maren Nolde öffnete wenige Sekunden nach dem ersten Klingeln die Tür. Sie sah etwas gefasster aus als bei ihrem ersten Besuch vor zwei Tagen. Aber die Anspannung und vor allem die Traurigkeit waren ihr deutlich anzusehen.

Es brauchte etwas an Überzeugungsarbeit, um ihr klarzumachen, dass sie dringend ein weiteres Mal mit ihr sprechen mussten. Nach wenigen Minuten saßen sie schließlich im Wohnzimmer und nippten an dem Kaffee, den sie ihnen eingeschenkt hatte.

»Die Ergebnisse der Obduktion liegen mittlerweile vor«, begann Andresen zurückhaltend. »Es besteht kein Zweifel, dass Lisa und Jannik sich das Leben genommen haben. Sie haben Zyankali geschluckt. Das deutet darauf hin, dass sie genau gewusst haben, was sie tun.«

»Zyankali?«, rief Maren Nolde beinahe hysterisch. »Wie zum Teufel ist Lisa denn darangekommen? Das muss doch auch etwas mit Marcel zu tun haben.«

Andresen stutzte. Seit seiner Rückkehr aus Bergen hatte er noch nicht wieder bei Ida-Marie oder Morten nachgefragt, ob es in Bezug auf die Beschaffung der Zyankalikapseln irgendwelche Neuigkeiten gab. Aber Maren Nolde lag mit ihrer Vermutung womöglich gar nicht einmal so falsch. Wie sie mittlerweile vermuteten, hatte Marcel Hofmann Drogen aller Art besorgt. Weshalb nicht auch Zyankalikapseln?

»Wir gehen zumindest nicht davon aus, dass Lisa und Jannik sich die Kapseln direkt selbst beschafft haben. Wahrscheinlicher ist, dass sie über Kontakte verfügten, die Derartiges besorgen können. Wir wissen zum Beispiel, dass Zyankalikapseln im Darknet gehandelt werden. Aber natürlich müssen wir auch überprüfen, ob möglicherweise jemand wie Marcel Hofmann in Frage kommt.«

»Ich traue ihm alles zu.«

»Er bestreitet, auch nur irgendetwas mit Lisas Suizid zu tun zu haben.«

»Dieser widerliche …« Sie brach ab und atmete mehrfach tief ein und aus, um sich zu beruhigen.

»Ich muss noch einmal auf diese Dinge, die wir in der Schublade in Lisas Zimmer gefunden haben, zu sprechen kommen«, fuhr Andresen fort.

»Ich möchte jetzt ehrlich gesagt nicht darüber reden«, sagte Maren Nolde und wendete sich ab.

»Es tut uns leid, aber wir müssen auch dieses Thema ansprechen. Es ist wichtig für uns, um zu verstehen, ob der Grund für den Suizid Ihrer Tochter Marcel Hofmann heißen kann oder nicht.«

»Ich sagte Ihnen doch bereits, dass Marcel dieses Zeug mitgebracht hat. Wie Sie vielleicht verstehen können, wollte ich aber niemals wissen, was die beiden …« Wieder hielt sie inne.

Andresen ging schnell dazwischen, um den unangenehmen Moment im Keim zu ersticken. »Marcel hat ausgesagt, dass diese Utensilien Lisas Idee gewesen seien. Sie sei sehr dominant gewesen und habe Marcel dazu gezwungen, mitzumachen.«

»Und das glauben Sie etwa?« Maren Nolde sprang auf und schmiss dabei ihre Tasse Kaffee um, die auf dem niedrigen Wohnzimmertisch stand. Die braune Brühe verteilte sich auf dem Glastisch und tropfte auf den Parkettboden. Es schien sie jedoch in keinster Weise zu stören. Stattdessen redete sie sich in Rage.

»Dieser Typ hat Lisa auf dem Gewissen, verstehen Sie das denn nicht? Seitdem er in ihr Leben getreten ist, ist alles den Bach runtergegangen. Sie hat plötzlich Dinge getan, die überhaupt nicht zu ihr passten. Die ich niemals von ihr erwartet hätte. Es kann keinen anderen Grund als ihn für den Tod meiner Tochter geben.«

»Wenn ich es richtig verstanden habe, dann haben sich Lisa und Marcel vor knapp sechs Monaten getrennt«, warf Morten plötzlich ein. »Kurz danach war sie mit Jannik zusammen. Das wurde uns mittlerweile von vielen Seiten bestätigt. Die beiden waren also nicht nur befreundet, so wie Sie es bei unserem ersten Gespräch gesagt haben.«

»Lisa und Jannik ein Paar?« Maren Nolde schüttelte irritiert den Kopf.

Andresen beobachtete sie. Er nahm ihr ab, dass sie es nicht gewusst hatte. »Um es noch einmal deutlich zu machen«, sagte er, »es fällt uns schwer zu glauben, dass Marcel einen derartigen Einfluss ausgeübt haben soll, dass sich Lisa und Jannik seinetwegen gemeinsam das Leben genommen haben. Erzählen Sie uns deshalb bitte, was sie über Jannik Wegener wissen.«

»Wie meinen Sie das?«

»Sie sagten beim letzten Mal, dass Lisa und er zuletzt viel Kontakt zueinander gehabt hätten. Wie haben Sie die beiden in den letzten Monaten miteinander erlebt?«

»Ich weiß nicht«, antwortete Maren Nolde. Noch immer schien sie irritiert zu sein. »Wir hatten nicht mehr so engen Kontakt. Lisa war die meiste Zeit gar nicht mehr hier. Sie kam oft nur kurz mit Jannik vorbei, um sich umzuziehen. Dann war sie auch schon wieder verschwunden. Deswegen haben wir uns leider auch häufiger gestritten.«

»Haben Sie eine Ahnung, wo Lisa gewesen ist, wenn sie nicht hier bei Ihnen zu Hause war?«

»Ich gehe davon aus, dass sie wohl meistens bei Jannik gewesen ist.«

»Das glauben wir eher weniger«, antwortete Andresen. »Was wir jedoch wissen, ist, dass sie sich gemeinsam mit Jannik in einem Versteck im Lauerholz aufgehalten hat.«

»In einem Versteck?«

»Genauer gesagt in einem Baumhaus, das mit einigem Aufwand gebaut worden ist.«

»Ich höre zum ersten Mal von alledem.«

»Sagt Ihnen der Name Leif Sanders etwas?«

»Wer soll das sein?«

»Sie kennen ihn also nicht?«, hakte Andresen nach. »Der Name ist in den letzten Wochen durchaus durch die Medien gegangen.«

Maren Nolde zuckte mit den Schultern.

»Denken Sie bitte noch einmal gut nach, ob Lisa den Namen jemals erwähnt hat.«

»Nein, das wüsste ich. Mir war es immer wichtig zu wissen, mit wem sie zu tun hat.«

»Aber in den letzten Wochen hatten Sie nicht mehr den Überblick darüber, was Lisa gemacht hat«, warf Morten ein. »Das haben Sie gerade selbst bestätigt.«

»Was wollen Sie denn von mir?«, entgegnete Maren Nolde ruppig. »Lisa war sechzehn Jahre alt. Glauben Sie etwa, dass ein Kind in diesem Alter sich noch den ganzen Tag kontrollieren lässt?«

»Es geht uns darum, herauszufinden, was Ihre Tochter angetrieben hat, den letztmöglichen Weg einzuschlagen«, antwortete Morten mit ruhiger Stimme. »Einen Weg, der niemals eine Alternative sein darf. In dieses Versteck im Lauerholz hat sich Lisa nicht nur mit Jannik zurückgezogen, sondern auch mit einem Jungen namens Leif Sanders. Er ist ebenfalls tot.«

»Hat er sich auch das Leben genommen?«

»Wir wissen noch nicht genau, was geschehen ist. Es ist allerdings auch schon vor einigen Wochen passiert. Zu den

Details können wir aus ermittlungstaktischen Gründen nichts sagen. Zweifellos fest steht jedoch die Tatsache, dass jemand verhindert hat, dass die Leiche von Sanders entdeckt wird.«

»Ich verstehe überhaupt nicht mehr, was Sie mir hier erzählen. Was hat das alles mit Lisa zu tun?«

»Wir glauben, dass Lisa und Jannik dafür gesorgt haben, dass Leif Sanders' Leiche nicht gefunden wird. Tatsächlich gehen wir sogar davon aus, dass die beiden Sanders in einer Art Grab beerdigt haben. Und deshalb liegt der Verdacht nahe, dass ihr Suizid nicht unbedingt mit Marcel Hofmann, sondern vielmehr mit dem Tod von Leif Sanders zu tun hat.«

»Sie können mir ja alles Mögliche erzählen«, entgegnete Maren Nolde. »Ich weiß einfach gar nicht mehr, was ich noch glauben soll. Lisa war ein gutes Mädchen, das weiß ich jedenfalls. Und alles, was Sie mir gerade über sie erzählen, klingt vollkommen absurd.«

»Ich würde gerne noch einmal auf die Tagebuchnotizen Ihrer Tochter zurückkommen«, sagte Andresen. »Die Kollegen von der Spurensicherung haben sie hinter ihrem Bett versteckt gefunden. Lose Blätter. Wussten Sie davon, dass Lisa Tagebuch schreibt?«

Das kurze Zögern von Maren Nolde registrierte Andresen sofort. Natürlich wusste sie von den Tagebuchaufzeichnungen ihrer Tochter. Aber vielleicht nicht von denen, die Seelhoffs Leute gefunden hatten.

»Es ist nicht ungewöhnlich, dass ein sechzehnjähriges Mädchen Tagebuch führt, oder?«

»Das ist keine Antwort auf meine Frage«, blieb Andresen hart. »Wussten Sie es?«

Sie nickte wortlos, während ihre tränenunterlaufenen Augen einige Giftpfeile in Andresens Richtung abfeuerten.

»In Ordnung, dann würde ich Sie jetzt bitten, uns alles auszuhändigen, was Sie vor uns zurückhalten.«

Aus dem Augenwinkel sah Andresen Mortens überraschten Blick. Ihm war bewusst, wie weit er sich aus dem Fenster lehnte, indem er Maren Nolde unterstellte, dass sie ihnen Tagebuchnotizen ihrer Tochter vorenthielt. Andererseits war er optimistisch, dass er richtiglag.

»Ich habe ihr immer gesagt, dass es schon schlimm genug ist, überhaupt solche Dinge zu tun«, sagte Maren Nolde plötzlich mit ruhigerer Stimme. »Das Ganze aber auch noch in allen Details zu lesen, war dann zu viel für mich. Welche Mutter würde das denn akzeptieren?«

»Sie haben ihr die Notizen also weggenommen?« Andresen vermied es, auf ihre Andeutungen näher einzugehen. Er konnte sich denken, was sie meinte. Marcel hatte offenbar die Wahrheit gesagt.

»Ich konnte es nicht ertragen, ihre Gedanken schwarz auf weiß zu lesen. Es war wie ein Stich in mein Herz, falls Sie verstehen, was ich meine.«

Andresen nickte.

»Es gab kein Buch, nur einzelne Blätter, die überall in ihrem Zimmer herumlagen«, fuhr sie fort. »Ich musste nicht einmal groß herumschnüffeln, um alles lesen zu können.«

»Wie hat Lisa darauf reagiert, dass Sie ihr die Notizen weggenommen haben?«

»Was glauben Sie denn, wie ein Mädchen in dem Alter darauf reagiert? Sie hat natürlich getobt vor Wut.«

»Wann war das?«

»Vor fünf Wochen, glaube ich«, antwortete sie zögerlich.

»Haben Sie alles gelesen, was Lisa aufgeschrieben hat?«

»Nein, kaum etwas. Ich konnte es, wie gesagt, nicht ertragen.«

»Dann würde ich Sie jetzt bitten, uns das gesamte Material zu übergeben. Wir müssen es dringend sichten, um zu verstehen, welche Rolle Marcel Hofmann tatsächlich gespielt hat und was es mit diesem Versteck im Lauerholz und dem Tod von Leif Sanders auf sich hat.«

»Wird das, was Sie herausfinden, an die Öffentlichkeit gelangen?«

Andresen musterte Maren Nolde. Bislang hatte sie auf ihn den Eindruck gemacht, als trauere sie ausschließlich um ihre Tochter. Doch plötzlich wurde ihm klar, dass da noch etwas anderes bei ihr mitschwang. Die Furcht davor, dass Dinge über ihre Tochter an die Öffentlichkeit gerieten, beschäftigte sie.

Sie hatte bereits, als Lisa noch am Leben gewesen war, alles unter den Teppich zu kehren versucht, was ihr unangenehm und nicht angebracht erschien. Hatte vielleicht geglaubt, dass Lisa sich schon eines Tages ändern würde und niemand von ihren Gedanken und Vorlieben erfuhr, wenn sie ihr einfach nur ihre Tagebuchnotizen wegnahm. Aber jetzt in diesem Augenblick fürchtete sie, dass doch noch alles herauskam.

»Wir werden dafür sorgen, dass nichts davon nach außen gelangt«, antwortete Andresen. »Sofern es zu keinem Prozess kommt, sollte es dabei bleiben.«

»Wieso sollte es denn einen Prozess geben?«, fragte Maren Nolde erschrocken.

»Wir überprüfen derzeit, ob sich zu dem Zeitpunkt, als sich Lisa und Jannik das Leben genommen haben, eine weitere Person im Drägerpark aufgehalten hat«, antwortete Andresen. »Es ist nicht auszuschließen, dass jemand genau weiß, was geschehen ist. Dasselbe gilt auch in Bezug auf den Tod von Leif Sanders.«

»Ich verstehe das alles nicht«, sagte Maren Nolde erneut und schüttelte den Kopf. »Wovon auch immer Sie da sprechen, meine Tochter hat damit bestimmt nichts zu tun gehabt.«

»Vielleicht können wir das ganz einfach ausschließen, wenn wir die Tagebuchnotizen Ihrer Tochter gelesen haben.« Andresen nickte ihr zu, als Zeichen dafür, dass er auf die Notizzettel wartete.

»Ich hole sie«, sagte sie leise und verschwand in dem schmalen Flur, von wo sie in die Küche abbog.

Es vergingen knapp zwei Minuten, ehe sie zurückkam. In dieser Zeit wechselten Andresen und Morten kein Wort miteinander. Stattdessen ließen beide ihre Blicke durch das kleine Wohnzimmer schweifen.

Alles sah nach einem perfekten Familienleben aus. Auf der antiken Kommode und der Fensterbank stand ein Dutzend Bilderrahmen mit Fotos der Familie Nolde. Dem Vater, der schon seit geraumer Zeit nicht mehr hier, sondern in Berlin lebte. Der glücklichen Mutter und Ehefrau, stolz auf ihre hübsche Tochter. Und einem Kind in verschiedenen Phasen des Erwachsenwerdens. Freundlich in die Kamera blickend. Lebensfroh und offen.

Die jüngsten Bilder waren vielleicht zwei Jahre alt. Sie waren offenbar während der Konfirmation von Lisa entstanden. Seitdem musste sehr viel in ihrem Leben passiert sein. Vielleicht hatte die Veränderung sogar erst im letzten Jahr eingesetzt. Vorher war sie immerhin noch zur Jahrgangsstufensprecherin gewählt worden. Sie war beliebt gewesen, wie der Schulleiter und einige Lehrer bestätigt hatten. Im Grunde gab es keine andere Erklärung als den Einfluss von Marcel Hofmann, der sie verändert haben musste.

»Ich bitte Sie noch einmal darum, dass diese Dinge, die Lisa mit Marcel gemacht hat, wirklich niemand erfährt.« Maren Nolde drückte Andresen einen kleinen Stapel loser Zettel in die Hand. »Das hier müsste alles sein. Ich habe das meiste aber wirklich nicht gelesen.«

»Danke.« Andresen stand auf und reichte der Frau die Hand. »Ich wünsche Ihnen viel Kraft für die nächsten Tage und Wochen. Und ich empfehle Ihnen noch einmal, die Hilfe unserer Seelsorger anzunehmen.«

»Vielleicht komme ich darauf zurück.«

Andresen und Morten verließen das Wohnzimmer und gingen in Richtung Haustür, als Maren Nolde sich plötzlich räusperte.

»Haben Sie eigentlich auch schon mit David Wegener gesprochen?«, fragte sie nachdenklich.

Andresen wandte sich abrupt um und sah Maren Nolde überrascht an. »Weshalb fragen Sie?«

»Weil er in den letzten Wochen immer mal wieder hier gewesen ist.«

»Aus welchem Grund?«

»Um Lisa abzuholen.«

»Wieso abzuholen?«, fragte Andresen.

»Ich weiß nicht, wohin sie gefahren sind, aber mir kam es immer so vor, als würde er sie abholen, um dann gemeinsam irgendwohin zu fahren«, antwortete sie. »Meistens saß Jannik auch im Auto. Aber im Gegensatz zu ihm hatte David ja einen Führerschein.«

Wieder tauschten Andresen und Morten einen raschen Blick. Keiner der beiden hatte in diesem Moment mehr einen Zweifel daran, dass David Wegener der Unbekannte war, den sie suchten. Der gemeinsam mit seinem Halbbruder, Leif Sanders und Lisa Nolde das Versteck im Lauerholz gebaut hatte. Und der sich wahrscheinlich auch vorgestern Morgen im Drägerpark erbrochen hatte.

Samen pflanzen

Er brauchte dringend etwas zum Runterkommen.

Im ersten Moment hätte er am liebsten irgendetwas zusammengeschlagen. Lisas Foto, das über seinem Schreibtisch hing, hatte er ohnehin schon oft genug mit seinen Dartpfeilen malträtiert. Er zog eine Schublade auf und kramte darin herum. Es dauerte eine Weile, dann fischte er eine kleine Tüte mit Gras, etwas Tabak und eine Packung Blättchen hervor.

Während er den Joint rauchte und allmählich spürte, dass seine Wut zurückging, blickte er aus dem Fenster auf die kopfsteingepflasterte Straße, an der sich Villa an Villa reihte.

Leif war also auch tot. Irgendwie schien alles zusammenzuhängen. Eine seltsame Verknüpfung der Ereignisse, die er noch nicht ganz verstanden hatte. Aber im Grunde war ihm auch vollkommen egal, was passiert war. Ihn interessierte nur, dass er seine Kohle wiederbekam. Immerhin hatte er ihm vor einigen Monaten dreitausend Euro geliehen.

Er hatte Leif seit der Grundschulzeit gekannt. Freunde waren sie nie gewesen. Aber Freunde hatte er sowieso niemals gehabt. In dieser Hinsicht hatten sie zumindest etwas gemein. Sie waren beide Außenseiter gewesen, jeder auf seine Art. Auch wenn sie aus vollkommen unterschiedlichen Welten kamen. Leif war vor ein paar Jahren von zu Hause ausgezogen und hatte seine Jugend in einer betreuten Wohngruppe verbracht. Sein Vater war früh gestorben, seine Mutter Alkoholikerin.

Noch eine Gemeinsamkeit zwischen ihnen, dachte er bitter.

Wofür Leif das Geld überhaupt gebraucht hatte, wusste er nicht. Es war das erste Mal gewesen, und es hatte ihn auch nicht interessiert. Weil er davon ausgegangen war, es pünktlich zurückzubekommen. Und vor allem, weil Leif ihm ein paar neue Kunden verschafft hatte. Ein vernünftiger Deal für beide Seiten. Hatte er zumindest geglaubt.

Als Leif vor mittlerweile mehr als sechs Wochen plötzlich verschwand, war sein erster Gedanke gewesen, dass er die Schule geschmissen und sich mit seiner Kohle irgendwohin ins Ausland abgesetzt hätte.

Bis er vorhin erfahren hatte, dass Leif tot war. Und sein Geld höchstwahrscheinlich weg. Es war sein Geld gewesen, das machte ihn besonders wütend. Nicht das seines Vaters, der ein kleines Vermögen besaß. Nicht weil er Senator war; er hatte vor mehr als zehn Jahren Firmenanteile einer Reederei geerbt und diese sofort zu Geld gemacht.

Aber von dieser Kohle wollte er gar nichts haben. Sein Leben lang war das Geld seines Vaters an Bedingungen geknüpft gewesen. An Leistungen. Und Erwartungen.

Doch davon hatte er sich schon vor geraumer Zeit losgesagt. Er führte sein eigenes Leben, auch wenn sie noch unter einem Dach wohnten. Genau wie seine Mutter, aber die lebte seit vielen Jahren sogar in ihrem eigenen Universum.

Er brauchte das Geld. Weil er in den kommenden Tagen eine größere Bestellung bezahlen musste. Ohne die Kohle würden sie ihm bestenfalls die Drogen nicht aushändigen. Wenn es schlechtlief, würde es jedoch unangenehm für ihn werden. Ganz zu schweigen von den Kunden, bei denen er im Wort stand.

Er musste etwas unternehmen, so viel war klar. Und je länger das Gras seine befreiende Wirkung entfaltete, desto mehr kreative Gedanken begannen in seinem Kopf zu reifen.

Er wusste mehr, als er eigentlich sollte, das war sein Trumpf. Lisa hatte ihm ihr tödliches Geheimnis verraten. Sie war etwas zu redselig gewesen, nachdem sie eine Nacht lang durchgefeiert hatten – mit allem, was dazugehörte. Wenige Tage, bevor sie ihn verlassen hatte.

Der Plan in seinem Kopf reifte.

Er wusste etwas, das er gewinnbringend einsetzen konnte. Warum zum Teufel war es ihm nicht sofort eingefallen, als Lisa ihm gebeichtet hatte, was sie getan hatten?

Aber jetzt war er so weit. Er wusste, wo er sich die Kohle

holen würde, die er so dringend benötigte. Denn es gab jemanden, der vielleicht bereit war, ihm das Geld für die richtigen Informationen zu geben.

Das einzige Problem war nur, dass diese Person ihn abgrundtief hasste. Aber das durfte in diesem Moment nicht zählen.

Eine knappe Stunde später stand er vor der Tür des Hauses in der Pelzerstraße, in dem Lukas Hardt wohnte. Er wusste nicht, ob er zu Hause war, aber er wollte ihn so schnell wie möglich sprechen.

Es verging eine halbe Minute, ehe sich die Tür auf sein Klingeln hin öffnete. Vor ihm stand eine Frau Mitte vierzig. Sie sah ziemlich gut aus für ihr Alter, fand er. Und in einer anderen Situation hätte er wahrscheinlich einen Spruch gebracht, der sie entweder hätte lächeln lassen oder ihm eine Ohrfeige eingebracht hätte.

Aber die Frau sah vor allem auch traurig aus. Und er wusste, weshalb. Schließlich hatte sie vor einigen Monaten ihre Tochter verloren. Neben der Trauer erkannte er auch Wut.

»Was willst du hier?«, fuhr sie ihn an, als sie ihn erkannte.

»Ich weiß, was Sie von mir halten, und das ist auch völlig in Ordnung, aber –«

»Das ist auf gar keinen Fall in Ordnung«, sagte sie mit ruhiger, aber gleichzeitig feindseliger Stimme. »Ich will dich hier nicht sehen. Nicht heute und nicht in zehn Jahren. Wie kannst du dich über einen Menschen lustig machen, der gerade erst seine Schwester verloren hat?«

Angela Hardt schob die Haustür zu, im letzten Moment gelang es ihm, seinen Fuß dazwischenzustellen. »Lassen Sie mich bitte mit ihm sprechen«, sagte er. »Es ist für uns beide verdammt wichtig.«

»Verdammt wichtig?« Angela Hardt klang höhnisch. »Woher willst du denn wissen, was wirklich wichtig ist? Wir haben unsere Tochter verloren. Das ist wichtig. Das hat alles verändert. Wir als Familie werden nie wieder so sein wie früher. Die

Trauer hängt über uns wie eine fürchterliche Glocke, die nie mehr verschwinden wird. Du hast überhaupt keine Ahnung, wie wir uns fühlen.«

»Nur fünf Minuten, bitte.«

»Nein, verschwinde …«

»Schon gut, Mama, ich spreche mit ihm.« Lukas Hardt drängte sich durch den Türspalt und legte seiner Mutter beruhigend die Hand auf die Schulter. Dann nickte er ihr zu, bis sie etwas widerwillig im Haus verschwand.

Lukas trat vor die Tür und zog sie hinter sich heran, sodass sie nur noch einen kleinen Spalt offen stand.

Er überragte seine Mutter um einen Kopf. Der dünne blonde Flaum über der Oberlippe war jedoch untrügliches Zeichen dafür, dass er gerade einmal sechzehn war.

»Was willst du von mir?«, fragte Lukas leise. Er zischte die Worte in seine Richtung.

»Vernünftig mit dir reden«, antwortete er. »Und mich bei dir entschuldigen. Was ich gemacht habe, war dumm. Das tut mir wirklich leid.«

»Spar dir das, ich glaub dir kein Wort.«

»Ich meine es ernst, aber ich verstehe natürlich, dass du nichts mit mir zu tun haben willst. Deswegen bin ich aber auch gar nicht hier.«

»Sondern?«, fragte Lukas Hardt.

»Willst du wissen, wie es passiert ist?«

»Was soll das jetzt?«

»Ich weiß, was mit deiner Schwester passiert ist«, antwortete er. »Also ich meine, wer für ihren Tod verantwortlich ist.«

Es vergingen mehrere Sekunden, in denen Lukas offenbar angestrengt darüber nachdachte, was er gesagt hatte. »Weshalb solltest ausgerechnet du das wissen?«, fragte er schließlich.

»Weil ich es von jemandem erfahren habe, der dabei gewesen ist.« Er wartete einen Augenblick, wie Lukas reagieren würde. Als er erkannte, dass er zögerte, trat er noch einen Schritt näher an ihn heran.

»Bleib stehen, wo du bist. Komm bloß nicht näher, oder soll ich die Polizei rufen?«

»Denk gut darüber nach, was du tust«, sagte er. »Ich kann dir sagen, wer es war. Der Polizei gegenüber werde ich es sicherlich nicht verraten.«

»Was willst du von mir?«

»Weniger, als die Info eigentlich wert sein sollte.«

»Was soll das jetzt wieder heißen?«

»Ich brauche ein wenig Kohle.«

»Du?« Lukas Hardt lachte kurz auf. »Willst du mich ernsthaft erpressen?«

»Erpressung ist hier das falsche Wort, würde ich sagen«, antwortete er. »Du zahlst für eine Information, die dir und deiner Familie Gewissheit und Genugtuung bringt. Wäre ich du, würde ich es mir wirklich sehr gut überlegen.«

»Wie kann es sein, dass ein Marcel Hofmann Geld braucht?« Lukas baute sich mit vor der Brust verschränkten Armen vor ihm auf. »Was ist denn mit Papas Kohle? Hat er den Geldhahn etwa zugedreht?«

Obwohl Lukas einen halben Kopf größer war als er, war er kurz davor, ihm direkt eine zu verpassen. Aber das wäre alles andere als klug gewesen, wenn er das Geld von ihm bekommen wollte. Andererseits merkte er auch, dass seine Idee vielleicht nicht die allerbeste gewesen war. Lukas glaubte ihm nicht. Und selbst wenn er es tat, würde er nicht derjenige sein, der ihm einfach so ein paar tausend Euro für die Information gab.

Die Gedanken in seinem Kopf fuhren Achterbahn. Er musste seinen Plan noch ein weiteres Mal ändern. Zurückschwenken. Hier, da war er sich sicher, gab es nichts zu holen. Dennoch versuchte er es noch einmal.

»Dreitausend«, sagte er leise, aber mit fester Stimme. »Dann erfährst du alles. Wenn ihr darauf besteht, dass ich vor den Bullen aussage, kostet das noch mal zwei Riesen mehr.«

»Woher zum Teufel soll ich so viel Geld nehmen?«, fragte

Lukas entsetzt. »Für eine Info, von der ich keine Ahnung habe, ob sie stimmt. Wenn du etwas weißt, dann sag es mir oder geh zur Polizei. Ansonsten kannst du dich jetzt hier verpissen.«

»Dein letztes Wort?«

»Meine Schwester ist gestorben, weil sie wahrscheinlich von irgendeinem betrunkenen Arschloch über den Haufen gefahren wurde. Das ist jetzt fast sechs Monate her, und die Polizei hat nichts herausgefunden. Wir haben die Hoffnung aufgegeben. Also lass mich einfach in Ruhe.«

»In Ordnung.« Er hatte keine Lust mehr, noch länger zu betteln. Lukas war ein Idiot. Ihm wurde wieder klar, weshalb er sich über ihn lustig gemacht hatte. Und er bereute es nicht einmal. Dann sollten er und seine Familie eben nicht die Wahrheit erfahren. Zumindest vorerst nicht.

Während er sich abwandte, hörte er plötzlich die Stimme von Angela Hardt aus dem Hintergrund. Offenbar wollte sie von ihrem Sohn wissen, was sie besprochen hatten.

Es wunderte ihn, dass Lukas ihr das Wichtigste verschwieg. Er erwähnte mit keiner Silbe, worüber sie gesprochen hatten. Sofort wurde ihm klar: Er hatte es geschafft, den Samen in seinem Kopf zu pflanzen. Lukas würde sich in den nächsten Stunden gut überlegen, ob er sich nicht doch auf das Angebot einlassen würde. Vielleicht war seine Rachsucht ja doch größer als die Vernunft. Immerhin hatten sich Johanna und er sehr nahegestanden. Und der Tod seiner Schwester hatte ihn so schwer aus der Bahn geworfen, dass er auch ein halbes Jahr danach noch lange nicht wieder den Weg zurück in sein normales Leben gefunden hatte. Das wusste er.

Einigermaßen zufrieden entfernte er sich schließlich endgültig vom Grundstück der Familie Hardt und ging schnellen Schrittes weiter in Richtung Innenstadt. Denn vollkommen egal, ob Lukas noch anbiss oder nicht: Er durfte keine Zeit mehr verlieren.

Puzzleteile

Ich habe es lange versucht, aber es macht einfach keinen Sinn mehr. Alle meine Freunde haben mir von der ersten Sekunde an gesagt, dass ich mich nicht auf dich einlassen soll. Dass du nicht gut für mich wärst. Dass du es nicht ernst meinen würdest. Wahrscheinlich hast du es auch tatsächlich nie ernst gemeint, aber ich wollte es nicht wahrhaben.
Stattdessen habe ich diesen ganzen kranken Mist mitgemacht. Dir zuliebe habe ich Dinge getan, für die ich mich jetzt schäme. Ich habe meine Mutter belogen und meinen Freunden etwas vorgespielt. Ich war monatelang nicht mehr ich selbst. Wenn ich daran zurückdenke, was ich getan habe, um dir zu gefallen, wird mir schlecht.

Ich fühle mich, als würde die Welt um mich herum wie ein gigantischer Feuerball toben und alle paar Sekunden kleine brennende Geschosse auf mich abfeuern. Immer dann, wenn ich an diesen einen Moment zurückdenke, wird alles dunkel um mich herum, und die Erde verwandelt sich in eine glühende Kugel, die sich in mein Gehirn einbrennen will.
Ich kämpfe dagegen an. Vollkommen sinnlos, denn ich weiß schon lange, dass alles, was passiert ist, längst eingebrannt ist. Fast jede Nacht sucht mich dieser Alptraum heim, der gar kein Alptraum ist. Was passiert ist, haben wir zu verantworten. So schwer es auch ist, aber wir müssen akzeptieren, was wir getan haben.

Ich hätte niemals gedacht, so schnell jemanden zu finden, der mich so gut versteht und Marcel so schnell vergessen lässt. Aber ich habe auch Angst vor dem Moment, wenn

Marcel realisiert, dass es vorbei ist. Ich muss versuchen, es ihm zu erklären. Damit er versteht, wieso ich mit ihm nicht länger zusammen sein kann. Und weshalb ich für Jannik mehr empfinde. Verdammt, ich habe wirklich große Angst vor diesem Moment.

In den letzten Tagen ist es wieder schlimmer geworden. Die Gedanken kommen immer wieder zurück. In nahezu jedem Augenblick sind die Bilder da. Ich halte es einfach nicht mehr aus, dass ich mit niemand anderem außer dir, David und Leif darüber reden kann. Wie sollen wir bloß mit dem Ganzen klarkommen?

Gestern habe ich Marcel getroffen. Es war nicht so schlimm wie befürchtet. Offenbar hat er mittlerweile akzeptiert, dass ich Schluss gemacht habe. Von Jannik weiß er allerdings immer noch nichts.

Lange halten wir nicht mehr durch. Leif zweifelt immer mehr daran, dass es richtig ist, noch länger zu schweigen. Und auch wir anderen sind am Ende unserer Kräfte. Ich habe Alpträume. Jannik wird in der Schule immer schlechter. Alles, was wir beide noch haben, sind wir selbst. David sondert sich immer mehr von uns ab, er redet kaum noch. Vielleicht werden wir das Baumhaus bald verlassen, niemand fühlt sich mehr wohl dort. Die Angst, dass alles auffliegt, ist einfach zu groß geworden.

Wenn Jannik nicht an meiner Seite gewesen wäre, hätte ich die letzten Tage und Wochen nicht durchgehalten. Aber er hat mich davon überzeugt, dass wir das Richtige getan haben. Vielleicht war es ein Fehler zu schweigen, aber jetzt ist es zu spät für die Wahrheit. Davon würde sie auch nicht wieder lebendig werden.

Wenn ich die Zeit doch nur ein paar Monate zurückdrehen könnte …

Leif ist tot.

Ich weiß nicht mehr, wie es weitergehen soll.

Wir reden nicht mehr miteinander. Wir haben allerdings eine Übereinkunft getroffen. Stillschweigend. David kümmert sich um alles. So ist es für uns alle wahrscheinlich am besten. Hauptsache, Jannik und ich sind zusammen. Egal wo.

Andresen atmete geräuschvoll aus und ließ sich auf seinen Schreibtischstuhl fallen.

Er hatte jetzt sämtliche Tagebuchzettel von Lisa Nolde durchgelesen und die wichtigsten vor sich auf dem Schreibtisch verteilt.

Allmählich ergab alles einen Sinn, auch wenn ihm klar war, dass die Reihenfolge der Einträge noch nicht stimmte.

Er schob die Blätter von links nach rechts und von oben nach unten. Und wieder zurück.

Vielleicht spielte es auch gar keine Rolle, ob er die Puzzleteile exakt aneinanderreihen konnte. Die einzelnen Einträge ergaben auch so schon ein klares Bild. Einzig die Frage nach dem Geheimnis, das die Jugendlichen mit sich herumgetragen hatten, war noch unbeantwortet. Aber offenbar war jemand ums Leben gekommen, und Lisa, Jannik, Leif und auch David fühlten sich hierfür verantwortlich.

In Gedanken ging er alle Fälle der vergangenen Monate durch, die auf den Schreibtischen ihres Kommissariats gelegen hatten. Es waren nicht viele ungeklärte Todesfälle dabei gewesen. Genauer gesagt nur drei. Einen davon konnte er direkt ausschließen. Die anderen beiden waren ihm bestens bekannt. Und je länger er darüber nachdachte, desto sicherer war er sich, was das Geheimnis von Lisa und den anderen war.

Nur ein Name passte.

Johanna Hardt.

Haftbefehl

Um kurz nach fünf schloss Andresen die Tür des Besprechungsraums und setzte sich ans Kopfende des großen Tischs.

Nachdem er die Tagebuchnotizen von Lisa Nolde durchgesehen und seine Schlüsse gezogen hatte, hatte er das Team so schnell wie möglich zusammengetrommelt. Sie mussten dringend miteinander reden. Über die drei toten Jugendlichen und deren Verbindungen zueinander. Über die Beteiligten, die immer mehr zu werden schienen. Und darüber, was womöglich noch alles passieren konnte.

Auch Ida-Marie war gekommen. Sie hatten vorhin kurz miteinander telefoniert, allerdings gab es noch immer keine Neuigkeiten von Simon Winter. Eine kleine Hoffnung, dass vielleicht alles gut ausgegangen war, bestand immerhin noch. Ida-Marie hatte in den drei größten Krankenhäusern Bergens angerufen und sich erkundigt, ob in den letzten fast vierundzwanzig Stunden jemand eingeliefert worden war, der auf seine Beschreibung passte. Doch niemand war dabei gewesen.

Bei der norwegischen Kripo hatte sie nicht nachgefragt, um angesichts der Schießerei nicht den Verdacht auf Winter und Andresen zu lenken. Tatsächlich berichteten das Presseportal der Polizei in Bergen und auch einige Online-Nachrichtenportale inzwischen von der Schießerei. Erleichtert hatte Ida-Marie berichtet, dass niemand ums Leben gekommen war. Aber wenn dem wirklich so war, wo zum Teufel steckte dann Winter?

Harald Seelhoff hatte sich ebenfalls eingefunden. Er und sein Team waren noch den gesamten Tag über im Lauerholz beschäftigt gewesen. Links von ihm saßen Morten, mit dem er die letzten Stunden unterwegs gewesen war, und Julia.

»Gut, dass ihr so schnell gekommen seid«, begann Andresen. »Seit heute Morgen ist so viel passiert, dass wir uns dringend die Karten legen müssen. Obwohl wir es auch beim

Todesfall Leif Sanders höchstwahrscheinlich nicht direkt mit Mord zu tun haben, ermitteln wir meines Erachtens auch hier mindestens wegen unterlassener Hilfeleistung mit Todesfolge, was der Motivation nach womöglich gar nicht so weit von Mord entfernt ist. Hinzu kommt ein weiteres Verbrechen, bei dem vor einigen Monaten ein Mensch ums Leben gekommen ist. Aber dazu später mehr.«

Andresen ließ seinen Blick schweifen und sah in irritierte, aber konzentrierte Gesichter.

»Beginnen wir mit dem Morgen, an dem sich Lisa und Jannik das Leben genommen haben. Wir kennen zwar noch immer nicht den genauen Hergang, sind uns aber, glaube ich, ziemlich sicher, dass die beiden sich durch die Einnahme von Kaliumcyanid, wahrscheinlich in Form von Zyankalikapseln, umgebracht haben. Anfangs war nicht klar, in welcher Beziehung die beiden zueinander standen, aber mittlerweile wissen wir, dass sie seit etwa fünf Monaten ein Paar gewesen sind. Vielleicht hätten wir in diese Sache gar keine große Energie gesteckt, wenn da nicht dieser Haufen Erbrochenes im Park gewesen wäre. Wir gehen davon aus, dass es eine dritte Person gegeben haben muss, die sich auch das Leben nehmen wollte, aber womöglich im letzten Moment die Kapseln ausgewürgt hat. Ob es wirklich so war, können wir nach wie vor nur mutmaßen, aber ich habe einen Namen, von dem ich glaube, dass er die unbekannte Person sein könnte, nach der wir suchen.«

Andresen stand auf und nahm einen dicken Stift aus der Ablage des Flipcharts. Er zog die Kappe ab und schrieb den Namen »David Wegener« auf ein leeres Blatt.

»Ihn können wir ausschließen.«

»Wie bitte?« Andresen blickte Harald Seelhoff entgeistert an.

»Bei der DNA-Untersuchung wurde festgestellt, dass es sich bei dem Erbrochenen weder um das von Lisa noch von Jannik oder irgendjemandem, der verwandt mit den beiden ist, handeln kann. Letzteres wurde extra mit überprüft.«

»Warum erfahre ich das erst jetzt?« Andresen hätte am liebsten die Faust auf den Tisch geschlagen. Er war sich sicher gewesen, dass David Wegener derjenige gewesen war, der sich vorgestern Morgen im letzten Moment gegen seinen eigenen Tod entschieden hatte. Aus Lisas Tagebucheinträgen war deutlich herauszulesen gewesen, dass ihr kleiner Geheimbund neben ihr noch Leif Sanders, Jannik Wegener und eben seinen älteren Bruder David umfasst hatte. Außerdem hatte auch Lisas Mutter erwähnt, dass David und Lisa miteinander engen Kontakt hatten.

David hingegen hatte bestritten, Teil der Clique zu sein. Laut seiner Aussage hatte er weder mit seinem Bruder noch mit Lisa besonders viel zu tun gehabt.

Wenn sich also im Drägerpark keiner von den dreien erbrochen hatte, konnte Andresen einen Teil seiner Theorie schon wieder über den Haufen werfen, bevor er überhaupt dazu gekommen war, sie zu erläutern. Er blätterte das Papier auf dem Flipchart um und schrieb ein großes Fragezeichen auf die nächste Seite.

»Wenn ich noch mal kurz einhaken darf«, sagte Morten plötzlich. »Wir haben doch erfahren, dass Jannik und David nur Halbgeschwister sind. Könnte das nicht …?«

»Nein«, ging Seelhoff sofort dazwischen. »Auch dann hätte die DNA-Analyse Ähnlichkeiten aufweisen müssen. Die Ergebnisse vom Labor sind jedoch eindeutig.«

»Verdammt«, murmelte Andresen. Die kurze Hoffnung starb, ehe sie sich überhaupt entfalten konnte.

»Das bedeutet also, dass unsere Suche weitergeht. Offenbar ist es dann wohl jemand gewesen, der nicht zu dem engeren Freundeskreis der vier gehört hat.«

»Wir haben Schuhabdrücke direkt neben den beiden Leichen im Park gefunden«, sagte Seelhoff. »Es war nicht leicht, sie zu identifizieren, schließlich sind Hinz und Kunz an dem Morgen über den Rasen getrampelt. Aber wir können ziemlich sicher sagen, dass die Abdrücke nicht zu den Schuhen passen, die Jannik und Lisa getragen haben. Wahrscheinlich handelt es sich um Turnschuhe der Größe 43. Wenn du also davon ausgehst, dass Janniks Bruder dabei gewesen ist, sollten wir dringend einen Blick in seinen Schuhschrank werfen.«

Andresen nickte. Unter das Fragezeichen schrieb er erneut den Namen David Wegener. Diesmal in Klammern.

»Machen wir mit Leif Sanders weiter«, sagte er. »Er ist vor etwa sechs Wochen spurlos verschwunden. Es gab keinerlei Spur, der wir nachgehen konnten. Äußerst ungewöhnlich, aber im Nachhinein erklärt es sich ein wenig. Die Freundschaft zwischen ihm und den anderen drei war offenbar genauso geheim wie ihr Versteck im Lauerholz. Erst das Foto, das wir im Baumhaus gefunden haben, hat uns auf die richtige Spur geführt. Leif, Lisa, Jannik und wahrscheinlich auch David waren eine sehr enge Clique.« Andresen trat erneut an den Flipchart und schrieb die übrigen Namen verteilt um den von David herum.

»Wieso bist du dir bei David Wegener so sicher?«, fragte Ida-Marie. »Auf dem Foto ist er nicht zu sehen.«

Andresen berichtete kurz von dem Gespräch mit Maren Nolde und ihrer Vermutung, dass Lisa viel Zeit mit Jannik und David verbracht habe.

»Es gibt allerdings noch etwas anderes, das diese These stützt, das zeige ich euch gleich. Vorher sprechen wir noch darüber, was im Lauerholz vorgefallen ist. Leif Sanders ist nach ersten Erkenntnissen der Rechtsmedizin infolge eines Zusammenpralls mit einem Zug, der durch den Wald fährt, gestorben. Habt ihr eigentlich schon mit den Lokführern sprechen können?«

»Mit zwei von ihnen, die anderen beiden sind erst nächste Woche wieder im Dienst«, antwortete Julia. »Jedenfalls konnte sich keiner der beiden an irgendetwas erinnern. Spielende Kinder seien immer mal wieder ein Problem, aber bislang ist nach ihrer Aussage noch nie etwas passiert. Mit Ausnahme dieses Unfalls vor einigen Monaten mit dem Pkw, der nicht rechtzeitig von den Gleisen heruntergekommen ist.«

»Dann müssen wir wohl davon ausgehen, dass keiner der Lokführer etwas von dem Zusammenstoß mitbekommen hat. Die Rechtsmedizin ist sich jedenfalls ziemlich sicher, dass Leif Sanders' Tod durch einen Aufprall verursacht wurde, der nicht von einem Autounfall stammt. Er ist auch nicht aus dem Baumhaus gefallen und daran gestorben. Es bestehen im Grunde keine Zweifel daran, dass er sofort tot gewesen ist und von seinen Freunden mehr als hundert Meter weit durch den Wald bis zu ihrem Versteck getragen wurde. Anschließend haben sie ein Grab ausgeschaufelt und ihn unter Tannenzweigen beerdigt. Wir hatten bislang keine Ahnung, warum sie das gemacht haben. Weshalb sie nicht einfach den Notruf gewählt haben.«

»Aber wir können spekulieren, weshalb sie es verheimlicht haben«, sagte Morten. »Ich denke mal, sie hatten Angst davor, dass ihr Versteck und damit auch ihr Geheimnis, was immer es auch gewesen ist, auffliegen könnten.«

»Richtig«, sagte Andresen. Er zog aus einer Mappe, die vor ihm auf dem Tisch lag, die Tagebuchnotizen von Lisa Nolde heraus und breitete sie auf dem Tisch aus.

»Einen Teil der Aufzeichnungen kannten wir bereits«, fuhr er fort. »Maren Nolde hatte die restlichen Notizen Lisas an sich genommen, weil sie es nicht ertragen konnte, die Gedanken ihrer Tochter schwarz auf weiß zu lesen. Zum Glück für uns hat sie allerdings alles aufbewahrt. Heute Nachmittag haben wir sie dazu bringen können, uns die Notizen auszuhändigen. Seht selbst.«

Andresen hielt einen der Zettel in die Luft. Er hatte die Stellen, an denen David Wegener genannt wurde, gelb markiert. »Lisa hat David in ihren Notizen explizit erwähnt. An zwei Stellen sogar.«

Andresen ließ noch einmal kurz seinen Blick über die gespannten Gesichter seiner Kollegen schweifen, dann trat er erneut an den Flipchart und schrieb einen Namen auf.

»Dieser Name hier ist aber noch viel entscheidender«, fuhr er fort.

»Johanna Hardt«, hatte er geschrieben. Er zeichnete einen Kreis um den Namen und zog Pfeile zu allen anderen Namen auf dem Blatt.

»Sie ist das eigentliche Zentrum von allem. Der Auslöser von dem, was in den letzten Tagen passiert ist. Ihr Tod hat alles in Gang gesetzt.«

Er ließ seine Worte einige Sekunden lang wirken. Blickte wieder in die Gesichter seiner Kollegen und erkannte vor allem Erstaunen und Ungläubigkeit.

»Etwas mehr als sechs Monate sind seit dem Unfall jetzt vergangen. Ich glaube, es gibt niemanden hier und kaum jemanden in der gesamten Stadt, der sich nicht daran erinnert, was an diesem Tag Mitte April passiert ist. Auch wenn wir als Kripo nur zum Teil in die Ermittlungen miteinbezogen worden sind, wissen wir, wie sehr der Unfall alle Beteiligten und auch die Öffentlichkeit getroffen hat. Ich kann mich nicht daran erinnern, dass ein Verkehrsunfall in Lübeck jemals zuvor zu solchen Reaktionen geführt hat.«

»Verstehe ich dich richtig«, sagte Morten unbeeindruckt, »du glaubst ernsthaft, dass der Unfall von damals das Geheimnis ist, das wir hinter den Jugendlichen vermuten?«

»So ist es.«

»Deiner Meinung nach sind sie also für den Unfall verantwortlich?«

»Ihr wisst, dass ich nicht dazu neige, vage Vermutungen auszusprechen«, antwortete Andresen. »Meine Zweifel an dieser Theorie sind allerdings äußerst gering. Ich denke, wir sollten davon ausgehen, dass Lisa Nolde, Leif Sanders sowie Jannik und David Wegener in dem Fahrzeug gesessen haben, das Johanna Hardt damals auf der Kanalstraße Höhe Glitzerbrücke erwischt hat. Die Tagebuchnotizen deuten nicht nur an, dass sie etwas sehr Schlimmes getan haben. Es wird explizit erwähnt, dass eine weibliche Person ihretwegen ums Leben gekommen ist. Ich bin vorhin auf die Schnelle alle Todesfälle der letzten sechs Monate durchgegangen, die ungeklärt geblieben sind. Die ältere Frau, die bei dem Wohnungsbrand in der Attendornstraße ums Leben gekommen ist, können wir genauso ausschließen wie die am Brodtener Steilufer abgestürzte Wanderin. Aber bei Johanna Hardt passt alles zusammen.«

»Weil?«

»Wir suchen nach einem Motiv, weshalb sich zwei sechzehnjährige Teenager das Leben genommen haben«, entgegnete Andresen. »Dieser Unfall könnte der Auslöser gewesen sein. Nein, ich bin mir sogar sicher, dass es so gewesen ist. Wer auch immer von ihnen das Auto gesteuert hat, sie haben ein Menschenleben auf dem Gewissen. Weil sie verdammt unvernünftig gewesen sind. Vielleicht sogar betrunken. Oder auf Drogen. Es muss nicht einmal ihre Schuld gewesen sein. Aber drei von ihnen hatten keinen Führerschein.«

»David war damals immerhin siebzehn«, sagte Morten.

»Falls er denn am Steuer saß. Es kann jeder gewesen sein. Entscheidend ist, so zumindest meine Vermutung, dass die vier mit ihrer Schuld nicht klargekommen sind.«

»Und was ist mit dem Tod von Leif Sanders?«, fragte Ida-Marie. »War es ein Unfall, oder hat er sich …?« Sie sprach den Satz nicht zu Ende.

»Ich weiß es nicht«, antwortete Andresen. »Aber ich bin mir jedenfalls sicher, dass sein Tod die Entscheidung von Lisa und Jannik, sich umzubringen, noch einmal verschärft hat. So wie ich es sehe, hat sich die Situation der vier immer weiter zugespitzt, bis es schließlich zum Tod von Leif und vor zwei Tagen dann zum Suizid von Lisa und Jannik gekommen ist.«

»Das würde bedeuten, dass alles, was wir in den letzten zwei Tagen durch unsere Gespräche herausgefunden haben, keine Rolle mehr spielt«, sagte Morten. »Ich kann deiner Theorie durchaus folgen, aber ich weiß nicht, ob das wirklich der richtige Weg ist.«

Andresen blickte seinen Kollegen, den er in den vergangenen Tagen mehr als im ganzen Jahr zuvor schätzen gelernt hatte, kritisch an. »Was glaubst du denn, was der richtige Weg sein könnte?«, fragte er so neutral, wie es ihm in diesem Moment möglich war.

»Mir geht es lediglich darum, Leute wie Marcel Hofmann, Daniel Krey oder die direkten Angehörigen von Lisa und Jannik nicht aus dem Fokus zu verlieren. Du selbst hast heute noch den Schulleiter Radecke erwähnt. Es gibt einige Personen in dieser Ermittlung, die zumindest ein seltsames Verhalten gezeigt haben.«

»Das stimmt, allerdings gibt es nicht den geringsten Hinweis darauf, dass eine von ihnen etwas mit den Todesfällen zu tun hat. Wir haben mit Marcel Hofmann gesprochen, ich hatte nicht das Gefühl, dass er für das, was passiert ist, tatsächlich verantwortlich ist.«

Andresen hielt inne und versuchte, die angemessenen Worte zu finden. »Ich habe keinerlei Zweifel, dass Marcel Dreck am Stecken hat. Und selbst Daniel Krey sollten wir uns etwas genauer ansehen. Aber mit diesem Fall haben sie wohl nichts zu tun.«

»Gut, dann sollten wir so schnell wie möglich noch einmal mit David Wegener sprechen«, sagte Morten. »Wenn er mit in dem Auto gesessen hat oder womöglich sogar der Fahrer war, wird er uns alles erzählen können. Über das Versteck im Lauerholz und Leif Sanders. Und auch darüber, was im Drägerpark passiert ist.«

»Richtig«, sagte Andresen. »Obwohl er vorhin einigermaßen überzeugend herübergebracht hat, dass er von dem Baumhaus noch nie gehört habe, bin ich mir einfach sicher, dass er Teil der Clique war und uns Antworten auf die meisten unserer Fragen geben kann. Da waren diese kurzen Momente, in denen er gezuckt hat, als ich die Namen von Leif Sanders und Marcel Hofmann erwähnte. Für mich steht auch außer Frage, dass wir bei der Staatsanwaltschaft einen Haftbefehl gegen ihn beantragen. Wie ich eingangs erwähnte, reden wir von unterlassener Hilfeleistung mit Todesfolge im Fall Leif Sanders und von Fahrerflucht mit Todesfolge im Fall Johanna

Hardt. Dazu kommt noch eine mögliche Beteiligung am Suizid seines Bruders und von Lisa Nolde.«

»Wenn man bedenkt, dass wahrscheinlich nichts davon aus einer böswilligen Absicht heraus entstanden ist, sondern aus einer Verkettung unglücklichster Umstände und falscher Entscheidungen, ist sein Schicksal auf eine gewisse Weise besonders tragisch«, warf Ida-Marie ein.

»Noch dazu hat er seinen Bruder verloren«, ergänzte Julia.

»Er hat möglicherweise einen Menschen totgefahren und Fahrerflucht begangen«, entgegnete Morten. »Außerdem einen Freund im Wald begraben. Ich bin mir nicht sicher, ob wir mit so jemandem Mitleid haben müssen.«

»Es geht hier nicht um Mitleid«, sagte Andresen streng. »Aber wir sollten doch bei aller Professionalität, mit der wir vorgehen müssen, nicht vergessen, dass wir es mit einem achtzehnjährigen Jungen zu tun haben, der mit keinerlei krimineller Energie, sondern wohl unter Schock gehandelt hat. Wir sollten ihn also nicht wie einen Schwerverbrecher behandeln.«

»Und was ist jetzt der Plan?«, fragte Morten ungeduldig. »Reden wir nun noch einmal mit David?«

»Nein«, sagte Andresen bestimmt. »Ich glaube nicht, dass wir irgendetwas von ihm erfahren werden, wenn wir ihn noch einmal zu Hause besuchen.«

Er hielt inne und blickte Ida-Marie und Julia an. »Wir haben genug Futter gegen ihn auf dem Tisch, um einen Haftbefehl zu beantragen. Würdet ihr beide alles vorbereiten, damit die Unterlagen bestenfalls noch heute Abend an die Staatsanwaltschaft herausgehen? Es wäre gut, wenn der Haftbefehl morgen früh vorliegen würde.«

Während Julia nickte, verzog Ida-Marie ihren Mund zu einer Grimasse. Sie hatte sich den ganzen Tag zusammengerissen und war nicht nach Hause gefahren. Aber jetzt schienen ihr Konzentration und Kraft auszugehen.

Andresen sagte nichts. Er wusste, dass er sie in diesem Moment brauchte. Die Argumentation für die Staatsanwaltschaft musste stichhaltig und präzise aufbereitet sein. Es war nicht so, dass er Julia das nicht allein zutraute, aber das Vieraugenprinzip war in einer solchen Angelegenheit nun mal besonders wichtig.

»Wir beide werden jetzt gleich noch einmal losfahren.« Er wandte sich Morten zu. »Es gibt noch einen Besuch, den wir erledigen müssen. Und zwar bevor David Wegener festgenommen wird. Es wird kein angenehmes Gespräch, aber es wird für die Eltern von Johanna Hardt eine Erlösung sein zu wissen, dass wir denjenigen, der für den Tod ihrer Tochter verantwortlich ist, mit hoher Wahrscheinlichkeit gefunden haben.«

»Dann solltet ihr auch die Chance nutzen, um mit Johannas Bruder Lukas zu sprechen«, sagte Ida-Marie.

»Weshalb denn das?«, fragte Andresen überrascht.

»Er ist sechzehn und besucht die Gustav-Radbruch-Schule, genau wie es auch Leif Sanders getan hat.«

Idiot

Er hatte das Klingeln sofort gehört, obwohl die Musik in seinem Zimmer voll aufgedreht war. Die Angst, dass sie noch einmal wiederkommen würden, fraß sich immer mehr in seine Gedanken. Der erste Besuch der Kripo hatte ihn nicht einmal überrascht, und trotzdem war er seitdem wie paralysiert. Das Gefuhl, dass sich die Schlinge immer weiter zuzog, ließ sich nicht mehr abschütteln.

Jetzt, wo sie Leif und das Baumhaus entdeckt hatten, würden sie vielleicht schon bald hinter die ganze Wahrheit kommen. Er musste es verhindern, wie hoch auch immer der Preis dafür war. Er hatte bereits zwei Menschenleben auf dem Gewissen, da kam es jetzt auf ein weiteres auch nicht mehr an.

Er schob seine Zimmertür ein Stück weit auf und lauschte ins Treppenhaus. Sein Vater hatte offenbar die Haustür bereits geöffnet und redete mit jemandem. Langsam ging er einige Treppenstufen hinunter, um herauszuhören, wer dort vor der Tür stand, aber es war unmöglich, die leisen Stimmen zuzuordnen.

Plötzlich erkannte er, dass sich sein Vater umwandte und an das Treppenende trat. Als er hochsah, blickte er ihm direkt in die Augen.

»Hier will jemand mit dir reden«, sagte er. »Kannst du runterkommen?«

Die Frage war mehr eine Aufforderung. Die Angst davor, dass die Kriminalbeamten erneut vor der Tür standen, wuchs bei dem Anblick des ernsten Gesichtsausdrucks seines Vaters.

»Wer ist da?«

»Marcel aus deiner Schule. Er sagt, es wäre wichtig.«

Er schloss für einen kurzen Moment die Augen und atmete tief durch. Im ersten Augenblick war er froh, dass es Marcel war, der da vor der Tür stand. Aber dann kamen die Erinnerungen an ihr letztes Gespräch auf dem Steg an der Kanaltrave zurück. Marcel hatte ihn erpressen wollen. Er hatte unbedingt wissen wollen, was mit Leif geschehen war. Hatte ihm sogar gedroht.

Er wusste, dass mit Marcel nicht zu spaßen war, aber er hatte momentan wirklich andere Sorgen als ihn. Offenbar steckte er in Geldnot, aber das war nicht sein Problem.

Langsam ging er die restlichen Treppenstufen hinunter, schnappte sich seine Jacke von der Garderobe und schlüpfte in seine Sneakers. Dann nickte er seinem Vater zu, ohne ihm dabei in die Augen zu sehen.

»Ist alles in Ordnung? Du siehst aus, als ginge es dir nicht gut.«

»Natürlich geht es mir nicht gut«, blaffte er seinen Vater an. Sofort erschrak er über seine Reaktion und schob ein »Tut mir leid« hinterher.

»Schon in Ordnung, ich mache mir nur Sorgen um dich.«

»Ja«, sagte er.

Mehr fiel ihm in diesem Moment nicht ein. Sein Vater und er hatten seit der Sache mit dem Unfall kaum noch miteinander gesprochen. In dem Moment, als er verstanden hatte, was er getan hatte, hatte sein Vater nur noch wie ein menschlicher Roboter funktioniert. Er hatte versucht, alles unter den Teppich zu kehren. Ohne viele Worte zu verlieren, hatte er den Wagen unter der Hand reparieren lassen und ihnen klar zu verstehen gegeben, dass niemand jemals erfahren durfte, was geschehen war.

Nicht einmal seine Mutter wusste von dem Unfall, sie hatten es einfach vor ihr geheim gehalten. Wobei das noch das geringste Problem gewesen war. Seine Mutter war sowieso nur selten zu Hause. Und wenn doch, dann zog sie sich zurück oder ruhte sich von ihrem Job aus. Seitdem sie vor ein paar Jahren ins Management eines großen Software-Unternehmens aufgestiegen war, bestand ihr Leben nur noch aus Arbeit. Die Familie war ihr egal, selbst als sein Vater sie verlassen hatte, war ihre Reaktion gleichgültig gewesen.

Weshalb er vor einem Dreivierteljahr zurückgekommen war, hatte David bis heute nicht verstanden. Sicherlich nicht aus Liebe zu ihr. Der wahrscheinlichere Grund war, dass er Probleme in seiner Arbeit hatte und wohl kurz vor dem Rauswurf stand. Angeblich steckte das Hochbauunternehmen, in dessen Geschäftsführung er saß, in großen finanziellen Schwierigkeiten. Dass er wegen Jannik und ihm zurückgekommen war, bezweifelte David.

Marcel wippte nervös mit dem rechten Fuß und zündete sich gerade eine Zigarette an, als David auf der Schwelle stehen blieb und die Tür etwas zuzog, damit sein Vater nicht hören konnte, worüber sie sprachen.

»Du hast mich angelogen«, sagte Marcel, nachdem er den ersten Zug genommen hatte. »Leif ist tot, und du hast es gewusst.«

»Nicht so laut, mein Vater muss nicht hören, was wir hier reden.«

»Ach nein, sollte er nicht vielleicht endlich wissen, was du getan hast? Wie viele Menschen hast du jetzt eigentlich auf dem Gewissen? Hat sich Leif etwa auch umgebracht, weil er mit seiner Schuld nicht länger leben wollte? Los, sag schon.«

Marcel rückte noch ein Stück näher an ihn heran. Die beiden trennte nur noch eine halbe Armlänge.

»Was willst du von mir? Ich habe wirklich andere Probleme, als mir deine idiotischen Vorwürfe anhören zu müssen.«

»Ich sag dir jetzt mal, was idiotisch ist, David.« Marcel redete plötzlich leiser, flüsterte beinahe. Und doch klangen die Worte auf einmal viel bedrohlicher als noch vor einigen Sekunden. »Idiotisch war es, dass du dich besoffen ans Steuer von Papas Wagen gesetzt hast. Und noch idiotischer war es, dass ihr dieses Mädchen einfach habt sterben lassen, anstatt zu helfen.«

»Du weißt doch gar nichts.«

»Dann stimmt das alles, was mir Lisa gesagt hat, also gar

nicht? Johanna Hardt musste nicht deinetwegen sterben? Oder hat etwa jemand anderes am Steuer gesessen?«

»Du brauchst die Kohle, die Leif dir geschuldet hat«, sagte David plötzlich leise. »Jetzt willst du sie dir von mir holen, richtig? Deswegen bist du hier.«

»Erstaunlich, dass du so eine große Klappe hast«, sagte Marcel. »Ich habe so viel gegen dich in der Hand, dass du dich im Grunde auch vor einen Zug schmeißen solltest.«

»Leif hat sich nicht vor den Zug geschmissen«, entgegnete David scharf.

»Nein? Wie ist es denn dann passiert? Habt ihr ihn etwa auch auf dem Gewissen?«

David sagte nichts.

»Also habt ihr?«, fragte Marcel ungläubig.

»Es war ein Unfall«, fuhr es aus David heraus. Lauter, als er beabsichtigt hatte.

»Eigentlich unglaublich«, sagte Marcel nach einigen Sekunden des Schweigens.

»Was meinst du jetzt schon wieder?«

»Dass sich ausgerechnet so brave Leute wie ihr so dermaßen in die Scheiße reiten.« Marcel grinste jetzt und schüttelte den Kopf. »Und jetzt bist du der Einzige von euch vieren, der noch am Leben und auf freiem Fuß ist. Das sollte dir einiges wert sein.«

»Also geht es dir tatsächlich um Kohle.« David hatte noch nicht ganz seinen Satz beendet, als er einen Windstoß hinter sich bemerkte. Die Haustür bewegte sich, im nächsten Moment zog sein Vater sie komplett auf und blickte ihn mit besorgter Miene an.

»Ist alles in Ordnung?«, fragte er. »Es hörte sich so an, als ob es Probleme zwischen euch gibt.«

»Wir hatten nur ein paar Meinungsverschiedenheiten, nichts Wildes«, wiegelte David ab.

»Darf ich fragen, worum es ging?«

»Es hatte mit Lisa zu tun, Marcel und sie kannten sich gut.«

»Sie war meine Freundin«, ging Marcel dazwischen. »Bis Jannik kam und meinte, er müsste sie mir wegnehmen. Aber lassen wir das, wir haben nämlich über etwas ganz anderes gesprochen.«

David ballte die Fäuste und war kurz davor, Marcel eine zu verpassen. Nur mit großer Mühe hielt er sich zurück.

»Willst du besser reinkommen?«, fragte sein Vater. »Es ist nicht gut für uns alle, wenn wir uns streiten.«

»Sehr umsichtig von Ihnen«, sagte Marcel mit einer offen zur Schau getragenen Selbstgefälligkeit, die David immer wütender machte. »Aber ich denke, David und ich können das schon ganz gut selbst regeln.«

»Denkst du das auch?«, fragte sein Vater.

»Ist schon okay.« David nickte. »Du kannst wieder reingehen. Marcel und ich werden das schon klären. Am besten gehen wir irgendwohin, wo wir in Ruhe reden können.«

»Meinetwegen.«

David blickte seinem Vater tief in die Augen. Er versuchte, Stärke auszustrahlen, das Gefühl, dass er die Situation im Griff hatte, aber er wusste genau, dass nichts davon der Realität entsprach. Er war verunsichert und traurig. Litt seit Wochen unter Schlafstörungen und Angstattacken. Es war, wie es Marcel vorhin gesagt hatte: Sein Leben war im Arsch.

»Gehen wir«, sagte er wie in Trance zu Marcel und wandte sich von seinem Vater ab. Ohne sich noch einmal umzusehen, trat David gefolgt von Marcel auf die Straße.

Sie wechselten kein Wort miteinander, während sie die Große Gröpelgrube in Richtung Koberg hinaufgingen. David hatte nicht den Hauch einer Ahnung, wohin sie gehen sollten. Was sie überhaupt noch besprechen sollten. Und warum er sich mit Marcel, diesem Idioten, herumschlagen musste.

Wie viel Geld Marcel von ihm haben wollte, wusste er nicht. Aber dass es ihm in erster Linie nur darum ging, bezweifelte er nicht. Der Gedanke, von ihm erpresst zu werden, befeuerte seine Wut jedoch noch mehr.

Wenige Meter bevor sie die Große Burgstraße erreicht hatten, blieb er stehen und blickte Marcel an. »Du hast mir noch immer nicht auf meine Frage geantwortet«, sagte er. »Was willst du von mir?«

»Heute Nachmittag hatte ich ein ziemlich interessantes Gespräch mit jemandem, den du wahrscheinlich gar nicht persönlich kennst, aber dessen Schwester du getötet hast.«

David schluckte schwer. Er ahnte, was Marcel vorhatte.

»Lukas Hardt, Johannas Bruder. Er war ziemlich überrascht, als ich ihm sagte, dass ich wüsste, wer für den Tod seiner Schwester verantwortlich ist.«

»Was bist du bloß für ein elendiges Arschloch.«

»Weil ich den Angehörigen eines durch rücksichtsloses und feiges Verhalten zu Tode gekommenen fünfzehnjährigen Mädchens die Wahrheit sage? Ich glaube, du hast noch immer nicht verstanden, wer hier derjenige ist, der Dreck am Stecken hat.«

»Du hast es ihm also gesagt?«

»Sagen wir mal so: Hätte er sich etwas kooperativer gezeigt, dann wüsste er jetzt Bescheid. So habe ich noch einmal Gnade mit dir walten lassen.« Wieder grinste Marcel. »Es liegt ganz allein an dir, was passieren wird.

»Wie viel willst du haben?«, fragte David mit zusammengepressten Lippen. »Oder besser gesagt, wie viel brauchst du?«

»Dreitausend, bis Ende der Woche. Fünfhundert sofort.«

»So viel habe ich nicht.«

»Darüber verhandele ich nicht. Dreitausend, oder ich sage Lukas, dass du es gewesen bist, der am Steuer saß.«

»Und wenn ich es gar nicht gewesen bin?«

»Du warst es aber.«

David atmete mehrfach tief durch. Angestrengt suchte er nach einer Lösung. Er musste verhindern, dass Lukas die Wahrheit erfuhr. Aber Marcel war einfach unberechenbar. Er hatte nur eine einzige Möglichkeit: Er musste ihn loswerden.

»Fünfhundert sofort?«, vergewisserte er sich noch einmal.

»Sofort.«

»In meinem Portemonnaie habe ich nur zehn Euro.« David klopfte demonstrativ auf die Stelle seiner Jacke, an der sich die Innentasche befand. »Ich muss das Geld erst abheben.«

»Kein Problem, ich komme einfach mit«, sagte Marcel. »Gut, dass du es einsiehst. Ich hätte auch gar keine große Lust gehabt, dich zu verpfeifen.«

»Nein, ganz bestimmt nicht«, sagte David zynisch.

Er musterte Marcel einige Augenblicke lang. Dass der Sohn des Senators nicht der Hellste war, hatte er schon immer gewusst. Aber in diesem Moment wurde ihm klar, dass er ein kompletter Idiot war. Er glaubte tatsächlich, dass er das Geld von ihm bekommen würde. Dabei trug er in seiner Jackentasche nicht mal ein Portemonnaie bei sich.

Zerstörtes Glück

Andresen kannte das Haus der Hardts in der Pelzerstraße. Seine eigene Wohnung, in der er mit Agnes lebte, lag schließlich nur einen Steinwurf in Richtung Wakenitz entfernt.

Er war schon Dutzende Male daran vorbeigelaufen und hatte mit einer gewissen Bewunderung dabei zugesehen, wie das Haus binnen eines Jahres aufwendig restauriert wurde.

Der Gedanke daran, dass das Glück dieser Familie bis noch vor einem halben Jahr wahrscheinlich perfekt gewesen war, ließ sofort wieder den Kloß in seinem Hals wachsen. Der tragische Tod von Johanna Hardt musste ihre Eltern und den Bruder vor die härteste vorstellbare Probe gestellt haben. Und als wäre der Verlust nicht schlimm genug, wussten sie bis zum heutigen Tag nicht, wer für den tödlichen Unfall von Johanna verantwortlich war.

Die Information von Ida-Marie, dass Lukas Hardt und Leif Sanders dieselbe Schule und offenbar auch dieselbe Jahrgangsstufe besucht hatten, konnte Andresen noch nicht einordnen. Er bezweifelte, dass diese Tatsache mit dem tragischen Unfalltod von Johanna zu tun hatte. Wahrscheinlich war es einfach nur ein Zufall.

Andresen und Morten tauschten einen kurzen Blick, dann gingen sie die letzten Meter bis zur Haustür. Dieser Fall war anders als alles, was er in über dreißig Jahren Mordkommission erlebt hatte. Seine persönliche Herausforderung lag offenbar zu großen Teilen in der Konfrontation mit trauernden Angehörigen. Etwas, auf das er nach wie vor sehr gern verzichtet hätte.

Angela Hardt öffnete die Tür und sah ihn irritiert an. Andresen war einen Moment lang abgelenkt. Er kannte die Frau bislang nur von Fotos, aber mit ihren langen blonden Haaren, den hohen Wangenknochen und den vollen Lippen sah sie beinahe wie ein Model aus, jedenfalls gar nicht wie Mitte vierzig.

Es war, als hätte sie sich durch Schönheitsoperationen zwanzig Jahre jünger machen lassen, nur war er sich sicher, dass bei ihr alles natürlich war.

Ihm kam in den Sinn, dass sie sich vielleicht besser angekündigt hätten. Andererseits war er ein Freund davon, Reaktionen und Gefühlsregungen direkt aufzunehmen. Meistens ließ sich daraus mehr ablesen als aus den eigentlichen Fragen, die sie stellten.

»Birger Andresen, Kripo Lübeck«, stellte er sich kurz vor. »Das ist mein Kollege Morten Sandt, den Sie vielleicht noch kennen. Er war in die Ermittlungen nach dem Unfalltod Ihrer Tochter eingebunden.«

Angela Hardt nickte. An ihrem Gesichtsausdruck war allerdings zu erkennen, dass ihr Besuch augenblicklich schlimme Erinnerungen hervorrief.

»Entschuldigen Sie bitte, dass wir so unangekündigt hier auftauchen, aber wir müssen dringend mit Ihnen reden«, sagte Andresen. »In den letzten Stunden gab es gewisse Entwicklungen, die uns zu dem Schluss kommen lassen, dass wir wohl einen Verdacht haben, wer für den Tod Ihrer Tochter verantwortlich sein könnte.«

»Wie bitte?«

»Wir sind uns darüber im Klaren, dass das jetzt sehr überraschend für Sie kommt, aber –«

»Nein, überhaupt nicht«, unterbrach Angela Hardt ihn. »Sie sind heute schon der Zweite, der hier auftaucht und das behauptet. Aber um ehrlich zu sein, habe ich nicht glauben wollen, was dieser Bengel behauptet. Wieso sollte ausgerechnete er –«

»Moment«, fuhr diesmal Andresen dazwischen. »Von wem reden Sie?«

»Dieser Marcel«, antwortete Angela Hardt. »Sie haben also nicht miteinander gesprochen?«

»Marcel Hofmann?«, platzte es beinahe gleichzeitig aus Andresen und Morten heraus.

»Ein furchtbar unangenehmer Mensch«, erklärte Angela Hardt zunehmend aufgebracht. »Er hat nach Johannas Tod nicht einmal davor zurückgeschreckt, Lukas Sprüche an den Kopf zu knallen. Dass er froh sein soll, dass Johanna tot sei und er sich nicht um einen Krüppel kümmern müsse. Und noch schlimmere Dinge. Dass Marcel Drogen nimmt, sollte Ihnen auch bekannt sein. Aber eine Entschuldigung für sein widerliches Verhalten kann das wohl nicht sein.«

Andresen fixierte die Frau. Vor lauter Wut schien sie kurz davor, komplett ihre Fassung zu verlieren. Gleichzeitig musste er erst einmal verarbeiten, was sie gerade gesagt hatte. »Wann war er hier?«, fragte er schließlich.

»Am frühen Nachmittag, so vor eineinhalb Stunden, glaube ich.«

»Und Sie haben mit ihm gesprochen?«

»Nur kurz, er wollte eigentlich mit Lukas reden.«

»Und?«

»Ich hätte ihm am liebsten die Tür vor der Nase zugestoßen, aber Lukas war der Meinung, sich unbedingt anhören zu müssen, was er zu sagen hatte.«

»Was ist dann passiert?«

»Ich habe gelauscht. Das Gespräch der beiden hat alles bestätigt, was ich über Marcel zuvor schon gedacht habe. Er hat versucht, meinem Sohn Geld aus der Tasche zu ziehen. Dreitausend Euro. Offenbar braucht er es dringend für seine Drogen.«

»Auf welche Weise wollte er denn an dieses Geld kommen?«

»Indem er zu wissen behauptet, wer den Wagen gefahren hat, der meine Tochter …« Sie brach ab, ohne den Satz zu vollenden.

»Und dafür wollte er dreitausend Euro haben?«

»So habe ich es verstanden.«

»Ihr Sohn hat sich hoffentlich nicht darauf eingelassen?«

»Nein, Lukas hat ihm klar zu verstehen gegeben, dass er sich auf solch einen Deal nicht einlässt. Und zwar, weil er genauso wenig wie ich daran glaubt, dass ausgerechnet Marcel weiß, was damals passiert ist.«

»Ich bin ganz ehrlich, wir wissen derzeit nicht, ob Marcel die Hintergründe kennt«, sagte Andresen. »Wir können es aber zumindest nicht ausschließen, da er mit denen, die vermutlich in dem Auto saßen, zum Teil in engerem Kontakt stand.«

»Sie glauben ernsthaft, dass er …« Sie hielt inne und schien nach und nach zu verstehen, was Andresens Worte zu bedeuten hatten.

»Wie gesagt, diese Möglichkeit besteht.« Andresen wurde ungeduldig. Wenn es stimmte, dass Marcel Hofmann wusste, wer für den tödlichen Unfall verantwortlich war, mussten sie ihn so schnell wie möglich finden.

»Wir müssen kurz unter vier Augen reden«, sagte er leise in Richtung Morten. Er entschuldigte sich bei Angela Hardt und entfernte sich, gefolgt von Morten, einige Meter vom Haus. Auf dem Bürgersteig blieben sie stehen.

»Was denkst du?«

»Ich glaube, wir sind zu spät«, antwortete Morten. »Und am falschen Ort. Wenn er es weiß, wird er mit Sicherheit auch Kontakt zu David Wegener haben.«

»Er braucht Geld«, sagte Andresen nachdenklich. »Das könnte bedeuten, dass er es tatsächlich auch bei David versucht. Er hat ihn gewissermaßen in der Hand.«

»Alle, die bei dem Unfall in dem Wagen gesessen haben, sind tot«, sagte Morten. »Die anderen konnten mit ihrer Schuld nicht weiterleben, lediglich David hat sich offenbar dagegen entschieden, Suizid zu begehen. Sein Leben ist ihm also vielleicht einiges wert.«

»Du meinst, er wäre bereit, Marcel das Geld zu zahlen.«

»Vorstellbar.«

»Worüber reden wir hier eigentlich?«, fragte Andresen plötzlich kopfschüttelnd. »Ich meine, wir haben noch nicht einmal vollständig aufgeklärt, was vorgestern Morgen im Drägerpark und vor einigen Wochen im Lauerholz passiert ist.

Und jetzt wird derjenige, der wahrscheinlich der Unfallfahrer gewesen ist, ausgerechnet von Marcel Hofmann erpresst.«

»Glaubst du, David Wegener ist in Gefahr?«

Andresen sah Morten einige Sekunden lang mit zusammengekniffen Augen an. Er musste nachdenken. Mortens Frage war nicht richtig gestellt. Sie ging in die falsche Richtung.

»Es ist genau andersherum«, sagte er. »Die Gefahr geht von David aus. Du hast es eben selbst gesagt, ihm ist sein Leben einiges wert. Er wird sich nicht von Marcel erpressen lassen.«

»Denkst du, er geht wirklich so weit, dass er Marcel aus dem Weg räumt?«

»Ich denke zumindest, dass er nicht ein halbes Jahr lang gelitten und seine Freunde und sogar seinen Halbbruder verloren hat, um dann Gefahr zu laufen, von Marcel verraten zu werden. Das noch viel größere Problem, das er hat, sind wir. Weil wir die Wahrheit mittlerweile dank der Tagebuchnotizen ebenfalls kennen. Aber das weiß er ja noch nicht.«

»Dann sollten wir jetzt wohl so schnell wie möglich herausfinden, wo sich David Wegener aufhält.«

»Das ist die eine Möglichkeit«, sagte Andresen. »Die andere hieße, wir finden Marcel Hofmann. Vielleicht fällt uns das sogar leichter.«

Morten zog sein Telefon aus der Jackentasche und wählte wortlos eine Nummer. »Julia soll ihn anrufen. Vielleicht erreicht sie wenigstens einen Elternteil.«

»In Ordnung, mach das. Ich spreche noch einmal kurz mit Angela Hardt.«

Andresen näherte sich der angelehnten Tür und erkannte gerade noch, dass Angela Hardt ihren Kopf wegzog. Offenbar hatte sie durch den Türspalt versucht, sie zu beobachten oder sogar ihr Gespräch zu belauschen.

Er tat so, als hätte er sie nicht gesehen, und klopfte an die Tür. Es vergingen mehr als zehn Sekunden, ehe Angela Hardt wieder öffnete.

»Entschuldigen Sie, dass wir Sie so lange haben warten lassen«, sagte Andresen. Ihm lag noch ein Spruch auf der Zunge, aber er schluckte die Worte hinunter.

»Haben Sie denn noch Fragen?«

»Ich würde mich gerne noch einmal kurz mit Ihrem Sohn unterhalten.«

»Lukas ist nicht zu Hause. Er hat direkt nachdem dieser Marcel hier gewesen ist das Haus verlassen.«

»Direkt danach?«, fragte Andresen.

»Er hat sich sofort seine Jacke geschnappt und ist hinter ihm her.«

»Glauben Sie, dass er Marcel hinterhergelaufen ist?«

»Gut möglich«, antwortete Angela Hardt. »Ich könnte es auf jeden Fall verstehen. Und wenn Sie mich schon so fragen, gebe ich gerne zu, dass ich mich freuen würde, wenn Lukas diesem Mistkerl die passende Antwort gibt.«

»Wissen Sie, was mich schon die ganze Zeit wundert?«, fragte Andresen plötzlich. »Sie haben noch nicht ein einziges Mal gefragt, wer denn für den Tod Ihrer Tochter verantwortlich ist.«

»Vielleicht will ich es ja gar nicht wissen. Ich bin froh, dass unsere Familie die letzten Monate überstanden hat und wieder einigermaßen zusammengerückt ist.«

»Aber mit Marcel Hofmann scheinen Sie durchaus ein Problem zu haben.«

»Das ist etwas anderes«, entgegnete Angela Hardt entschieden. »Johannas Tod war ein furchtbarer Unfall. Aber Marcel ist einfach ein schlechter Mensch.«

»Dieser *Unfall* hätte niemals passieren dürfen«, sagte Andresen. »Aber darüber sollten wir wohl besser ein andermal reden.«

Ihm kam noch eine letzte Frage in den Sinn. Er war sich nicht sicher, wie sie darauf reagieren würde, aber er musste sie stellen, um sicherzugehen.

»Was glauben Sie, wie weit würde Ihr Sohn gehen, wenn er erfährt, wer Johannas Leben auf dem Gewissen hat?«

»Worauf wollen Sie hinaus?«

»Ich glaube, Sie wissen schon, was ich meine«, drängte Andresen.

Plötzlich veränderte sich der Gesichtsausdruck der Frau. War sie bislang vor allem wütend gewesen, wurde sie mit einem Mal ernst.

»Ich weiß es nicht«, sagte sie schließlich und atmete dabei tief aus. »Ich weiß es wirklich nicht. Vielleicht wäre es besser, wenn Sie ihn vor sich selbst schützen.«

Drei, zwei, eins

Als sie im Schatten von St. Marien unter den Arkadenbögen des Rathauses verschwanden, begann sein Herz so stark zu pochen, dass er befürchtete, jeden Augenblick zu hyperventilieren.

So wie damals, kurz nachdem es passiert war. Er hatte die Beifahrertür geöffnet, war aus dem Wagen gesprungen und hatte sofort gesehen, dass sie dem Mädchen nicht mehr helfen konnten.

Lisa hatte sie voll erwischt.

Die Sekunden waren vergangen und fühlten sich auch heute noch wie endlose Momente an. Sie alle waren ausgestiegen und hatten sie da liegen sehen.

Ein Bruchteil einer Sekunde, in der sie nicht aufgepasst hatte. Sie hatte weder etwas zu sich genommen, noch hätte man ihr anhängen können, zu schnell oder zu rücksichtslos gefahren zu sein. Aber sie hatte am Steuer gesessen, natürlich ohne Führerschein.

Weil Jannik, Leif und er sie dazu gedrängt hatten. Weil Lisa in diesem idiotischen Spiel verloren hatte, in dem der Verlierer eine Spritztour mit dem Wagen seines Vaters machen sollte. Es war Janniks Idee gewesen, und eigentlich hätte Lisa gar nicht mitspielen sollen. Aber als es dann so weit gewesen war, hatte vor allem Leif darauf bestanden, dass Lisa sich hinters Steuer setzte. Nur eine kurze Fahrt, einmal um die Altstadt herum.

Es war eine zu viel gewesen.

Er hatte keine Sekunde gezögert und sich selbst auf den Fahrersitz gesetzt. Lisa hatte schwer unter Schock gestanden. Es war nicht einfach gewesen, sie davon zu überzeugen, dass es das Beste war, so schnell wie möglich weiterzufahren. Dass sie offenbar Glück gehabt hatten, weil sie niemand beobachtet hatte.

Der Rest des Abends und der Nacht verschwamm vor seinem inneren Auge. Um kurz nach neun hatten sie den Wagen wieder in der Wahmstraße abgestellt. Noch in der Nacht hatte sein Vater dafür gesorgt, dass das Auto in eine kleine Werkstatt kam, wo sie sicher sein konnten, dass niemand Fragen stellte.

Sie wussten, dass er zu ihnen hielt und mit niemandem über diese Angelegenheit reden würde. Immerhin hing er selbst mit in der Sache drin.

Sie hatten zumindest diesbezüglich recht behalten.

Der Rest war allerdings völlig aus dem Ruder gelaufen. Es fühlte sich noch immer vollkommen surreal an. Trauer wollte sich nicht einstellen, weil er vielleicht selbst in einer Art Schockmoment verharrt war. Alles, was in den letzten Wochen geschehen war, war einfach viel zu unglaublich, als dass er noch klar hatte denken können.

Die Sache mit Leif, die sie alle endgültig aus der Bahn geworfen hatte, und dann ihr gemeinsamer Suizid, den sie so sorgfältig geplant hatten. Vor dem er im allerletzten Moment gekniffen hatte. Als es für Jannik und Lisa bereits zu spät gewesen war.

Er war zu feige gewesen.

Jetzt hatte er nur noch sich. Er war ganz allein. Auf sich gestellt. Im Kampf gegen diejenigen, die möglicherweise zu viel über ihr Geheimnis wussten.

Einer von ihnen ging in diesem Moment nur wenige Schritte hinter ihm. Er wollte Geld von ihm haben, was vollkommen lächerlich war. Als würde es in dieser Angelegenheit um Geld gehen.

Marcel hatte nichts mit dieser Sache zu tun. Vielleicht war es das, was ihn noch wütender machte, als er ohnehin schon war, seitdem er bei ihm aufgetaucht war.

»Warte mal.« Er wandte sich um und sah Marcel mit einem gespielten Lächeln auf den Lippen an. Er wollte den Eindruck vermitteln, als wäre alles in Ordnung. Als wären die fünfhundert Euro aus dem Bankautomaten gar kein Problem.

Dass er mit seiner rechten Hand ganz langsam in die Innentasche seiner Jacke glitt und das Messer, das er noch aus ihrer Zeit im Baumhaus dort aufbewahrte, hervorzog, bemerkte Marcel genauso wenig wie den Schatten, der sich plötzlich rasch aus dem Durchgang zur Breiten Straße näherte und direkt zwischen ihnen stehen blieb.

Er verharrte für einige Sekunden, das Messer in der Hand haltend. Dann machte er auf dem Absatz kehrt und rannte wie um sein Leben. Dem Arkadengang folgend, bis er auf dem Kirchhof von St. Marien ankam und entscheiden musste, in welche Richtung er laufen sollte.

Schwer atmend sah er sich um. Marcel war stehen geblieben.

Er hatte es verpasst, ihn auszuschalten. Vielleicht, weil er niemand war, der einfach so einen anderen Menschen töten konnte. Im Grunde genommen war er genau das Gegenteil davon.

Noch ein Blick über die Schulter.

Lukas rannte ihm hinterher.

Er musste sie also beide ausschalten. Aber klar war, fuhr es ihm durch den Kopf, dass der gefährlichere Gegner Lukas war. Denn dessen Motivation waren Wut und Rache.

Er lief so schnell, wie ihn seine Beine trugen. Über den Marktplatz bis zur Holstenstraße. Ziellos und dennoch seltsam klar im Kopf.

Kurz vor dem Ende der Straße bog er links in eine kleine Gasse ab und blieb hinter einem Mauervorsprung stehen.

Kolk hieß die kopfsteingepflasterte Straße, die im Schatten von St. Petri verlief. Jeder Lübecker kannte sie, weil zur rechten Seite die beiden backsteingotischen Giebelhäuser lagen, in denen sich das Theaterfigurenmuseum und das Figurentheater befanden.

Er stoppte, als rechts die Kleine Petersgrube abknickte. Er bog ab und versteckte sich hinter dem Hausvorsprung.

Seine Lunge brannte. Plötzlich fühlte er sich an den Moment erinnert, als sie im Lauerholz hinter Leif hergerannt waren, um ihn zu stoppen. Damit er nicht schwach wurde und sich und somit sie alle an die Polizei verriet.

Sie hatten gemeinsam entschieden zu schweigen. Diesen tragischen Unfall als ihr Geheimnis für sich zu behalten. Sie waren eine enge, verschworene Gemeinschaft geworden und hatten sich gleichzeitig von ihren Freunden in der Schule immer weiter entfernt. Nur der Zusammenhalt hatte sie überhaupt noch am Leben gehalten. Sie hatten das Baumhaus gebaut, um sich abzulenken. Viele Nachmittage und auch einige Nächte hatten sie dort verbracht. Aber irgendwann waren die dunklen Gedanken bei Leif immer größer geworden. Er hatte nicht länger schweigen wollen. Für sich entschieden, dem Ganzen ein Ende zu bereiten und ihr Geheimnis zu verraten.

Auch sein Tod war nichts anderes als ein beschissener Unfall gewesen.

Er atmete mehrmals hintereinander angestrengt ein und aus. Noch immer fiel es ihm schwer zu verstehen, was passiert war. Eigentlich war es zu viel für einen einzelnen Menschen. Und trotzdem war er noch am Leben. Er hatte noch nicht aufgegeben. Kämpfte noch immer.

Er hatte sich jetzt wieder vollkommen beruhigt und wagte einen Blick um den Hausvorsprung. Sofort schrak er zurück. Lukas war nur noch ein paar Meter entfernt. Er ging eng an der Häuserwand entlang und sah sich immer wieder zu allen Seiten um.

Jetzt war die Chance gekommen. Wieder zog er das Messer aus seiner Jackentasche. Alles, was er nun noch tun musste, war warten, bis er erschien.

Vielleicht noch drei Sekunden.

Zwei.

Eine.

Im nächsten Moment stand Lukas vor ihm, keinen Meter entfernt. Er hob seine Hand, um zuzustechen. Aber das Messer fühlte sich plötzlich so schwer an, dass seine Hand nicht tat, was er wollte. Er war wie gelähmt. Aber er verstand, was es zu bedeuten hatte. Er konnte niemanden töten.

Der Schlag von Lukas traf seine Hand unvermittelt. Das Messer fiel zu Boden. Er versuchte zu reagieren, doch sein Körper schien sich zu wehren. Er schaffte es weder, sich zu bücken, noch davonzurennen.

Er schloss die Augen und zählte noch einmal die Sekunden. Diesmal in der Erwartung, dass es seine letzten waren.

Bonbonpapier

Andresen und Morten irrten seit zwanzig Minuten durch die Breite Straße und nahmen jeden Jugendlichen, der ihnen über den Weg lief, ins Visier. Die Dämmerung hatte bereits eingesetzt, in spätestens einer Stunde würde es dunkel sein.

Es war, als suchten sie nach der berühmten Nadel im Heuhaufen. Sie hatten keine Ahnung, wo genau sie Lukas Hardt, Marcel Hofmann und David Wegener finden sollten. Aber irgendetwas mussten sie tun. Und sie waren nicht allein. Denn mehr als dreißig Beamte durchkämmten mittlerweile die Altstadt.

Nach dem Gespräch mit Angela Hardt hatten Andresen und Morten intensiv darüber diskutiert, wie sie die Jugendlichen aufspüren konnten. Andresen hatte bei Julia angerufen und sie gebeten, unverzüglich eine Großfahndung nach Marcel und Lukas einzuleiten. Sämtliche zur Verfügung stehenden Streifenbeamten sollten vor allem den Innstadtbereich kontrollieren und nach den dreien absuchen.

Auf dem Weg in die Stadt hatte Andresen seinen Volvo in der Wahmstraße abgestellt. Obwohl er eigentlich nicht vorgehabt hatte, den Wegeners heute noch einmal einen Besuch abzustatten, sondern zu warten, bis der Haftbefehl gegen David vorlag, blieb ihnen in diesem Moment keine andere Wahl. Sie wussten nicht, ob Lukas mittlerweile ahnte, wer am Steuer gesessen hatte. Ob er Marcel nicht nur hinterhergerannt war, sondern ihn auch noch einmal zur Rede gestellt hatte.

Björn Wegener hatte die Tür geöffnet und, noch bevor sie überhaupt nachgefragt hatten, erklärt, dass David vor einer halben Stunde das Haus verlassen habe, nachdem zuvor Marcel Hofmann geklingelt und mit ihm gesprochen habe.

Der Mann war verschlossen gewesen. Andresen hatte sofort das Gefühl, dass er ihnen etwas verschwieg, aber trotz mehrfachen Nachfragens konnte oder wollte er nicht verraten, worüber die beiden Jungs geredet hatten. Nicht einmal die Frage, ob David und Marcel gemeinsam verschwunden waren, hatte Björn Wegener beantwortet.

Die Situation hatte sich durch die Aussagen von Angela Hardt noch einmal verändert. Im Prinzip war es so, dass jeder der drei ein mehr oder weniger starkes Motiv hatte, dem jeweils anderen etwas anzutun. David, weil er befürchten musste, dass durch Marcel und Lukas die Wahrheit ans Licht kam. Lukas, der Rache an David für den Tod seiner Schwester nehmen wollte. Und Marcel, der offenbar dringend Geld für seine Drogen benötigte.

Es fiel ihm schwer, sich vorzustellen, was diese Konstellation genau bedeutete. Wohl keiner der drei war jemand, der einen anderen Menschen einfach so anging. Ihn vielleicht sogar tötete. Es waren drei Jugendliche, die alle aus guten Elternhäusern stammten, auch wenn hier und da nicht alles so verlaufen war, wie es hätte sein sollen.

Und dennoch wusste Andresen auch, dass bei allen Beteiligten mittlerweile die Nerven blank lagen. Zu viele fürchterliche Dinge waren passiert, wichtige Menschen im Leben dieser drei Teenager waren gestorben – im Grunde ließ sich gar nichts ausschließen.

Andresen hielt sein Handy fest in der rechten Hand. Er telefonierte mit Julia, die allerdings gerade auf einer anderen Leitung mit einem Streifenbeamten sprach. Sie hatte gemeinsam mit Ida-Marie die Steuerung des Einsatzes übernommen.

Er gab Morten ein Zeichen, einen Blick hinter das Kanzleigebäude werfen zu wollen. Sie bogen in den Arkadengang im Schatten von St. Marien ein und gingen bis etwa zur Hälfte, wo links ein kleiner Durchgang zurück in die Fußgängerzone führte.

Andresen blieb stehen und ließ seinen Blick kreisen.

»Hier sind sie auch nicht«, sagte Morten. »Wir müssen uns etwas anderes einfallen lassen, wenn wir sie finden wollen.«

»Moment, vielleicht waren sie hier«, sagte Andresen plötzlich. Er bückte sich und hob ein Bonbonpapier auf. Er hielt es Morten hin.

»Was soll das?«

»Erinnerst du dich an unser Gespräch mit David Wegener heute Nachmittag? Als wir in der Küche standen, hat er aus einer Schale ein Bonbon genommen. Genau so eines.« Andresen hielt das Papier noch näher an Mortens Gesicht. »Vielleicht ist es ihm hier aus der Tasche gefallen. Oder er hat es einfach weggeschmissen. Es kann natürlich auch Zufall sein, aber wenn ich eines im Lauf der Jahre gelernt habe, dann dass Zufälle nur äußerst selten auftreten.«

»Ich weiß nicht«, sagte Morten. »Angenommen, David Wegener war tatsächlich hier, entscheidend ist doch die Frage, wo er jetzt ist.«

Im nächsten Moment war Julias Stimme plötzlich aus dem Hintergrund zu hören. Sie sprach laut ins Telefon. Sofort hielt Andresen das Handy wieder ans Ohr.

»Was ist passiert?«

»Irgendetwas in der Holstenstraße, ich habe den Funk nicht genau verstanden. Aber die Beschreibung der Person passt auf David Wegener.«

»Okay, wir kümmern uns«, sagte Andresen. Diesmal legte er auf und ließ sein Handy in die Jackentasche gleiten.

»Komm mit«, rief er in Richtung Morten. »Das Bonbonpapier hat nicht gelogen. David Wegener ist hier irgendwo ganz in der Nähe.«

Brennender Schmerz

Er öffnete seine Augen und schrak sofort zurück. Lukas' Gesicht befand sich nur eine Ellenlänge von ihm entfernt. Er spürte den warmen Atem. Wer von ihnen den Geruch des frischen Schweißes ausströmte, konnte er nicht einmal sagen.

Jedenfalls schwitzte er selbst so stark, dass ihm die kalten Tropfen am Körper hinunterliefen. Unangenehmer Angstschweiß.

Noch war er am Leben, obwohl er damit gerechnet hatte, dass Lukas keine Sekunde zögern und Rache für das nehmen würde, was er seiner Schwester angetan hatte. Aber es war, als zweifele Lukas. Er war genauso wenig wie er selbst zu solch einer Tat in der Lage.

Er wollte etwas sagen, aber die Nähe zwischen ihnen lähmte ihn auf seltsame Weise. Dem Menschen, dem sie das größte Leid zugefügt hatten, indem sie seine Schwester totgefahren hatten, direkt in die Augen zu sehen, fiel ihm noch schwerer als gedacht.

Langsam senkte er den Kopf. Als er vorhin, bevor Lukas vor ihn getreten war, die Augen geschlossen hatte, hatte er mit seinem Leben abgeschlossen. Zum ersten Mal in der ganzen Zeit, seit der Unfall geschehen war, empfand er eine seltsame Gleichgültigkeit. Die ganzen Monate hatte er gekämpft. Hatte sich nicht von den Zweifeln der anderen herunterziehen lassen. Er hatte weiterleben wollen. Vor allem, weil er sich nicht schuldig fühlte.

Auf halber Höhe erkannte er sein Messer. Lukas hielt es fest in der Hand, um die er ein kleines Tuch gewickelt hatte. Nur wenige Zentimeter von seinem Bauch entfernt.

Wollte er ihn doch umbringen? Warum stach er nicht einfach zu und setzte dem Ganzen endlich ein Ende? Er würde sich nicht einmal mehr wehren.

Lukas blickte ihn mit versteinerter Miene an. David brauchte einige Sekunden, um zu verstehen, dass er nicht plante, selbst zuzustechen.

Im nächsten Moment griff Lukas auch schon nach seinen Händen und führte sie zum Griff des Messers. David sah nach unten und beobachtete sich selbst dabei, wie er den Griff des Messers packte und fest umklammerte.

»Los, mach es!« Lukas' Flüstern klang bedrohlich.

Er hatte sich gewehrt. Wochenlang. Monatelang. Hatte alles versucht, sich selbst und die anderen davon zu überzeugen, dass Schweigen die einzige Option sei. Dass die Zeit für sie spielen und irgendwann alle Wunden heilen würde.

Er hatte falschgelegen. Je länger sie geschwiegen hatten, desto schlimmer war alles geworden. Die Gedanken immer dunkler, der Wille, das Geheimnis zu bewahren, immer schwächer.

Bis zuletzt hatte er sich geweigert, aufzugeben. Als Einziger. Er wollte nicht für etwas schuldig gesprochen werden, für das er nicht verantwortlich war. Was ohnehin nur ein grauenhafter Unfall gewesen war.

In diesem Moment verstand er jedoch, dass es auch für ihn vorbei war. Nicht, weil er mit der Schuld, die er trotz allem fühlte, nicht leben konnte. Nein, er würde zur Rechenschaft gezogen werden, und das machte ihm Angst.

Plötzlich zuckte er zusammen. Die Klinge des Messers hatte sich bereits durch seine Jacke gebohrt. Er spürte einen Schmerz am Bauch.

»Bist du bereit?«, fragte Lukas leise, während er noch einen halben Schritt auf ihn zutrat. Sie standen sich jetzt so nahe, als wollten sie sich umarmen.

Ich kann nicht, durchfuhr es ihn plötzlich. Panik übermannte ihn. Er hatte das Gefühl, keine Luft mehr zu bekommen. Seine Hände zitterten und verkrampften gleichzeitig. Es war unmöglich, dass er sich das Messer selbst in den Bauch rammte. Er wollte auch gar nicht sterben.

Er schüttelte den Kopf. Seine Augen wurden feucht. Die Sekunden vor dem Unfall liefen wieder wie ein Film vor seinen Augen ab. Das tote Mädchen. Das Blut, das aus der Kopfwunde auf den Asphalt lief. Dieses fünfzehnjährige Mädchen, dessen Bruder jetzt nur ein paar Zentimeter von ihm entfernt stand und mit einem Mal beide Arme um ihn legte.

Lukas' Blick war leer, als schaue er direkt durch ihn hindurch. Dann schloss er die Augen und nickte beinahe unmerklich.

Als er begriff, was Lukas vorhatte, versuchte er panisch, seine Hände zu öffnen. Es war zu spät. Im nächsten Augenblick spürte er einen brennenden Schmerz, der seinen gesamten Oberkörper erfasste. Gefolgt von einem kurzzeitigen wohligen Gefühl der Wärme.

Lukas zog ihn ein weiteres Mal an sich heran.

Wieder dieser Schmerz, der sich anfühlte, als verbrenne er innerlich. Das Messer hatte sich noch tiefer in seinen Bauch gebohrt. Er spürte jetzt, wie das Blut aus ihm herausfloss.

Während Lukas seinen Griff löste und zwei Schritte zurücktrat, wurde ihm schwarz vor Augen. Langsam sackte er zu Boden.

Die Bilder des Abends, als sie mit dem Wagen seines Vaters um die Altstadt gefahren waren. Und dann dieser kurze Moment der Unaufmerksamkeit. Sie war einfach über die Straße gelaufen. Wollte wahrscheinlich nur schnell nach Hause.

Er schlug mit dem Kopf auf den Bürgersteig auf und spürte, dass er endgültig das Bewusstsein verlor. In wenigen Sekunden würde auch er sterben, und niemand würde jemals die ganze Wahrheit über die einzige Person erfahren, die bei dem Unfall dabei gewesen und noch am Leben war.

Seinen Vater.

Flucht nach oben

Andresen und Morten wurden langsamer, als sie die kleine Menschentraube sahen, die sich an der Ecke Kolk/Kleine Petersgrube versammelt hatte. Dass etwas passiert sein musste, war ihnen spätestens klar geworden, als der Einsatzwagen mit Blaulicht und Martinshorn von der Holstentorstraße mit quietschenden Reifen direkt vor ihnen in den Kolk eingebogen war.

Als sie sich näherten, lief Andresen ein kurzer Schauer über den Rücken. Das zuckende Blaulicht und die bedrückende Stille in der engen Gasse lieferten ein gespenstisches Szenario.

Sie waren zu spät. Auf dem Kopfsteinpflaster lag bäuchlings ein junger Mann, der Statur, Kleidung und Haarfarbe nach zu urteilen zweifelsfrei David Wegener war. Und genauso zweifelsfrei musste Andresen feststellen, dass er tot war. Nicht nur, dass er komplett reglos dalag, auch die Blutlache auf Bürgersteig und Straße war gewaltig.

Andresen und die beiden Streifenpolizisten, die er flüchtig kannte, tauschten rasche Blicke, dann nickte er ihnen zu.

Die beiden drängten die gaffende Menge so weit in den Kolk zurück, dass ihnen der Blick auf David Wegener verwehrt blieb. Andresen hatte keine Zeit, darüber nachzudenken, was die Leute antrieb, sich einen verblutenden Menschen aus nächster Nähe anzusehen. Es würde ihn ohnehin nur aufregen.

Er und Morten gingen in die Knie und drehten den leblosen Körper von David Wegener um.

Andresen schloss für einige Momente die Augen. Als er sie wieder öffnete, stöhnte er laut auf. Der Anblick von Davids Körper war nur schwer zu ertragen. Das Blut lief aus Nase und Mund, vor allem jedoch aus der großen Wunde im Bauch, in dessen Mitte ein großes Taschenmesser steckte. Am Griff waren deutlich die eingeritzten Initialen »DW« zu erkennen.

»Was ist hier passiert?«, fragte Morten argwöhnisch. »Sieh dir mal seine Hände an. Es scheint fast so, als hätte er sich am Griff des Messers festgehalten.«

»Weil er sich wahrscheinlich mit aller Macht gegen den Täter gewehrt hat«, sagte Andresen.

»Lukas Hardt?«

»Davon ist auszugehen. Wir müssen ihn finden, so weit kann er noch nicht sein. Und wenn ich das viele Blut ansehe, bin ich mir sicher, dass wir etwas an ihm finden, das beweist, dass er hier war.«

»Also weiter?«, seufzte Morten.

»Ja.« Andresen holte sein Handy hervor und wählte wieder Julias Nummer.

»Habt ihr ihn gefunden?«, kam sie sofort zur Sache.

»Leider, ja.«

»Leider? Was soll das …?« Sie brach ab, als ihr klar wurde, was Andresen meinte. »Scheiße, wie ist es denn geschehen?«

»Er wurde erstochen«, antwortete Andresen. »Viel Zeit kann eigentlich nicht vergangen sein, aber der Blutverlust ist erheblich. Ich denke, er muss in wenigen Minuten seinen Verletzungen erlegen sein.«

»Was glaubt ihr, wer es war?«

»Es gibt aus unserer Sicht nicht viele, die in Frage kommen. Soweit wir wissen, war Marcel Hofmann der Letzte, der mit ihm zusammen gewesen ist. Wahrscheinlicher ist allerdings, dass es Lukas Hardt war. Er dürfte herausgefunden haben, dass David für den Tod seiner Schwester verantwortlich ist.«

Andresen wartete einen kurzen Moment auf eine Reaktion von Julia, hoffte, dass sie Lukas Hardt bereits ausfindig gemacht hatten. Doch sie schwieg.

»Wir müssen ihn so schnell wie möglich finden«, redete er schließlich weiter. »Habt ihr irgendeine Meldung vorliegen, einen Hinweis, wo er sich aufhält?«

»Nichts«, antwortete Julia.

»Okay«, sagte Andresen. »Ich denke, dass er noch nicht allzu weit gekommen ist. Die Suche sollte im Wesentlichen auf ihn eingegrenzt werden. Gib bitte den Einsatzkräften sofort über Funk Bescheid.«

Er legte auf und ließ sein Handy wieder in der Jacke verschwinden. »Wohin würdest du rennen, wenn du gerade jemandem ein Messer in den Bauch gerammt hast?«, fragte er in Richtung Morten.

Sie blickten die Kleine Petersgrube hinunter. Sie führte direkt runter zur Obertrave. Andresen hatte erst vor einigen Monaten genau hier einen seiner kompliziertesten Fälle aufgeklärt. Überhaupt erschien es ihm, als hätte er in diesem Teil der Altstadt besonders oft Einsätze.

Er sah Morten an und winkte ab. Es ergab aus seiner Sicht keinen Sinn, dass Lukas hinuntergelaufen war. An der Obertrave gab es kaum Stellen, an denen er sich verstecken konnte. Wenn er aus der Innenstadt abhauen wollte, musste er an einer Menge Passanten oder Autofahrern vorbei. War es nicht wahrscheinlicher, dass er irgendwo in der Altstadt untertauchte?

Wieder ließen sie ihren Blick schweifen.

Den Kolk entlang in Richtung Große Kiesau.

Wieder war es, wie die Nadel im Heuhaufen zu suchen.

»Ich würde dorthin fliehen, wo mich vielleicht niemand vermutet«, sagte Morten plötzlich.

»Und wo soll das bitte schön sein?«

»Nicht dort, wo du hinsiehst, wenn du dich nur im Kreis drehst.«

Andresen blickte Morten irritiert an. Mit einem kurzen Nicken in die Luft gab ihm sein Kollege zu verstehen, nach oben zu sehen.

Der Kirchturm von St. Petri.

Der perfekte Ort, um der Stadt unauffällig und so schnell wie möglich zu entfliehen.

»Vielleicht hast du recht«, sagte Andresen. »Da wir ohnehin

keine Ahnung haben, wo er sich befinden könnte, ist es einen Versuch wert.«

Als der Fahrstuhl knapp fünf Minuten später anhielt und sich die Tür öffnete, wussten Andresen und Morten bereits, dass sie mit ihrer vagen Vermutung tatsächlich richtiggelegen hatten. Obwohl Andresen Lukas Hardt selbst bislang nur von Fotos kannte, hatten sie ihn der Frau an der Kasse so genau wie möglich beschrieben. Und die Frau war sich absolut sicher, dass Lukas vor etwa zwanzig Minuten Eintritt bezahlt hatte, um auf die Aussichtsplattform der Kirche hinaufzufahren.

Im Nachhinein kam ihr sein Verhalten durchaus merkwürdig vor, hatte sie noch gesagt. Lukas hatte stark geschwitzt und nervös gewirkt. Aber trotzdem hatte sie sich keine Sekunde vorgestellt, dass dort jemand vor ihr stand, der womöglich etwas Schlimmes getan hatte.

Sie waren nicht allein auf der Aussichtsplattform der Kirche. Die Frau an der Kasse hatte von sechs weiteren Besuchern gesprochen, die sich momentan auf dem fünfzig Meter hohen Turm befanden. Die Situation behagte Andresen nicht. Lukas hatte gerade einen Menschen getötet, wahrscheinlich befand er sich in einer absoluten psychischen Ausnahmesituation.

Der Fahrstuhl öffnete sich. Langsam gingen sie die letzten Treppenstufen bis zur Aussichtsplattform hinauf. Auf ein Zeichen von Andresen zückten beide ihre Dienstwaffen. Andresen ging voraus. Als er hoch genug gestiegen war, um einen Blick auf die Plattform zu werfen, blieb er stehen und ließ seinen Blick schweifen.

Er brauchte einige Sekunden, um ihn zu erkennen. Lukas stand in einem der Erker, die Richtung Marktplatz zeigten. Von Weitem war nicht auszumachen, ob von ihm eine Gefahr ausging. Zumindest deutete aber nichts darauf hin.

Die anderen Besucher hatten sich in zwei Erkern zu seiner Rechten gruppiert und sahen hinunter auf die bereits fast vollständig untergegangene Sonne hinter dem Holstentor. Wieder tauschte er mit Morten einen raschen Blick. Dann nahmen sie die letzten Treppenstufen und schlichen leise zu der Stelle hinüber, an der Lukas stand. Als sie noch etwa drei Meter entfernt waren, richteten sie ihre Waffen auf den Jungen, der noch immer nahezu bewegungslos auf die Stadt hinabsah.

Jetzt war der Moment gekommen, in dem Andresen den anderen Besuchern ein deutliches Zeichen geben wollte, dass sie die Plattform so schnell wie möglich verlassen sollten.

»Es ist in Ordnung, ich bin nicht bewaffnet«, sagte Lukas auf einmal. »Wenn Sie mich festnehmen wollen, dann tun Sie das. Aber ich habe ihn nicht umgebracht.«

Andresen ignorierte den Kommentar und näherte sich dem Jungen, bis er ihn schließlich packte und ihm die Arme auf dem Rücken verschränkte. Dann presste er ihn gegen die dicken Kirchenmauern, bis Morten ihm endlich die Handschellen angelegt hatte.

»Jetzt können wir reden«, sagte er. »Wer bitte schön soll David denn dann das Messer in den Bauch gerammt haben?«

»Er war es selbst«, antwortete Lukas und drehte sich langsam zu Andresen um. »Ich habe es mit eigenen Augen gesehen. Sie werden mir gar nichts anhängen können.«

Andresen betrachtete den Jungen, der sechs Monate lang nicht wusste, wer den tragischen Tod seiner Schwester verursacht hatte. Dass er auf Rache aus gewesen war, nachdem er Marcel gefolgt war und dieser ihn direkt zu David Wegener geführt hatte, mochte vielleicht für manche Menschen nachvollziehbar sein. Für ihn jedoch war Selbstjustiz aus Rache ein nicht minder schweres Verbrechen. Niemandem stand es zu, sich über Polizei und Justiz hinwegzusetzen und seine eigenen Gesetze geltend zu machen. Vollkommen egal, wie schlimm der Schmerz war, den jemand verspürte.

Er dachte darüber nach, was Lukas gesagt hatte. War es wirklich möglich, dass David sich selbst erstochen hatte? Noch jemand, für dessen Tod im Prinzip kein Dritter verantwortlich war?

Er wusste es nicht.

Seelhoffs Leute und Professor Kapustka würden es vielleicht herausfinden. Wenn beispielsweise Lukas' Fingerabdrücke an dem Messer gefunden würden.

Oder wenn das bereits angetrocknete Blut, das an Lukas' Jacke klebte und Andresen in diesem Augenblick ins Auge stach, eindeutig David zuzuordnen wäre.

Er schüttelte fassungslos den Kopf und musterte den Jungen noch einmal eindringlich. Ja, er hatte Mitleid mit ihm, obwohl er wusste, dass Mitleid in seinem Job meistens ein schlechter Ratgeber war. Der Gedanke daran, dass die Hardts nach dem Verlust ihrer Tochter nun auch noch ihren Sohn verloren, bereitete ihm Kopfschmerzen.

Mit einem kurzen Kopfnicken wandte er sich ab und signalisierte Morten, den Jungen abzuführen.

Es war vorbei. Und Andresen wollte nur noch weg von hier.

Das Gefühl verstärkte sich noch, als er von einem auf den anderen Moment den Schwindel wahrnahm, den er zum ersten Mal im Lauerholz verspürt hatte.

Seine Höhenangst war zurück.

Ein Leben mit Schuld

Als Sebastian Hofmann ihm zum Abschied die Hand reichte, erkannte Andresen in dessen Augen eine sonderbare Mischung aus Leere und Wut. Im besten Fall war die Wut auf ihn selbst gerichtet. Weil er sich Vorwürfe machte, dass es so weit hatte kommen können. Dass sein Sohn nicht nur selbst Drogen nahm, sondern damit dealte und offenbar Geld erpresste, weil er in finanziellen Schwierigkeiten steckte.

Andresen und Morten hatten knapp eine Stunde lang mit Marcel gesprochen. Zumindest was er ihnen über Lisa und die anderen erzählt hatte, war nicht viel mehr gewesen, als sie mittlerweile ohnehin gewusst hatten. Über den tragischen Unfall, den die vier Jugendlichen verursacht hatten. Bei dem Johanna Hardt ums Leben gekommen war. Über seine Beziehung zu Lisa Nolde. Und vor allem über die Ängste der vier in den Wochen nach dem Unfall.

Eine interessante Bemerkung hatte Marcel über das Ende ihrer Beziehung getroffen. Er war der festen Überzeugung, dass sie zusammengeblieben wären, wenn es den Unfall nicht gegeben hätte. Doch ihr gemeinsames Geheimnis hatte die vier zusammengeschweißt. Vor allem Lisa und Jannik waren sich immer näher gekommen.

Etwas, das Andresen schon die ganze Zeit beschäftigt hatte, war die Frage, wie Marcel und Lisa überhaupt zusammengepasst hatten. Wie es sein konnte, dass sie dann auf einmal Teil einer festen Clique geworden war, die so ganz anders war als Marcel.

Marcel hatte die Frage sichtlich genossen. Er hatte sich damit gebrüstet, Lisa erobert zu haben, gerade weil sie auf den ersten Blick so wenig gemein hatten. Als wäre es ein Spiel gewesen. Eine Challenge, sie herumzubekommen. Zu ihren Freunden hatte Marcel keinen Kontakt gehabt.

Erst nach dem Unfall und der Trennung hatte er sich mehr für sie interessiert. So war es auch dazu gekommen, dass er Leif, dem Einzigen von ihnen, den er schon länger kannte, Geld geliehen hatte. Als der schließlich spurlos verschwunden war, hatte er geglaubt, dass er sich mit seinem Geld aus dem Staub gemacht hatte.

So richtig aus den Fugen geraten war die Situation für ihn aber erst, als sich seine finanzielle Situation vor zwei Wochen immer mehr zugespitzt hatte. Er hatte nicht sagen wollen, worum es bei der Sache ging, aber offensichtlich schuldete er jemandem Geld. Geld, das er unter anderem Leif geliehen hatte.

Andresen hatte keinerlei Zweifel daran gehabt, dass Marcels Drogengeschäfte der Grund für dessen Probleme waren. Wahrscheinlich schuldete er seinem Lieferanten Geld, oder seine Kunden zahlten nicht so, wie er sich das vorstellte. Andresen hatte keine Lust, sich intensiver damit auseinanderzusetzen. Die Kollegen aus dem Kommissariat für Rauschgiftdelikte waren allerdings schon informiert.

Vielleicht würden die auch herausfinden, inwieweit Marcel in die Beschaffung der Zyankalikapseln involviert gewesen war. Noch gab es nämlich keinen Hinweis darauf, wer Lisa und Jannik geholfen hatte.

Als sich schließlich auch noch Lisa und Jannik das Leben genommen hatten und Marcel von Leifs Tod erfahren hatte, waren seiner Schilderung nach bei ihm sämtliche Sicherungen durchgebrannt. Er hatte abwechselnd versucht, David Wegener zu erpressen und Informationen an Lukas Hardt zu verkaufen.

Das Resultat war bekannt.

Die Situation war eskaliert. Vielleicht wäre es auch ohne Marcel so weit gekommen, dass Lukas sich an David gerächt hätte. Fest stand jedoch, dass erst sein plötzliches Auftauchen bei den Hardts dafür gesorgt hatte, dass Lukas erfuhr, wer für den Tod seiner Schwester verantwortlich war.

Vergleichsweise unklar waren noch immer die letzten Minuten im Leben von David Wegener. Was war passiert, nachdem Marcel – so wie er es geschildert hatte – David und Lukas im Arkadengang des Rathauses aus den Augen verloren hatte?

Seelhoff hatte Andresen gestern am späten Abend noch mitgeteilt, dass die Fingerabdrücke von Lukas tatsächlich an dem Messer gefunden worden waren. Und auch das Blut an seiner Jacke stammte zweifelsfrei von David Wegener. Alles deutete somit darauf hin, dass Lukas es gewesen war, der David das Messer in den Bauch gerammt hatte. Wie dessen Aussage zu deuten war, dass er David dabei zugesehen habe, wie dieser sich selbst das Messer in den Bauch rammte, ließ sich abschließend noch nicht beurteilen. Laut Professor Kapustka bestand aufgrund seiner Konstitution durchaus die Möglichkeit, dass David sich selbst erstochen hatte, aber die versuchte Rekonstruktion der Tat und vor allem die situationsbedingten Umstände nach einer Verfolgungsjagd durch die Innenstadt warfen erhebliche Zweifel an einem Suizid auf.

Andresen hoffte jedenfalls darauf, dass die Strafe, die auf Lukas Hardt im Falle einer Verurteilung wartete, gründlich abgewogen werden würde. Vielleicht würde das Urteil eine verminderte Schuldfähigkeit aufgrund einer psychischen Ausnahmesituation berücksichtigen.

Davids Tod war nicht das Einzige, was in dieser Ermittlung bislang noch nicht zweifelsfrei aufgeklärt war. Was schlichtweg daran lag, dass es keinerlei Zeugen mehr gab. Diejenigen, die möglicherweise etwas beobachtet hatten, waren nicht mehr am Leben.

Wie genau es dazu gekommen war, dass Leif Sanders mit dem Zug im Lauerholz zusammengestoßen und gestorben war, würde womöglich genauso wenig aufgeklärt werden wie die Frage, wer sich an dem Morgen, als sich Lisa Nolde und Jannik Wegener das Leben genommen hatten, im Drägerpark erbrochen hatte.

Während Andresen noch darüber nachdachte, ob diese Ermittlungen tatsächlich mit einigen Fragezeichen zu den Akten gelegt werden mussten, vibrierte sein Handy. Auf dem Display erkannte er, dass es Julia war. Kurz bevor die Mailbox angesprungen wäre, nahm er an und meldete sich.

»Passt es gerade?«, fragte Julia.

»Geht so. Ist es denn wichtig?«

»Denke schon. Du solltest dringend wissen, was passiert ist.«

»Na schön.«

»Björn Wegener sitzt hier gerade vor mir.«

»Weshalb denn das? Wir haben doch gestern lange mit ihm gesprochen.«

»Er hatte noch etwas hinzuzufügen«, antwortete Julia. »Die ganze Wahrheit sozusagen.«

»Und die wäre?«

»Der Unfall, bei dem Johanna Hardt gestorben ist. Er wusste die ganze Zeit davon.«

Andresen nickte still. Die Nachricht überraschte ihn nicht. Er hatte die ganze Zeit über das Gefühl gehabt, Björn Wegener würde etwas verschweigen.

»Okay, danke«, sagte er.

»Willst du nicht wissen, weshalb er davon wusste?«

»Ich gehe davon aus, dass er es irgendwie gemerkt hat«, antwortete Andresen. »Hat sein Wagen etwas abbekommen?«

»Er saß mit im Auto, als es passiert ist«, sagte Julia.

Andresen ließ seine rechte Hand, in der er das Handy hielt, vom Ohr rutschen. Er brauchte einige Sekunden, um seine Gedanken zu ordnen. Dann gab er Morten ein Zeichen, zurück zu ihrem Auto zu gehen. Sie mussten so schnell wie möglich mit Björn Wegener sprechen. Wenn es noch jemanden gab, der mehr wusste, als ihnen bislang an Informationen vorlag, dann er.

Eine knappe Stunde später musste Andresen auch seine letzte Hoffnung begraben. Björn Wegener wusste im Grunde nichts, was ihnen weiterhalf. Weder über Leifs Tod noch über das, was in den frühen Morgenstunden im Drägerpark vorgefallen war.

Er war am Boden zerstört und gab sich die Schuld für alles, was passiert war. Den Unfall, bei dem Johanna Hardt gestorben war. Den Tod von David und Jannik. Und auch für alle anderen Opfer der vergangenen Tage und Wochen.

Andresen hatte geschwiegen, während Björn Wegener erzählte. Er hatte keine verständnisvollen Worte gefunden, nichts Tröstendes. Björn Wegener hatte auf der Rückbank seines eigenen Wagens gesessen. Er hatte erlaubt, dass Lisa Nolde sich für eine Spritztour um die Altstadt ans Steuer setzte, weil sie bei einem Mutprobenspiel den Kürzeren gezogen hatte. Er hatte Wind von der Sache bekommen, dass sich die Jugendlichen seinen Wagen »ausleihen« wollten. Doch statt dem Ganzen einen Riegel vorzuschieben, hatte er es erlaubt, unter der Bedingung, selbst mitzufahren.

Wegener hatte Tränen in den Augen gehabt, als er davon berichtete, wie Johanna Hardt plötzlich und unvermittelt auf die Straße getreten war. Es war an diesem Abend wenig auf den Straßen Lübecks los gewesen. Leichter Regen hatte eingesetzt, und es hatte schon gedämmert, sodass niemand im Auto das Mädchen rechtzeitig gesehen hatte. Der Aufprall war, obwohl Lisa nicht einmal fünfzig gefahren war, so heftig gewesen, dass er sofort geahnt hatte, wie schlimm es Johanna erwischt haben musste. Sie waren ausgestiegen, hatten einige Sekunden fassungslos vor dem leblosen Körper gestanden und waren, nachdem sie sich umgesehen und davon überzeugt hatten, dass sie niemand beobachtete, einfach weitergefahren.

Obwohl sie alle unter Schock standen, war Wegener noch am späten Abend zu einem befreundeten Mechaniker gefahren, der sich um die kleineren Blessuren an seinem Wagen gekümmert hatte. Andresen hatte sich den Namen notiert, um auch ihn zu vernehmen und zu fragen, weshalb ihm Wegeners Verhalten nicht auffällig erschienen sei.

Ob er tatsächlich die Wahrheit sagte und Lisa den Wagen

gefahren war, konnte Andresen nur vermuten. Es war durchaus im Bereich des Möglichen, dass er David und Jannik schützen wollte, auch wenn sie tot waren. Konsequenter wäre es vielleicht gewesen, die Schuld am Unfall komplett auf sich zu nehmen.

Sie alle, die an diesem Abend in dem Auto von Björn Wegener gesessen hatten, hatten sich dazu entschieden zu schweigen. Zu verschweigen. Weil er es ihnen so gesagt hatte. Dass es keine Alternative dazu gäbe, wenn sie nicht dafür bestraft werden wollten. Den Rest ihres Lebens darunter leiden wollten.

Es war genau andersherum gewesen. Das Leiden war durch ihr Schweigen noch viel größer geworden. So groß, dass sie mit ihrer Schuld nicht mehr klargekommen waren. Wegener hatte nichts über Leifs Tod gewusst, über die Verkettung dieser tragischen Ereignisse. Die immer aussichtslosere Lage, in der sich Jannik und Lisa befunden haben mussten. Sein Sohn David dagegen schien sich noch wehren zu können, hatte er nach deren Tod gehofft. Doch auch diese Hoffnung war nun Geschichte.

Sie waren tot. Und er lebte.

Er würde seine Strafe bekommen, dessen war er sich selbst bewusst. Aber die größte Strafe war die Schuld, die sein Leben lang auf ihm lasten würde.

Andresen verließ den kleinen Vernehmungsraum und ging zurück in sein Büro, um sich seine Jacke zu holen. Er war froh, das Gespräch mit Wegener sofort geführt zu haben und den Fall zumindest mit einiger Gewissheit abschließen zu können. Endlich würde er Zeit finden, seine Gedanken auch wieder anderen Dingen zu widmen.

Auf seinem Schreibtisch lag ein Zettel, den der Schrift nach Julia geschrieben hatte. Er nahm ihn in die Hand und überflog die wenigen Zeilen. Offenbar hatte ein Zeuge im Präsidium angerufen, der vor einigen Tagen in den frühen Morgenstunden im Drägerpark die Leichen von Lisa Nolde und Jannik Wegener entdeckt und sich daraufhin erbrochen hatte. Weshalb er sich weder an dem Morgen noch in den Folgetagen bei ihnen gemeldet hatte, ging nicht direkt aus dem Schreiben hervor. Aber es klang heraus, dass es der junge Mann aus privaten Gründen vorgezogen hatte zu schweigen.

Wie auch immer, er war froh, nun auch diese Lücke in ihren Ermittlungen geschlossen zu haben.

Andresen blickte auf die Uhr über der Tür. In einer halben Stunde war er mit Agnes in der Buchhandlung in der Königstraße verabredet. Als sie heute Morgen wach geworden waren, hatte sie über ihre Pläne gesprochen. Und dann waren sie sich schnell einig gewesen: Sie würden noch heute so viele Reiseführer kaufen, wie sie tragen konnten.

Mit einem leisen Pfeifen auf den Lippen verließ Andresen das Präsidium. Er freute sich auf das, was vor ihm lag. Vor allem, weil es endlich mal nichts mit seiner Arbeit zu tun hatte.

Frieden finden

Seit Ida-Maries Anruf waren jetzt genau zwanzig Minuten vergangen. Sie hatte so kurzatmig gesprochen, dass er sich nicht sicher war, ob er alles richtig verstanden hatte.

Simon Winter war seit ein paar Stunden wieder zurück. Er lebte und war offenbar nicht verletzt. Das war fürs Erste die wichtigste Aussage. Alles andere war in diesem Moment zweitrangig. Zumindest für sie.

Andresen starrte auf sein Handy.

Zwei Minuten nachdem der Anruf eingegangen war, hatte sein Telefon erneut vibriert.

Diesmal hatte er nicht sofort aufs Display geschaut. Weil er ahnte, wer ihm diese Nachricht gesendet hatte. Und es gab nichts, das ihn motivierte, Winters Nachricht zu lesen. Und trotzdem tat er es.

Eine Stunde später öffnete sich vor ihm eine Fahrstuhltür. Böiger Wind schlug ihm entgegen, als er die letzten Treppenstufen zur Plattform nahm.

Noch nicht einmal achtundvierzig Stunden waren vergangen, seitdem er zuletzt hier gewesen war. Heute war außer ihnen beiden allerdings niemand hier. Sie waren die Einzigen, die an diesem stürmischen Spätnachmittag mit dem Aufzug auf den Turm der St.-Petri-Kirche gefahren waren.

Er hatte Winter sofort entdeckt. Er stand an das alte Gemäuer der Kirche gelehnt und blickte durch die rautenförmigen Stahlstreben auf das Holstentor und die Obertrave mit den Salzspeichern.

Bereits im Fahrstuhl hatte Andresen wieder dieses Schwindelgefühl verspürt. Jetzt, wo er hier oben auf der Aussichtsplattform stand, kam es ihm so vor, als schwanke er tatsächlich hin und her. Die Erinnerungen an das Baumhaus im Lauerholz und den vorgestrigen Tag kamen sofort zurück. Aber er hatte sich fest vorgenommen, dass er sich von diesem plötzlichen Symptom nicht einschränken lassen wollte.

Als er einigermaßen die Kontrolle über seinen Körper zurückgewonnen hatte, ging er sofort auf Winter zu und stellte sich direkt neben ihn. Eine knappe Minute lang standen die beiden schweigend nebeneinander. Dann ergriff Andresen das Wort.

»Das hier habe ich aus Bergen mitgebracht«, sagte er und zeigte auf die Schramme in seinem Gesicht. »Aber es hätte wesentlich schlimmer kommen können. Die Kugel hat mich nur um ein paar Zentimeter verpasst, als ich aus dem ›Vesuvio‹ gestürmt bin. Ich schätze mal, dass es dir ähnlich ergangen ist. Dass wir beide hier jetzt stehen, ist wahrscheinlich mehr Glück als Verstand.«

»Ich hatte zu jeder Zeit alles im Griff«, entgegnete Winter unbeeindruckt. »Wie es dir ergangen ist, weiß ich nicht. Ich hatte leider keine Zeit, mich um dich zu kümmern. Und als ich aus dem Laden raus war, habe ich dich nicht mehr gesehen.«

»Warum hast du mich nicht angerufen?«

»Mein Handy hat die Prügelei in der Küche leider nicht überlebt.« Er zuckte mit den Schultern, und Andresen fragte sich, ob seine Antwort nur eine Ausrede war.

»Ich hörte davon, dass du mehr oder weniger dazu gezwungen wurdest, mich mitzunehmen«, wechselte Andresen das Thema. »Ich habe es dir ehrlich gesagt abgenommen, dass es dir wichtig wäre, mich an deiner Seite zu haben.«

»Ach, Birger, spiel mir doch nichts vor. Du weißt selbst ganz genau, dass ich meine Angelegenheiten immer alleine regele. Und die Sache mit meinen Eltern erst recht. Hast du ernsthaft geglaubt, ich würde dich um Hilfe bitten?«

»Kannst du dir vorstellen, dass ich mir ziemlich bescheuert in Bergen vorkam?«, entgegnete Andresen. »Und dann wäre ich tatsächlich um ein Haar auch selbst dabei draufgegangen.

Du hast mich da in eine Situation gebracht, die innerhalb weniger Sekunden vollkommen außer Kontrolle geraten ist.«

»Das war nicht das, was ich wollte.«

»Dann erzähl jetzt wenigstens, was genau passiert ist«, drängte Andresen. »Hast du endlich deinen Frieden gefunden?«

»Es war leider nicht ansatzweise so, wie ich es mir erhofft hatte«, antwortete Winter. »Aber jetzt weiß ich immerhin, dass ich wohl niemals meinen Frieden finden werde.« Er holte tief Luft. Aus jedem seiner Worte war herauszuhören, wie niedergeschlagen er war.

»Das Ganze ist eine ziemlich bittere Erkenntnis. Ich habe die letzten zwanzig Jahre meines Lebens geglaubt, dass ich irgendwann darüber hinwegkommen würde, wenn ich diese Typen finde und ihnen gegenüberstehe. Aber das war nichts weiter als ein Irrglaube.«

»Und wie ist es nun ausgegangen?«

»Ich gehe davon aus, dass du die Polizeimeldungen und Nachrichten aus Bergen verfolgt hast. Und wahrscheinlich hast du gehört, dass es bei der Schießerei keine Toten gegeben hat, oder?«

»Es hat über dreißig Stunden gedauert, ehe Ida-Marie zumindest sicher sein konnte, dass du nicht bei der Schießerei getötet worden bist«, warf Andresen ein. »Wo zum Teufel bist du die ganze Zeit gewesen? Und warum hast du dich nicht gemeldet?«

»Mein Handy«, antwortete Winter und verzog den Mund zu einer entschuldigenden Grimasse. Vieldeutig schob er hinterher: »Ich hatte aber auch noch etwas zu erledigen.«

»Etwa das, was in der Pizzeria nicht funktioniert hat?«

»Nein.«

»Was dann?«

»Ich hab's versucht, aber es ging einfach nicht.«

»Also wolltest du sie doch umbringen?«

»Nein, nicht sie.«

Andresen schüttelte den Kopf. Im ersten Moment wusste er nicht, worauf Winter hinauswollte, aber plötzlich verstand er.

»Es war nicht das erste Mal, dass ich es vorhatte«, fuhr Winter fort. »Aber das weißt du ja sicher. In meiner schlimmen Zeit zwischen sechzehn und achtzehn habe ich es mehrfach versucht. Aber ich war jedes Mal zu feige.«

»Diese fürchterliche Sache ist jetzt so lange her, kannst du nicht endlich damit abschließen?«

Winter lächelte müde. »Weißt du, Birger, mir ist mittlerweile klar geworden, dass es niemanden gibt, der nachvollziehen kann, was es mit einem macht, wenn man als Achtjähriger mit ansehen muss, wie die eigenen Eltern erschossen werden. So hart es auch ist, ich werde damit leben müssen.«

»Was ist mit Ida-Marie?«, fragte Andresen. »Sie hat doch Ähnliches erlebt.«

»Sie war erwachsen, als ihr Freund starb. Das ist ein gewaltiger Unterschied.«

»Ja, das mag sein, aber ich glaube dennoch, dass sie sich in deine Lage einigermaßen hineinversetzen kann. Und dir sollte klar sein, dass sie dich wirklich liebt und dir helfen will. Hör endlich damit auf, ein egoistisches und selbstgerechtes Arschloch zu sein. Aus eigener Erfahrung kann ich dir sagen, es ist nie zu spät dafür. Kümmere dich um Ida-Marie. Sie hat es wirklich verdient. Und dann wirst du auch wieder einen Sinn in deinem Leben sehen.«

Winter atmete tief durch und wandte seinen Blick ab.

»Ich meine das ernst«, sagte Andresen. »Pass gut auf sie auf. Sie wird mehr Verantwortung in unserem Team tragen müssen. Ich gehe nämlich in einigen Monaten mit Agnes auf Weltreise und werde nicht für sie da sein können, wenn sie mal einen Durchhänger hat.«

»Es ist nicht nur Ida-Marie, um die ich mich kümmern muss.« Winter drehte sich wieder zu ihm um und blickte ihn mit ernster Miene an.

»Wie meinst du das?«

Winter antwortete nicht, ließ stattdessen seinen Blick wieder über die Dächer der Stadt schweifen.

Wieder vergingen mehrere Sekunden, ehe Andresen begriff. Fassungslos starrte er ihn an. Schließlich klopfte er ihm beinahe väterlich auf die Schultern.

»Ich weiß gar nicht, was ich sagen soll«, sagte er zögerlich. »Also auf jeden Fall, herzlichen Glückwunsch!«

»Ich weiß nicht, ob man mich dazu beglückwünschen sollte«, sagte Winter leise.

»Bezweifelst du etwa, dass du der Vater bist?«

»Nein, natürlich nicht, aber ich bezweifele, ob ich überhaupt ein Vater sein kann.«

»Glaub mir, das kannst du«, sagte Andresen. »Und vielleicht ist es genau das, was du brauchst, um einen Schlussstrich unter dein bisheriges Leben zu ziehen. Ab jetzt trägst du nicht mehr nur für dich selbst Verantwortung.«

»Genau das macht mir Angst.«

»Es wird nicht einfach«, sagte Andresen. »Ich bin selbst kein guter Vater. Aber du hast die Chance, es von Anfang an besser zu machen.«

»Ida-Marie will das Kind in jedem Fall bekommen, obwohl ich ihr gleich gesagt habe, dass ich nicht weiß, ob das eine gute Idee ist.«

»Das war mit Sicherheit nicht das, was sie hören wollte.«

»Ich wollte ja auch nicht hören, dass sie schwanger ist.«

»Wenn du wirklich so denkst, dann solltest du Ida-Marie besser heute als morgen verlassen und niemals Kontakt zu deinem Kind haben.«

Winter schwieg. Es rumorte in ihm. Andresen überlegte, noch weiter auf ihn einzureden, aber er verzichtete darauf. Es gab nur diese zwei Szenarien für Simon Winter. Entweder würde er sein Leben ändern und die Vaterrolle annehmen oder aber so konsequent sein, seine Koffer zu packen und für immer von hier zu verschwinden.

»Überleg es dir gut«, sagte er schließlich doch noch. »Ich garantiere dir, es wäre die beste Entscheidung deines Lebens, wenn du dich darauf einlässt.«

Andresen nickte kurz, dann wandte er sich um und ging in Richtung der Treppe, die hinunter zum Aufzug führte.

»Eins noch«, rief Winter plötzlich, als Andresen schon halb auf der Treppe verschwunden war. »Du hast gefragt, wie die Sache in der Pizzeria ausgegangen ist.«

»Ja?«

»Ich bin nicht vor diesen Typen abgehauen.«

»Sondern?«

»Vor mir selbst«, antwortete Winter. »Ich hätte nur noch abdrücken müssen, aber ich konnte nicht.«

Andresen ging weiter die Treppe hinunter. »Nein«, sagte er. »Du wolltest nicht. Und das ist ein großer, aber wichtiger Unterschied.«

Alle Bücher von Jobst Schlennstedt:

Auch als eBook erhältlich

Krimis mit Jan Oldinghaus

Westfalenbräu
ISBN 978-3-89705-768-5

Dorfschweigen
ISBN 978-3-89705-996-2

Sennegrab
ISBN 978-3-7408-0526-5

Krimis mit Birger Andresen

Tödliche Stimmen
ISBN 978-3-89705-561-2

Der Teufel von St. Marien
ISBN 978-3-89705-624-4

Möwenjagd
ISBN 978-3-89705-825-5

Traveblut
ISBN 978-3-89705-918-4

Küstenblues
ISBN 978-3-95451-110-5

Todesbucht
ISBN 978-3-95451-299-7

#hanseterror
ISBN 978-3-95451-813-5

Nebelmeer
ISBN 978-3-7408-0079-6

Lübsche Wut
ISBN 978-3-7408-0310-0

Krimis mit Simon Winter

Spur übers Meer
ISBN 978-3-95451-450-2

Lübeck im Visier
ISBN 978-3-95451-691-9

Hafenstraße 52
ISBN 978-3-7408-0002-4

Thriller

Küste der Lügen
ISBN 978-3-95451-534-9

111-Orte-Reihe

111 Orte an der Ostseeküste, die man gesehen haben muss
ISBN 978-3-89705-824-8

111 Orte in Ostwestfalen-Lippe, die man gesehen haben muss
ISBN 978-3-95451-109-9

111 Orte an der Ostseeküste Mecklenburg-Vorpommerns, die man gesehen haben muss
ISBN 978-3-95451-332-1

111 Orte in Lübeck, die man gesehen haben muss
ISBN 978-3-95451-564-6

111 Orte in der Lüneburger Heide, die man gesehen haben muss
ISBN 978-3-95451-844-9

111 Orte in Bielefeld, die man gesehen haben muss
ISBN 978-3-7408-0123-6